北京宣传文化引导基金

BEIJING CULTURE GUIDING FUND

北京宣传文化引导基金资助项目

南船北马走天下

熊召政　著

北 京 出 版 集 团

北京十月文艺出版社

图书在版编目 (CIP) 数据

南船北马走天下 / 熊召政著. -- 北京：北京十月
文艺出版社，2024. 9. -- ISBN 978-7-5302-2431-1

I. I267

中国国家版本馆CIP数据核字第2024XW5411号

南船北马走天下

NANCHUAN BEIMA ZOU TIANXIA

熊召政　著

出　版	北京出版集团	
	北京十月文艺出版社	
地　址	北京北三环中路6号	
邮　编	100120	
网　址	www.bph.com.cn	
发　行	新经典发行有限公司	
	电话 010-68423599	
经　销	新华书店	
印　刷	北京盛通印刷股份有限公司	
版　次	2024年9月第1版	
印　次	2024年9月第1次印刷	
开　本	850毫米×1168毫米　1/32	
印　张	9	
字　数	185千字	
书　号	ISBN 978-7-5302-2431-1	
定　价	55.00元	

如有印装质量问题，由本社负责调换
质量监督电话　010-58572393

目 录

第一辑　忍琴家的山坡

第一辑

忍琴家的山坡

乌拉盖草原的彩虹

看过呼伦贝尔平坦如砥的辽阔草原以及科尔沁连绵起伏的山地草原后，我认为内蒙古再没有能与之媲美的大草原了。但是，当我驱车来到乌拉盖草原，我又读到了内蒙古草原的另一个篇章，绿草如茵的平畴间隔在翡翠一般的大地波浪中，它用同一种色彩展现不同的魅力。

乌拉盖草原地处锡林郭勒盟、兴安盟与通辽市三地的交界处，5000多平方公里的土地上，绿水青山并不是它唯一的表述。由城市的喧嚣与通邑的拥堵组成的繁华，从来都没有降临这里。它的天从远古蓝到今天，它的地从眼前绿到天边；它的花缤纷而又逍遥，它的路上既有背包客也有牛羊……

乌拉盖草原因为乌拉盖河而得名。导游解释在蒙古语中乌拉盖为山里人的意思，虽然好懂，却并不准确。它应该是兀鲁回的音译。蒙古史学家别勒古讷台·纳·布哈达撰写的《〈蒙古秘史〉中的乌珠穆沁地名》中，肯定乌拉盖河之名缘于"斡勒忽讷惕"——这是一个部落的名字，属于两千多年前的东胡，亦是蒙古族群的先祖。他们曾被匈奴人逐出草原，退守大鲜卑山，即今天的大兴安岭。数百年后，这一部落繁衍扩大，又从大兴安岭回到了乌拉盖这片草原。为适应新的环境，斡勒忽讷惕人过上了半牧半农的生活，他们的宿敌尼伦部落不满他们改变了祖先的生活方式，因此诅咒他们会患上腿脚的毛病。事实上，这些把乌拉盖视为故乡的兀鲁回人，很少有人出现走路困难的问题。相反，这个部落出现了很多美女，如成吉思汗的母亲诃额仑、妻子孛儿帖，忽必烈的皇后察必，以及元朝众多皇帝的后妃，都出自这片草原的斡勒忽讷惕以及与它有关的新部落。

客观地说，我来乌拉盖草原最初的念头，并不是为它的美景，而是为它在《蒙古秘史》中被多次提到的历史。据记载，成吉思汗在统一蒙古诸部的战斗中，曾在乌拉盖歼灭了他最为强悍的宿敌塔塔儿部。可以用"一战成王"这四个字，来表述这一仗对于成吉思汗的意义。

现在，我就站在乌拉盖草原的观景台上，我的背后是这片草原的制高点高尧乌拉山峰，眼前是像一片倾斜的扇面一样展开的草原。当地人称这里为九曲十八弯景区。但是，像丝带一样飘舞、像云缕一样飘逸、像梦痕一样飘忽的这一条河流，何止九曲呢，当然，更不只十八弯，它宽仅盈丈，窄仅盈尺，两岸的柽柳像是黛色的云朵，曲曲折折，蜿蜿蜒蜒，一忽儿它显得蓬松、慵困，一忽儿它又变得坚硬。

乌拉盖河是中国的第二大内陆河，可是在我眼前，它却瘦得如同一条蚰蜒，但这并不妨碍它成为最美的风景线。芳草碧连天的乌拉盖草原，被它隔成了两半。因为遥远，我看不见河水，但我可以想象它晶莹的流波与澄澈的银浪，以及啜饮它的羊羔与啄饮它的翠鸟。

再亮的眼神，也看不透乌拉盖草原的美丽；再好的相机，也拍不出高尧乌拉山的魅力。在高山秀水之间，在草原花海之中，我徜徉着，我踯躅着……我想跳跃，但跳得再高依然是渺小的；我想歌唱，但我的声音却是如此笨拙……

离开观景台，已是暮色苍茫了，我是最后的游客，不肯归去却又不得不归去。当越野车驶下山丘进入一条笔直的沥青路时，天空突然下起了雨，我意犹未尽地欣赏雨中的草原，或者说是草原上的雨。江南的雨缠绵，雨点洒下之前，必定先是乌云遮蔽了天空。草原的雨却不是这样，天空是透明的，有的地方还有柔和的阳光，有的地方辉映着灿烂的霞光，也有几处堆起了乌云，但是，那乌云却不是罩在下雨的地方，而且那墨黑墨黑的云朵，闪射着玉一般的光芒。不规则的巨大的墨玉偶尔露出裂缝，从中透出的晚霞，像是一条条游弋的金蛇……这样的美景怎不令人惊诧莫名！再说雨，每一个雨点落地之前，都会曳着一条蛛丝一般的雨线，它们是透明的，透过它们依然能看到整个天空的变化。我赞叹这场雨下得如此艺术。人类的艺术在呈现之前，总会有很多草稿。天空却不是这样，它的艺术是率意的，每一次的呈现都独一无二。

豪雨稍歇，薄暮的天空开始变淡了。那些阳光、晚霞、乌云仿佛被一阵风吹走了，洁净的天空灰灰的。大概是因为被雨水滋润过的草地，将碧绿反射到天空，那灰色的穹隆又被镀上了一层翡翠色的薄膜，它柔和、亮丽，我再也没有见到比现在这片天空展现出的黄昏更为辽阔、澄静的景象了。

突然，我感觉到司机放慢了车速，他告诉我，天空出现了彩虹。因透过车窗欣赏天空受到局限，我请司机停下车，当我迫不及待跳下车，看到头顶上有一个半环的七彩飘带，仿佛只要我跳起来就能抓住它，其实它还遥远呢！空气太干净了，视线毫无滞碍，才会产生这样的错觉。我心中想，为什么这彩虹只有半环呢？念头刚一产生，我看到那半环彩虹突然颤抖起来，仿佛有一只无形的纤手抚摸着它，让它激动，让它兴奋。我仿佛听到它的呼吸，那略带一些青草香的呼吸呀，让我想到了天鹅，也想到了仙女。就在这时，更大的奇迹又产生了。另一个半环的彩虹瞬间产生，它从落日的方向缓缓移来，与先前的这一个半环丝毫不差地对接了，一道完整的彩虹，一道我从未见过的，如此巨大又如此绚丽的彩虹架设在芳草盈盈的山坡上。

像身处异地苦苦思念的情人突然重逢，它们组成的半弧是爱情最完美的呈现，生也相依死也相依，最美最纯的感情永远不会黯淡！看看这道彩虹吧，无数的晶体凝聚着、闪烁着、默默地注视着，我把光芒给你，你把光芒给我，我们一起把光芒呈现给人间。这光芒既是迸发的激情，也是内敛的柔情……

这道彩虹还在变幻着，从诞生到成长，从羞涩到大方。车道笔直笔直地通向山坡顶端，仿佛是一条通向天堂的大道。而彩虹横跨在大道之上，它的最高处是大道的正中间。对于我这个旅行者，这道彩虹是如此完美的一道彩门。幻化的却又是凝固的彩门啊，你是欢迎远方的游子回家呢，还是欢送一位骑手踏上新的征程？

我注意到，当彩虹完成它的拥抱时，已经持续了一会儿的暮霭不是在加深，而是在变淡，此时的彩虹也不是变得更纤细，而是更丰满。所有的色彩互相激励，如同新娘的笑靥，最新鲜的妩媚，最纯洁的灿烂。

欣赏既久，司机说，我们穿过这道彩门吧，我点点头。越野车缓慢地前行着，穿过彩虹时，我看到它落在草地上的脚，是一根如此温润的光柱，车行驶时轻微的响声惊扰了它，如同梦游者，它颤动着，飘忽着，好像在重新寻找支点。

车子到了山顶，我下车回头看，彩虹终于消失在迷蒙的草原上，但司机又兴奋地嚷了起来，顺着他的手指，我看到又一条更大的彩虹，架在前面的山坡上……

在乌拉盖草原，我度过了一个最漫长的黄昏，因为这个黄昏，我心中便有了一道永不消失的彩虹。

2020年8月15—18日写于龙潭书院

赏花金莲川

我在蒙古高原上行走多次，却从未见到《敕勒川歌》中所描述的"风吹草低见牛羊"的景象。每次看到成群结队的牛羊在一望无际的草甸子上安静地吃草，或者撒蹄儿奔跑，我就想：这些长仅盈寸的草丛哪能隐藏牛羊呢？"浅草才能没马蹄"才是草原真实的写照啊！直到这次来到金莲川，我才看到了印象中的敕勒川——不是历史的印记，而是现实的壮观。

在中国的历史中，金莲川是一个绕不过去的地理标识。公元1215年，成吉思汗亲征漠南，率领数万铁骑驻扎金莲川。三十六年后，他的孙子蒙哥成为大蒙古国的第四位大汗，蒙哥任命他的四弟忽必烈总领漠南军国事务。忽必烈从现在蒙古国境内的首都哈拉和林出发，逾千里行程来到漠南。他看中了金莲川这片草原，决定在这里建立藩王府，并命名为开平城。八年后，蒙哥死于今重庆合川钓鱼城。第二年，忽必烈即在开平称汗，建元中统，与弟弟阿里不哥争夺蒙古汗位。四年后，阿里不哥失败，忽必烈下令拆毁哈拉和林，定开平城为元上都。当他最终决定在北京城建立元大都后，每年夏天，他仍会回到上都避暑，处理国事。所以，元朝实行两都制，大都在北京，上都就在金莲川。

从13世纪到14世纪中叶，这金莲川上的元上都可谓世界上人气最旺，同时也是最为壮丽的城市。在这里住过一段时间并受到忽必烈礼遇的马可·波罗称这里为仙都，欧洲人、波斯人、回回人、畏兀儿人等各种族群，当然，更多的还是汉人，无不聚居在这座城市。在忽必烈的诚意邀请下，各民族的精英六十余人组成了一个金莲川幕府。忽必烈博采众长，让他的横跨欧亚的大元帝国一度生机勃勃。元朝共有六个皇帝在这里登基。但是，好景不长，仅仅一个世纪，这座城市就毁于战火。元上都像一颗流星消失在历史的天空，金莲川又恢复了草原的寂静。

金莲川的名字来源于金莲花，这是草原上一种比较稀少的花朵。它状似莲花，却比莲花小很多，花瓣的颜色也不是莲花的那种红或白，而是金黄金黄的。这种花在别处草原上，只能偶尔见到那么一朵两朵，在这里却是成片成片地开放。

在江南吴牛喘月的八月，我长途驱车来到这里。本是凭吊访古，但眼前的景色却让我心旷神怡。北纬45度的阳光，虽然炽烈响亮，但从山谷里吹出的风，却是干干爽爽的清凉。甫一下车，凉风就吹乱我的霜发，目力所及的山川形势，不用深思，便觉畅然。远处的青山如苍黛的云朵，团团屏住这一片稍有起伏的草原。闪电河——滦河上游的一脉清波，曲曲弯弯在草原上流过。风吹河面，皱了的波浪闪闪熠熠，犹如碎银在天青色的缎面上滚过。闪电河两岸，准确地说它没有岸——只有与流水一同蜿蜒的草浪，这里的河水从不曾泛滥，因此不需要筑起堤坝来防范它。碧水无拘无束地亲吻着绿草，犹如闪电亲吻着天空。

本为探访元上都的遗址而来，眼前的美景却让我忘掉了历史。放眼望处，每一丛草，每一片茎叶，无不恣意甚至是疯狂地生长。叶片如矛的西伯利亚蓼、茎如箭杆的白茅、像玉米株一样高大的摇曳着丹朱穗子的红毛草、梢头擎着金色珠串的草木犀、一兜兜偃伏着的补血草、藏在高株草丛下倔强且又玲珑的谷精草……它们无不生动，无不精神。

疾风知劲草，没有来到金莲川，便不能深切体会这句话的含义。在内蒙古的各处草原上，经常见到成片成片发电的风车，它们巨大的桨片永远在搅动着，高原上的风之猛烈，由此可见一斑。但金莲川的风，似乎更为强劲。在元上都遗址南城门的墙上，一些青砖留下深深的凹槽，导游告诉我，那是风刮的痕迹。坚硬的砖墙尚且如此，何况草木？今日的风，是不是金莲川最为凌厉的，我无从比较。但风中的草，却是我从未见过的零乱，不管是偃伏还是摇曳，都表现出强大的韧性。它们可以俯仰，可以摇摆，但绝对不会被折断。

草长及人，可以隐藏牛羊，风吹草低，牛羊显现。敕勒川的景象复活在金莲川，让我游兴大增。但是，更让我赏心悦目的不是无拘无束的牛羊，而是这风中的草，草上的花。

到过草原的人都知道，草与花是不可分的。草是一个伟大的家族，没有花，没有花孕育的草籽，草便不能繁衍。七、八两月，是草原最美的季节，浩浩无边的青绿，是青草一族的雄浑交响乐；而每株草上的花，更是组成了五彩缤纷的花的海洋。就像这一刻，我的眼前，各种各样的花都尽情绽放。白色珍珠般的蛇床花，一片一片低调地开着。在稍微低洼的地方，黄芪羞答答伸展着花瓣，虽然它沾着"黄"字儿，花朵却是紫色的。点地梅有点"小资"，贴着地，衬着绿草，犹如少女身上那件碎花布衣裳。苜蓿是草花的主打品种，点点金，像是镶嵌的胸花，在劲草的梢头浮漾。石竹是猩红的，蓝盆花也是猩红的，可是它却被称为"蓝"。翠雀花的花蕊翠到不能再翠，通身透着高贵。马兰花状似菊，开得孤独一些，老远才有一丛呢。北柴胡的黄花小而碎，一花七瓣，精致得让你以为是剪纸。鼠尾草也是花呢，紫色花穗上簪着一个淡绿的花伞。沙葱花是紫中泛白的那种，初看不起眼，细看却颇有韵味。火绒草灰白，花朵很有肉感。委陵菜的花色明黄，一枝上挤着五六朵，抱团儿显得更有生气……

我们用花花世界来形容生活的勃勃生机，爱花是人的天性。中国几乎每一个城市都有自己的市花，如牡丹、水仙、凌霄、荷花、梅花等，都是名贵的花种，天姿国色，不胜娇羞。金莲川上的这些草花，是登不上大雅之堂的。但这里的每一种花都充满了野性，都是草根的妩媚。这里有群芳争艳，却没有一花独秀。除了植物学家、花卉专家，文人骚客是没有闲情来润饰这些花的名字的。如一种有着钻石晶体花瓣的花，叫鹤虱；一种洁白的小绒球儿，叫毒芹。所以说，草原上的花最显著的特点是每一朵都平平淡淡，形成的整体却轰轰烈烈；每一朵都很卑微，凝聚起来就非常伟大。

风止息的时候，黄昏也来临了。我信步走到闪电河边，回望元上都遗址，不免感慨：从历史中来，必然回到历史中去。时间可以打败所有的伟大，但却不能打败草花，一岁一枯荣，一次凋谢后，接着的必定又是一次灿烂。

2020年8月21日于龙潭书院

阿斯哈图的浮想

　　有土地即有风景，无论是戈壁、沙漠，还是森林、河流，只要你深入进去，都会有令人心旷神怡的景色。美需要发现，更需要发掘。凡眼睛所能见到的，还须用心体验。所以说，有的风景，欣赏它需要眼力；有的风景，欣赏它则需要想象力，就像眼前这一片石阵。

　　石阵在克什克腾旗热水塘镇几十公里外的北大山上，沿着山脊呈现的一丛又一丛巨石，类似于欧洲中世纪的城堡，又似一尊又一尊石雕，每一种几何图形，无不藏着天地间的密语。

　　如果没有诗人的浪漫，或者哲人的睿智，面对这个石阵，你只需要五分钟就可以离开了。因为这群沉默的石头，并不能让你长久地激动。但是，当我来到这里，却立即产生了匪夷所思的冲动。这并非我有着浪漫与睿智的禀赋，而是因为自然的不可理喻让我想入非非了。

　　海拔1700多米的北大山，是大兴安岭无数山脊中的一条，它有着最美的峻峭的曲线。在曲线上毫无规律矗立着的巨石们，我不知道它们产生于哪个年代，是二叠纪、三叠纪抑或侏罗纪？镁质的灰岩、红色的砂岩，在诉说两三亿年前的地质故事。它曾经是恐龙的家园吗？这家园已风化得如此厉害，长着两米长牙齿的猛犸象是否在它的锯齿样的岩壁上蹭过痒？它是骤然降落的流星雨，还是火山爆发时的熔岩群？它们是一种生命的终止还是另一种生命存在的方式？这些远古的孑遗，它们是在长眠呢还是在短暂地假寐？在人类无法参与的地质时间中，非灵与肉的生命打一个瞌睡，恐怕也得千年、万年……

在最初进入石阵的那一刻，我知道自己产生了那么一点儿恍惚。那一刻，我似乎感受到了神的呼吸。相信超自然力量的我，认为这些巨石被赋予了神性，每一丛或每一块石头，都是每一种生活方式或每一篇寓言的启示。它们如饿虎扑羊，如鲸鱼戏水，如情人厮守，如仙人入定；如八仙图中的逍遥客，如金字塔中的木乃伊，如大洪水中的诺亚方舟，如天鹅湖中的森林秘境……

伴随这些石质精灵的，是八月高原上的鲜花与绿草。北大山在贡格尔草原的高处，白桦林与草地共生，一面又一面山坡像是一幅又一幅巨大的扇面，在这扇面上不仅住着汉时的边堡与唐时的烟霞，更住着宋时的风雨与元时的牛羊。历史的蒙太奇在这里变幻着、演绎着，从辽阔中展现着它的苍茫。而在当下，在这山脊上的城堡里，它的居民是清风，是骤雨，是月亮与星辰，是蝴蝶与苍鹰，是牧民唱给草原的歌曲，是杀戮之外的马群与驼队。

当然，簇拥着每一丛巨石的还是那些缤纷的花草，犹如少女簇拥着老人，阳春簇拥着严冬。徜徉在石丛中，我看到旱柳砌起风的苍绿，每一片叶子都是喃喃的私语，风过去，柳叶背上的灰，衬着串串鲜红的柳兰花，一朵花犹如一个染红的指甲；紫色的沙参像是一只永远摇不响的铜铃，它羞答答的，仿佛在为自己的失声而忏悔；躲在石隙的蚊子草也开花呢，金黄的茎上开着银白的花，美丽擎着美丽；地榆花开过了，只剩下红色的球蕾，藏着怀春的秘密……

　　一个场景又一个场景，犹如丹青妙手的一个又一个折页，令我徘徊复徘徊，惊叹复惊叹。

　　听说，这片石头组成的景区被称作石林，因与云南石林重名又被称为石阵，我仍觉得这名字无法传神。后询问当地土著，告知蒙古族牧人称这里为"阿斯哈图"，意为险峻的岩石。我觉得这名字更接近自然的本义。在蒙古语中，克什克腾意为亲兵或卫队，窃以为，这一片险峻的石头应该是大自然的卫队，它永远坚守着这一片魅力四射的苍天厚土。

2020年8月25日七夕之夜

敕勒川歌

一

从包头前往呼和浩特的高速路上，快接近呼和浩特的时候，我看到一块醒目的指示牌，"呼和塔拉草原"。从车窗望过去，一片葱绿，呈现出的春意驱散了我旅途的疲劳。蒙古语中，"塔拉"即草原的意思，而"呼和"则是蓝色。蓝与青这两种色彩的搭配，让人想到辽阔、澄静，以及生机勃勃的诗意。

没想到我来呼和浩特的第三天，就有人邀请我到呼和塔拉草原上的蒙古包做客。这对于我来讲是一个小小的惊喜。当这片草原的主人开着越野车带着我在呼和塔拉纵情驰骋时，看到无边的草浪吮吸着夕阳中灿烂的霞光，归寨的叫天子或者云雀在暮烟中起落，眼前的路像是一曲蜿蜒伸展的马头琴旋律钻进了更郁厚更深沉的草原，我忽然感到自己回到了一千年或两千年前。在这雄浑壮丽的草原上，我或者是一名匈奴人，或者是一名鲜卑人……更有可能我是一名戍边的勇士，我逐草而居，逐原而战，守护或者争夺这片草原。我是战士，但我更是一名牧羊人，没有草原，我便没有家乡；为了故乡，我可以献出生命……

越野车拐了一个弯，我从短暂的恍惚中回到了现实。主人告诉我，阴山下的这片草原就是敕勒川。接着，他情不自禁吟诵起那首千年流传脍炙人口的《敕勒歌》。

这首由汉语转译的敕勒民歌，虽然很有韵味，但我猜想用已经失传的鲜卑语表达，可能更显得粗犷，更有那种流淌在血液中的自豪感。这首民歌是何人创作的，什么时候开始流传的，已经无从知晓了，有一点可以肯定，在一场力量悬殊的战争中，失利的鲜卑战士正是凭着这首歌凝集了斗志，家乡让他们牵挂，让他们缠绵，他们的身份是草原的守护者。

二

草原的主人就像春天一样，来了又去了，去了又来了，敕勒川在无穷无尽的春天中一次又一次演绎着自己的青、自己的绿、自己的芬芳、自己的辽阔。在伟大的自然中，美的千万次周而复始的重复，也不会让人们产生厌倦。在中华的版图中，在蒙古高原上，敕勒川不仅仅是一个不可替代的地理标识，也是中华民族历史中不可更改的历史标识。它不但指向了花开花谢的美丽，也指向了民族融合的史诗。

敕勒川大致的范围在黄河"几"字弯中的鄂尔多斯到呼和浩

特这一带，它倚着阴山，枕着黄河，千百年来，它是牧人的天堂、牛羊的家乡。没有一个人，也没有一个族群能够自始至终陪伴敕勒川，自然永恒而人的生命短暂，但一代又一代的接续，我们与敕勒川才形成了那种彼此呵护相生共荣的生命共同体。

诚然，在最近的一个世纪中，敕勒川受到了很大的摧残，草原在沙化，河流在枯萎，绿茵在缩小。敕勒川再不像当年那样辽阔、那样绚丽了。它的改变固然有气候、环境的因素，但最大的破坏者还是人类。但人类并不是故意的，人类要拓展自己的生存空间，提升自己的生活质量，必然会向自然索取更多的资源，挤占更多的空间。两千年前，在蒙古高原上生活的人不会超过一百万。一千年前，也不会超过三百万人。人口的急速膨胀，是最近两三个世纪的事情。蒙古高原不再只是牧人的领地，更多的农人、商人、工人、匠人、军人来到了这里。一千年前，在中原就已开始的城市化浪潮，直到一个多世纪之前，才在蒙古高原上拉开了序幕。敕勒川不再是"天苍苍，野茫茫，风吹草低见牛羊"了，鄂尔多斯、包头、呼和浩特等一座座城市在这片草原上崛起，还有那一座座工厂、一条条道路、一根根铁塔、一口口矿井……我们能因此责怪人类建设现代化家园的种种努力是自私吗？是疯狂吗？不，自然用一千种声音说话，而人类只有一种声音：我们为自己创造幸福，任谁也不能阻拦。

于是，敕勒川渐渐变得陌生了，它从天堂变成了人间，从迷离的小夜曲变成了磅礴的交响乐。走过了汉走过了唐，走过了宋元走过了明清的敕勒川，早已不再是当年的模样，但活在歌谣中的草原以及在历史中迁徙的族群，一方面接纳日新月异的时代，另一方面又排斥物换星移的改变。这两者之间真的不能调和吗？往古的智者告诫我们，美好的生活在于效法自然，达到天人合一的境界。简单朴素的《敕勒歌》所描摹的场景，不正是天人合一的生活之道吗？这样的家园还能不能从记忆中走到现实中来呢？

三

那一天黄昏，在呼和塔拉，这片草原的守护者（我也称他为主人）开着越野车带我兜风之后，又拉着我在草原中架设的木板路上走了两三里远。一路上，他教我辨别草的种类，什么样的草会在什么样的土壤中生长。忽然，他发现了一只臭蜣螂在木板上缓缓爬行，便蹲下来将它小心翼翼地放回草丛中。一会儿又发现一只瓢虫伏在路上，他又将它捡回草窠中。我问他为何要这样做，他说走路的人一不小心就会踩死它们。我说，一只推粪球儿的昆虫也值得如此珍惜吗？他深情地说，屎壳郎可是草原上的清洁工，任何一只昆虫，不管它多么渺小，也都是草原的主人。

我从他的眼神中看到了一种神圣，一份执着。从交谈中，我得知十几年前，呼和塔拉还是一片寸草不生的沙漠，是他带领一群与他有着同样情怀的人，锲而不舍地探讨和摸索沙漠复绿的种种技术与关键因素。为了解决蒙古高原上渐渐出现的盐碱、沙化与荒漠问题，他甚至建造了一座名为"小草诺亚方舟"的植物基因库，在库里保存了数十万份土壤、草种的样本。呼和塔拉是他修复荒漠恢复生态的一个成功的"试验田"。在这之后，他们在内蒙古多处沙化与荒漠化的土地上培植了一片又一片新的草原，新的蒙古高原的神话。

那天晚上，在他的蒙古包里，他用蒙古人的奶茶与烤全羊招待我，遗憾的是，我这个南方人享受不了这两种草原特有的佳肴美味。但是，这并不妨碍我对草原的热爱。在那大帐内，他不止一次告诉我，他是草原的儿子，守护和重建好这辽阔的草原，呵护和重塑祖国北方的这一道最美丽的风景线，是他矢志不渝的选择，也是他忠贞不贰的担当。说着说着，他又喊来了马头琴师，和着那悠扬的旋律，大帐里的人，都忘情地唱起了《敕勒歌》。

四

夜深了，但月色正好，我走出歌声洋溢的蒙古包，独自踏上呼和塔拉伸展在草丛深处的木板路，看着夜风中微微摇曳的碧草，我突然想到，大地的荒漠不可怕，可怕的是人心的荒漠；草原的沙化也不可怕，可怕的是我们自己情感的沙化。只要我们对脚下的土地，对眼前的家乡，对心中的祖国永远眷念、永远感恩，新的希望、新的史诗，就会在我们手中诞生。

就说这敕勒川吧，我们不必拘泥它究竟在哪里，在生态破坏之前，蒙古高原处处都是敕勒川；我们也不必拘泥敕勒川最初的居民是哪一个族群，历史不会被风化，更不会停滞，当一时失忆的敕勒川重新焕发青春，那么它新时代的主人——除了我们人类，当然还有花草、牛羊、昆虫以及飞禽走兽，都会在这里和睦相处。在生态良好的环境中，入我眼者，皆为善类。

敕勒歌是一曲远古的牧歌，在新的时代，这牧歌应该诞生新的版本，它在自豪中显示忧患，缠绵中充满生机。

2020年1月4日

踏过胡杨第几桥

我见过大兴安岭的五花山、香山的红叶、太湖边上的芦苇荡以及祁连山中的塞草，但我仍要说，大自然把它最美的秋色给了胡杨。

生长于戈壁或扎根于沙漠的胡杨，是荒凉中的灿烂，冷酷中的绚丽；吮吸单调而呈现多样性，吞咽粗粝而奉献明艳。胡杨展示出劣势中的坚韧，绝望中的生机。

在新疆的塔里木河旁边，在漫无边际的流沙中，我第一次看到经霜后的胡杨林，沙尘让我睁不开眼睛，我捂着脸，但贪婪的目光仍穿过指缝，怔怔地盯着在尘雾中变幻着、摇曳着的色彩的舞蹈。至今，我的脑海里仍深深铭刻着那一个又一个美不胜收的瞬间。带着掺了一些忧伤的满足离开塔里木河时，一个愿望在我心里萌生，何时我得专程去看看戈壁的胡杨，看看它与沙漠胡杨有什么不同。

戈壁上的胡杨林有好多处，但最好的在额济纳。

因为新冠疫情的阻隔，我的行期一再受阻。今年的国庆，我终于如愿以偿来到了额济纳。

　　额济纳是内蒙古阿拉善盟最西的一座小城，再往北经过六十多公里的戈壁荒滩，就到了通往蒙古国的口岸策克。如果从遥远的南方来，你会觉得自己走到了世界的尽头。但在历史中，这里却是汉人、匈奴人、回鹘人、吐蕃人、党项人、蒙古人交相争夺的地方。战争与融合，杀戮与交往，让这片土地充满了血腥。当然，有时也洋溢着温情。在汉武帝时期，大将路博德率兵来到这里赶跑了在此牧马陈兵的匈奴人，筑了一座城叫遮虏障，时人称居延塞。这个绝塞之地，开始有了它的第一座城市。居延是匈奴语，意为天池。祁连也是匈奴语，意为天山。在祁连山与居延海之间，原是匈奴领地。当匈奴远遁之后，吐蕃人、回鹘人、党项人与蒙古人又在这里交相角逐，用觱篥与鹰笛吹奏出大漠的荒凉。西夏时期，这里建造了第二座城，名亦集乃，即黑水城的意思。它兴盛了一个多世纪，而后被强大的蒙古军队攻占，蒙古军队接着又从这里出发，进攻河套地区灭掉了西夏。

　　有专家称，额济纳是亦集乃的转称，来自西夏语。但是蒙古史专家别有解释，认为蒙语中的额济纳即母亲河。

　　这一条母亲河，即发源于祁连山注入居延海的黑河。因为水浅而不能行船，黑河也称弱水。在沙漠与戈壁间蜿蜒流淌的弱水啊，在无尽的岁月中，你听过多少战争的呐喊，狼群的咆哮，行军的箛鼓与北风的呼啸……但是，当历史的烟尘散尽，你还听到了什么呢？

　　你应该听到了一阵又一阵的惊叹，以及一簇又一簇的笑声，在你的岸边，在这片辽阔的胡杨林中。

弱水三千，我取一瓢饮，这一瓢，是放浪于形骸的忘情水，是沉透了霞光的梦境。

有一个字，在中国历史中曾令人望而生畏，这就是胡。胡人、胡虏，五胡乱华，曾经是我们惨痛的记忆。在公元3至5世纪时，汉人曾谈胡色变。我们害怕胡人，乃至胡人用过的东西，吃过的食物，胡地的植物等，统统都加一个胡字，如胡僧、胡马、胡琴、胡服、胡麻、胡萝卜……而胡杨，这大漠中的骄子，也是胡地家族中不可或缺的一员。岂止是不可或缺，在当下胡汉一家的中华大地上，它还在意气风发地书写着大自然最为独特的史诗呢。胡这个字带来的恐惧与忧伤，已经在漫长的岁月中被风化了，而胡杨却是如此的别具一格，它蓬勃的生机、不朽的身姿，不但没有被岁月风化，岁月反而使它成为传奇。

关于胡杨的故事与传说，科普与知识，我们已经知道很多。站在它跟前，你会觉得语言是累赘，但感情却不是。艾青说过："为什么我的眼里常含泪水？因为我对这片土地爱得深沉。"沙漠寸草不生，戈壁盐碱地茫茫，这是比贫瘠还要难堪的土地。然而，你依然应该爱它，因为它生长了胡杨。在这样的大地上，胡杨千年不死，死了千年不倒，倒了千年不烂，这是何等的豪迈！

塔里木河边的胡杨，见证了西域的历史，而额济纳的胡杨，也见证了这片土地的沧桑。如果没有读过西北边疆的民族史，我们看胡杨，只是看到了一席色彩的盛宴；知道了这片土地上每个朝代的主人，胡杨就不仅仅是风景，更是撼人心魄的历史大片。

当匈奴在这里建立龙城时，今天那些倒下的胡杨，那时正值盛年，用伟岸的身姿为说着胡语的战士们遮蔽风雪；当西夏王朝在这里建设它的边城时，可能砍伐了不少黑水河边的林木——除了胡杨，这里没有任何别的树木；当成吉思汗带着他剽悍的骑兵来到这里，这个永远只肯住在大帐里的帝王，可能就在眼前这片胡杨林里扎过他的虎帐。我想，他在这里宿营的时候，匈奴时代的葱茏大树已经枯萎，但还屹立着，像一尊远古将军的塑像。成吉思汗抚摸过它们吗？这棵或者那棵，我依次瞩望它们，想象着千百年前某一个月白风清的夜晚。黑水河潺潺的水声继续引起我的遐想：风吹树叶，我似乎听到了匆匆的马蹄声，那是冲破重重阻力从伏尔加河畔归来的土尔扈特人吗？两个半世纪以前，你们来到这片生长着胡杨林的土地建设新家园。匈奴时期的胡杨已经倒下了，它们横斜着的不屈的身姿，像你们永远不烂的弯弓吗？而你们的祖先成吉思汗扎营的林子，大木尚未枯萎，幼树已成浓荫。这就是胡杨林的魅力，这就是对家园的向往。对于热爱家乡的人来说，不仅仅热土难离，冻土也难离啊！

如今的额济纳胡杨林，已成为远近游客踊跃前来的5A级景区。在我心中，它是民族融合的历史现场。这个景区的地名也很有意思，八片景区用八座桥相连，从第一桥到第八桥我依次走过。跨过第四桥时，忽然想到了近代诗僧苏曼殊所写的《本事诗》第二首：

春雨楼头尺八箫，何时归看浙江潮？
芒鞋破钵无人识，踏过樱花第几桥。

曼殊的诗写自杭州，踏过弯弯的小石桥欣赏潇潇春雨中的樱花，婉约的意境里含着淡淡的忧愁。少时读这首诗一下子就记住了。年长后依着这诗的描述于早春去了一趟杭州。在很长的一段时间中，我喜欢江南的才子，中年以后，我的心态发生了很大变化，细腻的江南与粗犷的北方相比，我更喜欢后者。我一如既往欣赏才子，但更加仰慕英雄。曼殊"踏过樱花第几桥"与我眼下的"踏过胡杨第几桥"有着质的不同，一个静寂无声，一个众声喧哗。

导游告诉我们，要欣赏沧桑感的，看第四桥；要欣赏灿烂美的，看第七桥。这两桥是额济纳胡杨林的精华。我依次看过，第四桥的胡杨都是数百年数千年的老树，沧桑中透着灿烂；第七桥的胡杨要年轻很多，在这片戈壁与沙漠交织的土地上，百年的胡杨就算阅世不深了。

年轻就是花样年华，暮年就是繁霜满头。但是，在同一片阳光下，同一阵秋风中，老树与新树的灿烂并无区别。在经历过冬的肃杀，春的绽放，夏的蓬勃之后，秋，特别是秋分至寒露之间，胡杨才能爆发出它金色的辉煌。它激动每一双眼，熏染每一位访客，虽然短暂，却轰轰烈烈。

在林子里徘徊复徘徊，犹如徜徉在时间的长廊里。黑河与沙丘，盐碱地与荒漠，都是胡杨表演的舞台。抚摸着一棵死去胡杨壮硕的躯干，我想象着它汉时的繁茂与唐时的葱茏，想起了盛唐诗人王维的诗句：

大漠孤烟直，长河落日圆。

　　诗中的大漠，即胡杨林外的巴丹吉林沙漠；长河，即被称为弱水的黑河。弱水啊弱水，你是极少数不能流向海洋的河流，这是你的不幸。但应该庆幸的是，胡杨林对你不离不弃，生死相依，有这样一个知己追随左右，弱水啊弱水，你还是这人世间最幸福的河流！

2021年10月7日于闲庐

卡鲁奔山上的遐想

大兴安岭中，有两座小城以寒冷著称，一座是黑龙江省的漠河，被称为中国的北极；一座是内蒙古自治区的根河，被称为中国的冷极。每年冬天，根河总会因为寒冷而被央视新闻报导。有一年，根河的气温达到零下四十四摄氏度，这极寒的气温，便是来自得耳布尔的监测数据。

今年的暑期，因为寻找《大金王朝》电视剧的外景拍摄地，我来到了根河，同行的有我的家人及助手。随后，在朋友们的推荐下，我来到了得耳布尔。

从炎热的武汉骤然来到这里，我感觉自己的新陈代谢都停顿了。一些表达气候的词语在这里用不上了，比如说"酷暑"、"炎热"、"湿闷"与"蒸夏"等。一个人长久地住在一个地方，是没有办法理解不同经度与纬度之间环境的巨大差异的。"别有天地非人间"，这肯定是一个人离开故乡之后对异地的赞美。

这一天，当我随着热情的主人登上卡鲁奔山的山顶，便有了那种身在异乡却不忍离去的感觉。

得耳布尔是根河市的一座小镇。在其境内，有两座山比较有名，一座叫什路石卡山，一座就是眼前的这座卡鲁奔山。这两个山名都是鄂温克语，前者意为"萨满苏醒的地方"，后者为"闪闪发光的石头"。这么说，卡鲁奔山应该是一座石头山，但我却看不到一块石片，脚下全是松软的腐殖土，以及长在土层上面的艳丽的花草。我站在装有护栏的山顶边缘极目眺望，眼前是一片极为辽阔的湿地。得耳布尔河在湿地中蜿蜒。这种蜿蜒，是蒙古高原河流特有的形态，它的弯曲，有的地方如精致的蝴蝶结，有的地方如舞动的彩绸。整体上看极为粗犷，局部又尽显飘逸。蒙古草原上的河流大大小小多达三千多条，可是你却很少能见到沙滩。水波吻着草、吻着花平静地流过，由于频繁地弯曲，河水也就不能释放它的野性。看到草滩上奔驰的骏马以及更多的闲得无聊的马群，你就会觉得，宁静的草原过于善待了它们，同河水一样，它们蓄积的野性无法释放。

穿过辽阔的湿地，又是一脉错落有致的青色山峦，从苍郁的颜色来看，那山脉上也是森林密布，我想象着森林中到处生长的蘑菇以及林间隙地里猎人们留下的地窖子。

在来的路上，我曾在热心的陪同者引领下，去看过几处地窖子。有一处地窖子非常大，生火烧饭的厨房与居住区是分开的，厨房里修了石头垒起的孔道，让烟匍匐着排向河边。

陪同者有"考古"的爱好，他认为这是成吉思汗的骑兵留下的，为了不被人发现，才如此巧妙地把炊烟排入河中。但是，从地理角度与蒙古人的生活习性讲，这些地窖子应该是女真人留下的。大兴安岭是女真人的传统地盘，建立金国后，女真人在大兴安岭与阴山之间修筑了一条金界壕，这个地窨子会不会是金国守壕戍兵留下的呢？同行人中有一位考古学家，他证实了我的猜想，说这个地窨子完全是金国的形制。

卡鲁奔山是一座4A级景区，这个景区的设立不是因为卡鲁奔山本身，而是它脚下的这一大片湿地，准确地说，它是一座湿地公园。但是，如果没有这一座卡鲁奔山，你就无法看到湿地公园的全貌。

有人说，太阳底下没有什么新鲜事儿。我理解这句话的意思是：太阳底下发生的事虽然层出不穷，但却大同小异。这话对也不对。对的是凡事都有规律可循，不对的是逻辑思维不能涵盖生活的全部，就像我现在站立着的卡鲁奔山，它既是一座湿地公园的配角，放在更广大的区域，它无疑又是一个不可或缺的主角。

它既是根河市与额尔古纳市的界山，又是大兴安岭与呼伦贝尔草原的接合部。从这里往北走，是大兴安岭绵延无尽的森林，一旦钻进去，将会"迷不知终其所止"；往南走几公里，便是一望无际的葱绿草原，无论哪里，都是你的视线最宜停落的地方。

我是一名历史学家，站在卡鲁奔山顶上，我觉得历史并不重要了；我是一名诗人，在卡鲁奔山上的小路徜徉，我最想做的事情不是写诗而是深深地呼吸；我是一名旅行家，走到卡鲁奔山，我首先想到的是这里应该建一个木屋度假村，在这个被森林、河流、绿草、花海簇拥着的地方，夏天沐浴着惬意的凉风亲近云海，冬天披裹着童话一般的热忱拥抱冰雪。当然，更有趣的是，一年四季，你都可以坐上一架爬犁在山路或原野上漫无目的地闲逛。拉着爬犁的，可以是狗，是马，更别有风情的，是让一只鄂温克人训练的驯鹿替你拉着爬犁。在这里，无论你怎样搞怪，鹿也不会责备你。在鹿车上，穿森林，入花海，涉冰河，度过一段非常浪漫的游牧时光。

亲爱的朋友，这应该算是太阳底下的新鲜事儿吧。

2022年6月30日草稿
2022年7月27日修改

恋琴家的山坡

从海拉尔出来，我们的车驶入了通往根河的公路，这条公路与莫尔格勒河平行，我们朝着河的上游行驶。

我不止一次赞美草原上的河流。有一次，夕阳西下的时候，在西拉木伦河，我看到一只孤独的绵羊在啜饮着霞光一样的河水，从遥远的地方弯曲流来的水波，如同万花筒里的晶片，闪闪熠熠，变幻无穷。我停下车来，静观这美妙的时刻。我感到河里流动的不是水珠，而是天幕上所有的星星，都争先恐后赶到这条河中洗濯。光芒四射却又激情内敛。西拉木伦河成了一条魔幻之河。我多想成为那一只羊，在时光的流水中，吞咽那含蕴无尽光明的大地的乳汁。

出海拉尔不远，就是莫尔格勒河景区。我曾进去过，那里的确是欣赏莫尔格勒河的曲折与回旋最佳的地方。可是，我嫌那里人多，特别是旅游旺季，河边最美的地方，一堆一堆全是人。我是一个风景的拾荒者，除非万不得已，我绝不肯去人多的地方。孤独地啜饮时光，西拉木伦河的那一只绵羊是我的榜样。

渐行渐远，市尘消失了，草原的坦荡也徐徐展开了。但莫尔格勒河并没有消失，依然与我们平行前进，不同的是，路是笔直的，而河流是弯曲的。

在午后炽烈的阳光下，路面开始起伏。我们从平坦草原开始进入山地草原，而莫尔格勒河谷的风景也变得更加辽阔，更加生动。这乃是因为，我们出城的公路原本在河谷中，现在我们离开了河谷，能够从山上俯瞰这条神奇的莫尔格勒河了。

经过第一面山坡时，我就想停车。可是，我的向导，绰号马阎王的人坐在头一辆车上，他不顾我的联络，攒足了劲往前冲。

又多走了二十多公里，谢天谢地，马阎王的车终于停了下来。看到我面有愠色，马阎王笑道："这里看莫尔格勒河最好，这面山坡最好。"

马阎王大清早就从放牧地赶来，两只马靴沾满了泥浆。他一生都在放马，他本名叫张发，因为他太爱马了，所以被叫作马阎王。不是对马狠，而是他对所有攻击马的野兽心狠手辣，他曾赤手空拳打死了企图偷他马驹儿的一匹独狼，因此，人们才叫他马阎王。

马阎王说，最好的牧场都在河边上，他四十年的放牧生涯，多半在莫尔格勒河、大黑河、额尔古纳河边上度过。这三处河边的草场他太熟悉了，即便是伸手不见五指的黑夜，他也不会迷失方向。

踏上这面山坡，首先看到的是满坡生长的虽然葱绿但已开始变黄的草。马阎王说这叫碱草，是最好的马料。把马群赶到这儿，不用你操心，马贪吃这些草，不会瞎跑的。我说，马不是喜欢苜蓿吗？马阎王说，碱草生长季节早，它不是已经开始发黄了吗？等它枯了，苜蓿就开始疯长了，一季一季的草都不一样，老天爷眷顾马群呢。

碱草没膝，山坡像一个扇面朝着莫尔格勒河展开。这里莫尔格勒河弯曲的幅度远远大过景区那边，河面也不甚宽广，仿佛骏马纵身一跃就能跳过去，但我仍能看到缥碧的河水映衬着湛蓝的天空。河的两岸，散布着一群又一群的羊群、奶牛群以及马群。羊群是洁白的，奶牛的颜色是白底杂以红或黄的色斑，马群的颜色复杂一些，白、黑、灰、红或杂色马都有。相比之下，羊群与牛群要安静一些，它们似乎不知道什么叫嬉闹。马群却不一样，它们像有多动症的孩子，没事儿也要奔跑跳跃。它们增添了草原的动感，而河水，滋养着牛羊的莫尔格勒河水，也增加了草原的妩媚。

我观察到，牛群、羊群之间，都会间隔一段不短的距离，这是因为草原虽然辽阔，但都分到了牧民手中。我们只要数一数草原上的蒙古包，便知道这里散布着多少户牧民。每户牧民都只能在自己的草场上放牧。

我本想从山坡上走到河边，去掬一捧莫尔格勒河水洗一把手脸，但走到山坡边缘，就发现走不下去了，虽是土坡，却很陡峭。如果一定要下到河边，还得走回去绕到侧面的山坡迂回着下去。这一去一来，恐怕得两个多小时。于是我打消了到河边的念头，留在山坡上继续闲逛。

很快，我在山坡上发现了季节的秘密。夏至刚过，溽暑已临，可是，吹过山坡的却依然是西北风，凉爽、细腻，仿佛有一只婴儿的手在抚摸着你的皮肤。在大片大片的碱草中，我看到了春天的繁荣与深秋的肃杀。兰花躲在碱草的茎叶下，褪色的秆子上擎着一朵多瓣的小黄花；有点像槐花的女娄菜，白色的花瓣都是卷曲的；抢眼的蓝盆花不是蓝色，这小巧的花朵通体猩红，犹如舞会上的淑女，赢得那么多伴郎的称赞却又不胜娇羞；还有那边的漏芦也很有意思，茎如黄豆芽，花瓣如少女的卷发；点地梅洒了一地细碎的白，犹如被遗弃的月光；羽芒菊不规则的花瓣，托起球形的明黄的花蕊，奇怪的是，它的周围没有一株枯草，全都是绿草相衬……

花的舞会是盛大的，可是又悄无声息呢。因为茂密的碱草像是浓厚的乌云，它用自己单调的枯黄遮盖着六月的艳丽，同碱草一起枯萎的，还有马先蒿、猪毛菜、白草……然而，它们离离索索的样子并不代表着春天已经逝去。自然界同人类一样，单个的死亡并不代表族群的灭绝。你看，山坡上的绿色仍很抢眼呢。狗尾草、灯芯草、蓟草都争先恐后接过春天的接力棒，蓬蓬勃勃地擎绿溢翠。山坡上热闹非凡，你黄你的，我绿我的。这会儿，你生机勃勃，可是你不会嘲笑暮气沉沉。白居易说"离离原上草，一岁一枯荣"，但每一种草，每一朵花枯荣的时间绝不相同。枯荣是规律，但怎么枯荣则是花草们的自主选择。枯是大限，荣是繁茂。大限谁也躲不过，繁茂是个体的自由，谁也阻挡不了。

在山坡上我观察着草丛，观察着小花，陶醉其中，竟忘记了时间。直到马阁王跑过来喊我，他说："快上车吧，天快下雨了。"我这才发现，不知何时，太阳隐藏到云层里面了。但是，大草原依然清晰可见。南方的雨总是带着雾一起来，雨雾蒙蒙，这多半是形容雨。北方的雨与雾却是分开的。雾是地气，是潮润的产物，北方是干爽的，一阵小雨不会引发地气的氤氲。此时，雨后的草原变得更加透明。弯弯曲曲的莫尔格勒河，像一支小夜曲，平静地在我站立的山坡下淌过。

"这山坡叫什么名字？"我问。

马阁王觉得我这个问题有些古怪："这山坡怎么会有名字呢？在莫尔格勒河边，这样的山坡到处都是。"

"这山坡很美。"

"几年前，我在这山坡上放了一个夏季的马群。那时候，我替忍琴家放牧。"

"忍琴？"

"对呀，这是忍琴家的山坡。这是夏季牧场，过了八月，我们就会转场。"

雨越下越大了，我们重新上路，沿着331公路，向拉布大林的方向驶去。从此，我记住了忍琴家的山坡。

2022年7月30日于龙潭书院

惦记那一只驯鹿

云缝中筛下的太阳特别明亮，路两旁的白桦、红松好像被天使刷上了一层霞光。简易公路很颠簸，但路上的风景很好。绵延的森林覆盖着平缓的岗峦、长满了灌木的湿地以及在紫色花丛中挺立的樟子松。像是一幅又一幅精心描绘的油画，浓郁的色彩中渗透着至深至醇的宁静，它稀释了因为颠簸而带来的不适。不用深呼吸，你也会感受到空气中的甜味。

临近中午的时候，我们到达金河镇，这是内蒙古大兴安岭中最大的一个小镇，距根河八十多公里。在这里我们离开了林区的中心公路，拐入一个河谷的坡地，无尽的灌木让你感受到大兴安岭胸怀的广大。越野车穿过好几条清澈的溪流，然后又一头扎进了密密的林海。从根河出来，除了竖有一块"中国冷极"纪念碑的森林驿站与金河镇两处之外，几乎看不到人烟。走了截小路，树木显见地茂密起来，我们的车子也停下来。

根河当地给我当向导的朋友说，鄂温克人的驯鹿点到了。下车后，向导把一位站在路边的中年汉子介绍给我。这个人姓戴，曾担任过敖鲁古雅乡的党委书记，前几年他辞职了，专心当一名驯鹿人。我惊讶地问："辞去官职当一名牧民，你是怎么想的？"老戴笑了笑没有回答我。

他领着我钻进了林子，一阵风来，我闻到了牲畜粪便的味道以及刺鼻的烟熏味，再往里走了几十米，便见坡路之下的洼地里，散牧着一大群驯鹿。

洼地很潮湿，在洼地的上方，一排高大的白桦树底下，一只被铰掉一半的废油桶里，冒出一股浓烟。顺着风向，浓烟向洼地蔓延。闻到浓烟，我止不住呛咳。但是，密麻麻站在洼地里的驯鹿们，却丝毫没有逃窜的意思。我感到纳闷，老戴解释说，驯鹿最害怕的是蚊虫，而五六月份，正是大兴安岭蚊虫最多的时候。这段时间，驯鹿的日子最难过。蚊虫最怕的是浓烟，每到这个季节，驯鹿的鄂温克人便用熏烟来为驯鹿解困。

听完了解释，我依然害怕浓烟。因为我不但有沙眼，前两年又患了轻度的干眼症，一见到浓烟我就会流泪不止。我站在洼地边缘的避风处，欣赏着这片白桦林里的驯鹿。

洼地里的驯鹿有一百多头，我大约能分辨出鹿的雄与雌，大与小。更细致的区分（比如说衰老与雄壮，漂亮与平庸，纯种与杂交），我则无能为力。这些驯鹿的背部几乎全部是棕色，有的是灰棕，有的是栗棕。它们的腹部与四肢，则多半是白色。驯鹿应该算是大型野生动物了，眼前鹿们的身高，大多数超过一米。眼下是它们脱毛的季节，大兴安岭的五月如同江南的春季，为了迎接夏季，驯鹿在春天到来时就开始脱毛，到了九月，浓霜开始铺地，为了抵御冬季的严寒，驯鹿们几乎在一个月之内就能长出浓密的冬毛。

我还注意到，即使是脱毛季节，驯鹿的耳孔、鼻孔、眼睑周围，依然被浓密的绒毛覆盖。驯鹿的脸部阔大，也是绒毛密布。我猜想，这还是因为蚊虫，遮蔽所有的孔窍与面颊，乃是为了抗拒天敌。

就在我欣赏鹿群时，发现老戴正指挥两名鄂温克人将一只约两岁的雄鹿牵到一棵白桦树下捆绑。他们在白桦树下用两根木头临时搭了一个人字架，将雄鹿的头卡在中间，它的屁股也被绑死在白桦树的树干上。我发现那只雄鹿正是我刚才赞赏的长了两根美丽鹿角的生灵。我说，我敢断定，在圣诞节的夜晚，拉着圣诞老人雪橇的驯鹿，应该没有这一只漂亮。没想到这一句赞美给这只驯鹿带来了灾难。看到两名鄂温克人用他们民族的语言在交谈，其中一位手上还提了一把锯子，我感到有些不妙，就问老戴："你们要干什么？"

老戴说："锯鹿角。"

我慌忙阻拦，这么美丽的鹿角要被锯掉，这太残忍了。

老戴解释："每年春天，鹿都会掉毛，鹿角也一样，每年都会换一次，有的是自己掉角，有的掉不了，它们自己也会找个树干，把它们的鹿角碰断。"

"是真的吗？"我疑惑道。

鄂温克人虽不会说汉语，但他们听得懂，他们憨厚地笑着，并使劲地点着头。

这奇怪的生灵！那一刻，不知为何，我想到了受难的耶稣。

两名鄂温克人拉起了锯子。小时候，父亲锯木板，我打过下手。同锯板子一样，两名鄂温克人一个拉，一个扯。但板子不知道疼痛，眼前的这只驯鹿却是活生生的一条命啊！在略显沉闷的拉锯声中，我看到鹿的两只后腿痉挛般地刨着地皮儿，便不敢再看。大约五分钟时间，那一只生了好多枝丫的美丽鹿角才被锯断。鄂温克人用双手托起来让我欣赏。尽管这鹿的头饰可与世界上任何一顶珍贵的皇冠相比，我也不敢抚摸它。我惊悸地寻找那只已被解除捆绑的雄鹿，发觉它已一溜小跑回到鹿群中，仿佛什么事都没有发生，它又开始觅食了。而它的同伴，也没有谁向它嘘寒问暖表示同情。

这时，我听到一声悠长的鸟鸣。

我差一点沉入"鸟鸣山更幽"的冥想中。这回是向导捅了捅我，他将一只盛放着半杯酱红色液体的玻璃杯递给我。

"这是什么？"

"鹿血。刚才锯下的鹿角中流出的，喝了对身体非常有好处。"

尽管我知道这是鄂温克人待客最隆重的方式，也依然不敢啜饮。我只是礼貌地把杯子接过来沾了沾嘴唇，然后又还给了站在一旁的老戴。

我的目光一直未曾离开过那只雄鹿。很显然，这只雄鹿生命力最为旺盛，这会儿它离开了浓烟有些减弱的洼地，独自沿着畜栏的开口向山坡上的密林走去。

老戴说，驯鹿锯角后，需要营养滋长新的鹿角。在整个夏季，它们的胃口都很好，它现在要去寻找新鲜的食物。

"它吃什么呢?"我问。

"苔藓。"老戴望了望密林深处，"教科书上说，驯鹿会吃白桦树叶，甚至也会吃鱼，但从我们饲养的驯鹿来看，它几乎只吃苔藓。"

我与老戴悄悄儿跟在那只雄鹿后面，但它很快发现了我们，撒开蹄子上了一处峭壁。很显然，它讨厌我们。

我想知道，驯鹿吃的苔藓长什么样儿。老戴指给我看，原来是一种乳白色的，叶片有点像梅瓣，但边缘有着小刺的苔藓。我采了一块，发觉叶片很硬，老戴说，下雨后，叶片会变软。驯鹿觅食，会在森林中寻找生长苔藓的地方。到了冬天大雪封山，驯鹿们也会刨开冰雪，找到它们要吃的苔藓。

听说现在鄂温克人饲养的驯鹿只有不到一千只，我感到奇怪。老戴说，原来，大兴安岭地区驯鹿的觅食面积有八百万公顷，而因森林砍伐、城镇建设等各方面原因，驯鹿的觅食面积降到了三百万公顷左右。

鹿是鄂温克人的灵魂。

这句话，老戴说过好几次。

鹿是一个大家族，种类有五十多种，最为大家熟知的是梅花鹿。驯鹿也是鹿族的一种，它生活在北极圈的极寒地带，食物匮乏是它们面临的主要问题。为了觅食，一只驯鹿每年走过的路大约有五千公里。驯鹿啊，你每年都在长征。

离开鄂温克人的驯鹿点，我们重新走上了回根河的路。来的路上，我感叹这里人烟稀少，现在又不免感叹，驯鹿的家乡，我们又侵占了多少呢？出入烟霞友驯鹿，是古人羡慕的神仙生活。用这个标准衡量，圣诞老人该是一个令所有儿童都喜欢的"神仙"了。而中国的鄂温克人，则是五十六个民族中的神仙一族了。

愿鄂温克人与驯鹿，在我们的新时代里，永远都能安逸地生活。

2022年8月8日于大连红旗谷

在雪山的环抱中

踏上从喀什前往塔县的314国道，近三百公里的行程中，雪山一直陪伴着我们。两座海拔超过七千米的雪山——公格尔峰与慕士塔格峰，还有绵延的山脉与众多的峰头，如影随形；它们无论是整体还是个体，都让我心旷神怡。行驶在塔什库尔干的河谷中，青葱与黄沙交织；沿着古丝绸之路盘旋而上，白雪与蓝天相映。有它们相伴，我们的旅行是豪华的；与瑰丽为伍，我们的感观是奢侈的。做大自然的饕餮之徒，一个人的心灵可以无限扩大，他的味觉、嗅觉、触觉与感觉，也会变得异常灵敏。体会山水的韵律，感受光影的节奏，从无尽偃伏中品味繁华，从傲岸不群中咀嚼平淡。读万卷书，首先要读懂大自然这一部天籁之书；行万里路，万里之遥依然走在祖国的疆土上，我是何等快乐与自豪的行者，不不不，我不只是行者，而应该是一个且走且歌的行吟者。

登上帕米尔高原是我多年的夙愿，今日得以成行，我终于看到了拥有"万山之祖"美誉的这一片高地。这里没有商业的优势，但却是丝绸之路的咽喉；这里不是爱情伊甸园，却有着诸位神仙都向往的瑶池。巍峨啊巍峨，生物与冰雪在这里找到坐标；回环啊回环，历史与中华在这里找到了高度。且行且思，情不自禁，我试图从已经风化成碎片的历史中，找到帕米尔的灵魂。

一　从不周山到葱岭

帕米尔这一名称，来自波斯语，意为世界之平顶屋（世界屋脊）。

塔吉克与柯尔克孜两族，是帕米尔的原住民。但是，帕米尔最早的记载，却来自汉文典籍。

《山海经·大荒西经》记：西北海之外，大荒之隅，有山而不合，名曰不周负子，有两黄兽守之。

屈原在《离骚》中吟诵：路不周以左转兮，指西海以为期。

《淮南子·天文训》一篇，记载的不周山可谓上古的神话：昔者，共工与颛顼争为帝，怒而触不周之山，天柱折，地维绝。天倾西北，故日月星辰移焉；地不满东南，故水潦尘埃归焉。

前人考证，不周山在昆仑山的西北，即今天的帕米尔高原。帕米尔高原上，有昆仑山、喀喇昆仑山、天山、兴都库什山四大山脉会合，所以有"万山之祖"的称呼。昆仑山的西北，峰头众多，不周山究竟是哪一座峰头，则不得而知了。

我一直纳闷，帕米尔为何取名为不周山。后来读了《穆天子传》才找到答案。《穆天子传》这部书发现于晋代。开头，人们只把它当成神仙志怪一类的书来读，自郭璞为它作注后，大家这才意识到这还是一本地理书，同《禹贡》一样，是中国古老的地理典籍。《禹贡》记载的只是以中原为中心旁及周边的地理；而《穆天子传》则是远涉洪荒，从西周的都城镐京出发，一直向着西北，周穆王开始了他声势浩大的远游，最终在瑶池与西王母相会并觞宴歌咏。

周穆王是西周的第五位天子，他的这次巡狩，已是出了周朝的疆域。在《穆天子传》中，称昆仑为"西王母之邦"，可见这里已没有周朝的臣民了。

我揣测，不周山这个名字，应该与周穆王这次巡游有关。意思是住着西王母的帕米尔，并不是周朝的领地，所以称它为不周。当然，这只是我的一个推断，不见得正确，且存一家之言吧。

汉朝之后，帕米尔的另一个名字取代了不周山，即葱岭。

有一本书叫《西河旧事》，作者不详。但这本书的影响很大，它大量记录了中国古地理位置，如河西走廊的焉支山、祁连山等。书中内容多次被《后汉书注》《史记索隐》等史籍所引用。在这本书中，我们第一次看到了葱岭这个名字：

　　葱岭在敦煌西八千里，其山高大，上生葱，故曰葱岭也。

从今天的敦煌到帕米尔的塔县，大约2400公里。汉时一里的长度约为405~430米，换算下来，这个里程与今天差不多。

《西河旧事》对帕米尔的记载，至少透露了两个信息：一是在张骞出使西域之前，从敦煌到葱岭就有一条通行的道路。《穆天子传》记载了周穆王西行昆仑的详细里程与路线。后人是不是根据这个路线而往返帕米尔与内地呢？司马迁如果读过《穆天子传》与《西河旧事》，就不会把"凿空西域"这一功劳完全记在张骞身上。二是两千多年前的帕米尔高原上，的确长满了葱。"上生葱"的"上"即指帕米尔高原，这些葱可能长在河谷，也可能长在山坡上。但这些葱，今天已很难见到了。

查阅相关资料，葱岭上的葱，学名叫大花葱，属百合科，多年生球根花卉。它喜欢凉爽、阳光，害怕湿热，最适宜的土壤是沙壤，忌黏土，且耐寒，零下二十多摄氏度也不会冻死。从发芽到开花，需要七年的时间。花开出来像一团紫红的火球，非常艳丽。它分布于土耳其、伊朗以及中国新疆等阳光充足且土壤沙化的广大亚洲内陆地区。

夏季是大花葱的休眠期。我没有见到大花葱的踪影。何止是我呢？现在的游人恐怕都没有这个眼福了。帕米尔高原上，大花葱虽没有绝迹，但那美丽的夜，像西王母一样，只是"缥缈孤鸿影"了。

所以，今天的国人，很少有人知道不周山，也没有多少人提及葱岭。314国道上川流不息的游人，都是奔着帕米尔高原而来。

二 从蒲犁到朅盘陀

来到塔县，我游览的第一站是全国重点文物保护单位石头城。

一块石头，小至鹅卵石，大至一处峭壁，一座山峰，都可以给历史提供各种机会。

脚下的石头城，就是建造在一块巨大的石头上。它的海拔是3200米，对于四周的高山来说，它只是河谷的一个小丘；对于河流边上的盆地来说，它又成了一座易守难攻的孤峰。

西汉时期的西域三十六国，唯有一个邦国建在帕米尔高原，它的名字叫蒲犁，石头城是它的王城。

关于蒲犁国，《汉书·西域传》记载如下：

> 蒲犁国，王治蒲犁谷，去长安九千五百五十里。户六百五十，□五千，胜兵二千人。东北至都护治所五千三百九十六里，东至莎车五百四十里，北至疏勒五百五十里……

另史书记载，蒲犁国属于氐羌系，是一个游牧行国，其先祖可能是华夏族番禺氏。在春秋战国时代，番禺氏在迁徙途中融合其他民族，形成多支裔族。其中有一支与另一个族群融合，迁居到蒲（今山西永济），在那里又与一支戎人融合，被称为蒲戎。

这一支蒲戎人大约在战国时期西迁至甘肃西部与新疆东部一带，继续过着游牧生活，最终到了葱岭，并在一处名叫喀尔楚的地方建立了蒲犁国。据《汉西域图考》，这个喀尔楚，即今天的塔什库尔干。

蒲犁国是怎么消失的？

这是一个没有答案的问题，史料中只是记载了蒲犁国由何人建立以及存在的大致时间，却没有讲它是如何消亡的。

这个游牧行国是被后来在此建立竭盘陀国的塔吉克人消灭了呢，还是他们自己又游牧去了别的什么地方？历史上没有任何记载。不过，有一点可以肯定，蒲犁与竭盘陀两国之间不存在传承的关系。一个是东方的苗裔，一个是西方的族群。这是两个不同的血统，他们是否同一时期生活在帕米尔高原，也有待考证。

竭盘陀国的历史，在汉文文献中，最早见于《梁书》：

> 渴（揭）盘陁（陀）国，于阗西小国也。西邻滑国，南接罽宾国，北连沙勒国。所治在山谷中，城周回十余里，国有十二城。风俗与阗相类……王姓葛沙氏。中大同元年，遣使献方物。

在南北朝分治时期，黄河流域属北朝，中国的北方都由其管控或羁縻；而与之对峙的南朝则控制着长江流域，兼及百越与岭南。作为南朝第三个统治王朝的梁朝，为何在史书中记载了一个与他们的地理并不连属的竭盘陀国呢？其因或许就是上述引文中的最后一句话。

梁朝的中大同元年，即公元546年，揭盘陀国王派出使节到达梁都城建康（今南京），敬献方物。

《魏书》没有记载揭盘陀国的历史，却记载了西域九国到洛阳来朝拜北魏皇帝的事件，其中就有揭盘陀国。北魏亡于公元534年，一心要与中原交好的揭盘陀国王这才又遣使到了南京。唐统一全国后，揭盘陀国又及时派遣使节前往长安，向大唐帝国表达纳贡臣服之意。到了8世纪，与唐朝同样强大的吐蕃王国入主西域，揭盘陀迫于形势，这才选择归附了吐蕃。据有限的史料推断，揭盘陀国建立于1世纪，但我认为不会有那么早，可能要晚一百多年，而消亡于8世纪。这一个在帕米尔高原上存活了六百多年的小国，一直与中原王朝保持了良好的关系。

三　玄奘与马可·波罗

前面已讲过，第一个踏上帕米尔高原的中原人是西周第五个君主周穆王。此后历朝历代，都有不少汉人来到这座神奇的高原，并通过石头城穿过瓦罕走廊，走向更为广阔的西域。毋庸讳言，塔县石头城已经成为古丝绸之路中最为重要的地理标识之一。

穿越帕米尔高原走过丝绸之路的人很多，但留下行旅记录的人却并不多。

说到经过帕米尔高原的旅行者，有两个人不得不提，一个是《大唐西域记》的作者玄奘，一个是《马可·波罗游记》的作者马可·波罗。

玄奘出使印度探求佛法，回国途中经过朅盘陀国，关于这个小国的风俗与王城，他写道：

> 朅盘陀国，周二千余里，国大都城基大石岭，背徒多河，周二十余里。山岭连属，川原隘狭，谷稼俭少，菽麦丰多，林树稀，花果少。原隰丘墟，城邑空旷。俗无礼义，人寡学艺，性既狂暴，力亦骁勇，容貌丑弊，衣服毡褐……

如果仅仅读这段文字，人们会觉得朅盘陀国绝不是个好地方。我疑心玄奘进入朅盘陀国境时，是不是让士兵粗暴地盘问过，或者因为什么事，他的随从与当地牧民发生过争执甚至引起斗殴。他说当地人"容貌丑弊"，这不太公允。塔吉克族属于白种人，蓝眼睛高鼻梁皮肤白皙煞是好看。我走在塔县县城里，看到的多是养眼的美女与帅小伙儿，很难见到丑陋之人。从玄奘到现在一千多年，塔吉克人一直是这里的土著，变化为什么这么大呢？

幸好玄奘笔锋一转，又写道：

> 然知淳信，敬崇佛法。伽蓝十余所。僧徒五百余人。习学小乘教说一切有部。今王淳质，敬重三宝，仪容闲雅，笃

志好学……

这么说，揭盘陀国的国民是长相丑而心灵美，他们的国王举止文明。其实，塔吉克人天生能歌善舞。我在塔县，听到塔吉克族民歌以及小伙子吹奏的鹰笛，看到表演的鹰舞，一个晚上都在陶醉之中。

在审美问题上，我与玄奘存在着明显的差异。但玄奘说到揭盘陀举国信仰佛教，在石头城内有十几座寺庙，五百多名和尚。这一点我相信——石头城的遗址上，有多处寺庙的基址留存。伊斯兰教的进入，是玄奘去后四百多年才发生的事。

旅行家马可·波罗，是在大元帝国的鼎盛时期来到中国的，比玄奘又晚了五百多年。他从波斯穿越兴都库什山脉来到帕米尔高原。他说：

> 在这里的两个山脉之间可以看见一个大湖，有一条河发源于此，流经一个广阔的平原。草原上有丰富的青草，草质非常优美，即使最瘦的畜生在这里吃草十日，也一定会变得臕肥体壮。
>
> ……
>
> 这个高原名叫帕米尔高原，沿高原走十二日，看不见一个居民。因此出发前必须准备好一切路上所需的食物。此处群山巍峨，看不到任何鸟雀在山顶上盘旋；同时因为高原上空气稀薄的缘故，点起火来，不能产生与低地同样的热力，

对于烹煮食物也难以产生同样的效果。这种现象虽然让人觉得不可思议，但却是被事实证实了的。

马可·波罗经过帕米尔高原之前，先到过巴西亚、喀什米尔、服堪三个王国，下了帕米尔高原之后，又到了喀什噶尔与叶尔羌两座繁华的城市，对这五处的城郭山川，以及展现的文明，他都极尽赞赏。对帕米尔高原，他也给予了溢美之词。但是，他丝毫没有提及这座高原的神话与历史。这乃是因为他来到帕米尔高原是在13世纪末期，其时的蒲犁与揭盘陀两个王国早已烟消云散，石头城仍在，但已变成了元朝的葱岭守捉所。尽管元代的石头城曾大兴土木，规模超过以往的王城，但在马可·波罗眼中，这依然算不上一座城市。所以，他并没有对石头城作一番绘声绘色的描述。

马可·波罗眼中的帕米尔高原，显然比玄奘经过此地描述的景象要明亮很多。玄奘说帕米尔高原不长树，全是细草。马可·波罗说："草原上有丰富的青草，草质非常优美。"两人在视觉上的差异非常大，细究起来，恐怕与生活阅历有关，玄奘生在农耕社会的中原，欣赏的是嘉树成围，稻麦千重的风光；而马可·波罗虽然出生在威尼斯，但在海洋的熏陶下，他喜欢阔大的地方，所以他并不认为帕米尔高原是令人生畏的异域。

四　在雪山的怀抱里

不同的地域表现不同的生活方式，自然风貌与人的精神风貌也是深度契合的。帕米尔高原给每一个旅行者都留下心灵的投影。去国怀乡之人，来到帕米尔，会想到李白的《蜀道难》；梦求登仙之旅的人，来到这里，又怎能不载欣载奔。

那一天，我们告别石头城，在盛夏的轻寒中，我们的车犹如一叶轻舟穿过金草滩。在万千草叶的轻抚下，车子碾轧着塔什库尔干河谷中满是沙砾的路面。这情形让我想到了唐朝诗人王湾的两句诗"客路青山外，行舟绿水前"。诗境两异，但诗情却是相通的。所不同的是，这客路并不在青山中蜿蜒，而是在雪山中飘舞。

身处帕米尔高原腹地的塔县，值得游览的景点不少，但最值得去的地方，一是石头城，另一处就是我们正在奔赴的盘龙古道。

盘龙古道是一条由塔县县城通往边境瓦恰乡的公路。瓦恰乡与印度、阿富汗、塔吉克斯坦三国相连，山高坡陡，雪峰簇簇。没有修通公路之前，从县城前往瓦恰乡真的会令人发出"行路难，难于上青天"的浩叹。瓦恰公路修通之后，翻越海拔四千多米的雪山，仅需三十余公里。公路有六百多个"S"形的大拐弯，从坡顶向下望，任谁都会惊叹眼前这个势如盘龙、状若飘虹的惊世之作，它不仅仅展现了变绝塞为通途的伟力，更是一件融合科技与理想的令人叹为观止的艺术品。从塔县到喀什，马可·波罗走了十二天，而现在只需要三个小时的车程。时间改变了地理，也重塑了中华。

石头城与盘龙古道，都在雪山的怀抱中。

在返回喀什的路上，我想起昨夜写的一首诗：

> 少年屡梦射天狼，葱岭登临鬓已霜。
> 促膝手扪千尺雪，比邻肘接万山王。
> 盘陀国破城犹在，古道车稀寺已荒。
> 世事兴衰云过眼，雪光闪处见霞光。

诗名就叫《塔县石头城怀古》。

2022年8月29日于梨园书屋

独库公路的行旅

一　揭示大地的隐秘

我不是因为好奇，也不是出于趋众的心理才踏上独库公路。我曾五次到新疆，其中三次属于考察，南疆与北疆我都走过不少地方，却没有走过独库公路。这次新疆之行是考察汉唐时期的西域邦国遗址及佛教东渐的传播路线。独库公路是此次旅行的最后一站，我为此留下了四天时间。如果说前半个月的考察倍极艰辛，那么独库公路的旅行将是对前段工作的补偿，我想借此让我的同伴与助手得到一次身心放松的机会。

独库公路声闻天下，起点是独山子，终点是库车，全长五百六十一公里。我们考察完库车境内的克孜尔、库木吐喇、孕哈三处石窟之后，便自南向北，开始了独库公路之旅。

过了离库车县城不远的盐水沟收费站，面前即展现出一条刷黑的柏油公路，黑得发亮的路面与两边金黄灿烂的雅丹地貌形成鲜明的对比。进入独库公路的第一分钟，我们视觉的震撼就开始了。当地人称这一段山体为金字塔旅游区。看到苏巴什佛寺的遗址并用自己的脚步丈量过却勒塔格山的众多沟壑之后，我们相信，这一种地貌最能代表库车的大地威仪。时间借助风力与洪水，雕琢出金字塔般的巍峨圣殿。

前半个月的旅行，大部分时间我们没有见过公路，我们在茫茫的戈壁与流沙中穿行，我们露宿沙漠、驻车荒野，看不到一只飞鸟，也听不到流水潺潺。干涸的河道旁耸立着故城佛塔的夯土，戍堡与烽燧的残迹披着干燥的月光。我的同伴与助手虽然精神亢奋，但感官上却是单调乏味的。因此，钻出罗布泊与塔克拉玛干的他们，进入独库公路初始，无不情绪饱满，欢呼雀跃。我以为他们兴奋一阵子后，会冷静下来，成为正常的观光客，谁知道他们在未来几天的行程中，热情从未收敛。为美而陶醉是人的本能，为美而放纵则是诗人的本能了。

地域辽阔的新疆，地形归纳起来，即三山夹两盆。北边的阿尔泰山，中间的天山，南边的昆仑山。三山之间，夹着准噶尔与塔里木两个盆地。独库公路修建在新疆中部，连接南北穿越天山。从天山之南的阿克苏到天山之北的伊犁，独库公路像一根放蔓的瓜藤，一只一只丰硕的"瓜"，即一个又一个风景名胜散落在天山山脉中。蓝天、白云、雪山、花海、冰川、草原、河流、峡谷、森林与飞瀑……春夏秋冬四季的景色，四时的风光，都在这里交融。各妍其妍，妍妍互衬；各雄其雄，雄雄争秀；所有的净千古不化，所有的美融为一体。蝴蝶不碍蛀虫，骏马不欺牛羊……万物有灵，和谐共处。走在独库公路上，当你看到山一层一层地扑来，又一列一列地隐去，会产生"山重水复疑无路"的感觉；当你看到蓝天上的白云如同羊群，而草原上的羊群又如同白云的时候，真的会感到"柳暗花明又一村"。这是心灵放假的地方，又是心灵净化的胜地。

有人认为"地理是历史之母"。这话不一定对。因为决定地理的还有气候。但至少也揭示了一个规律，即人类生存环境的时空关系：地理是空间，历史是时间。进入中年之后，我所有的兴趣都在于挖掘历史的故事。最近几年，我又领悟到，对于研究人类的发展来说，仅有历史的故事是不够的，还必须搜寻大地的隐秘。

独库公路的行旅，为我搜寻大地的隐秘提供了一个绝佳的机会。

由南进入独库公路，第一个较为响亮的景点是天山大峡谷，这个大峡谷在库车河畔。当地的维吾尔族人称它为"克孜利亚"，意为红色的山崖。它是天山山脉强烈的上升过程中，于此地造成的褶皱与弯曲，加上千秋万代的风蚀与水蚀而形成的沟壑。在风与水之外，还应加上光照，长此以往，才形成当下的丹霞地貌与嶙峋岩石，这种地理风貌的形成，乃是风、洪水、阳光的交相作用。所以我才说，没有气候就没有地理。

唯有地理与气候，才能揭示独库公路的隐秘。但我知道，在真正的自然隐秘面前，语言是苍白无力的，甚至词不达意。尽管力不从心，我还是愿意选取几个片段，与亲爱的读者分享我的感受。

二 从库车河到开都河

不管你走了多久，雪山永远在前方等着你。

过了盐水沟收费站后，大约有四个小时的车程，我们一直在库车峡谷中穿行。在沉积岩支撑的丹霞地貌中，除了库车河谷中有一些红柳丛与白桦林，山体上几乎寸草不生。作为塔里木河的支流之一，库车河在这一带倒是水量充沛。在干旱少雨的内陆，这河水多半来自雪山。有河水就有绿洲。但这里绿洲的面积并不大，加之沟深风急，不适宜人畜生存，所以一路行来，很少看到人烟。我还注意到，河里的石头颜色都偏黑，它们都是含着铁矿的石头。一次次的山洪，将这些大如水牛小如鸡卵的石头从山上冲下来充塞河床。我们看到一栋挂着"河南矿业"牌子的楼房，证明了这些丹霞山里面，果然藏着可供开采的铁矿。

从一处隧道里钻出来，丹霞山突然就不见了。公路仍然沿着河谷迤逦前行，大致的方向朝着东北。河两岸的峰峦，突然都青葱一片。这里的青葱不像南方那样翠得发亮，而只是在岩地上敷了一层浅浅的绿草，即便这样，我也觉得精神一爽。

我想到北宋大画家范宽的《溪山行旅图》，那一股清气，泠然扑面而来了。此处的山，既不如范宽家乡的华山，更不如江南的黄山。但枕山而流的河水，或可称为人间的神品。库车河水自西南流向东北，它从并不遥远的雪山流来。这雪山，应该是天山的支脉却勒塔格山了，它的主峰也有海拔7000米之高。我们所在河谷的海拔高度约1700米。从雪山之巅流到这里，一路上没有人烟，却有花海；没有唱晚的渔歌，却有迟迟不肯归去的晚霞。

我们的车停下来，我让司机去河里舀一桶雪水用来烹茶，当然不是现在，而是到达目的地后的晚上。

我们的目的地在哪儿呢？待会儿，我会告诉你们。现在，还是让我们欣赏眼前的美景吧。

细心的司机担心近处的河水被游客污染，他提着大号的空塑料瓶子尽可能地朝上游走去。此时阳光炽烈，但河谷里的风却是凉的，我发现一只鹰乘着气流从雪山方向飞来。其实它没有飞，只是平展着翅膀滑翔。我突然想起我们带来的无人机，我让助手取出来放飞。很快，无人机飞上了900米的高空，它飞到了鹰的上面，接着又飞过第一重山脊。从肉眼来看，它仿佛接近了雪线，但从监控器上看到，它与雪山还隔了几重峰岭呢！令我欣喜的是，山脊的后面不再是敷着浅草的脆弱的地衣，而是郁厚的森林。最美的风景总是在人迹罕至的地方。森林中，溪流淙淙，有一丛高约数丈的危崖，溪水从那里跌落，形成一道颇为壮观的瀑布。溅起的水珠在阳光的折射下形成一层薄薄的光晕，西南风吹过，光晕浮漾幻化出的彩虹，梦幻一般地飘动着，滑翔过来的鹰，翅膀上满是彩虹的碎片，它一个侧身，滑落的虹片犹如闪闪熠熠的钻石……

司机拎了一大桶库车河河水气喘吁吁地回来了，我们重新上路。那只鹰追着我们的越野车飞翔了一阵子，又毅然决然地飞回库车河谷。鹰同人一样，旧土难离啊！何况这旧土有着虹彩的雪浪，镶花的林海。

我们继续前行，独库公路的每一程，景色都美不胜收。过了铁力买提与呼屯郭楞两个隧道，我们终于走出了崇山峻岭，一大片草原出其不意地进入眼帘。

低缓的山坡上长满了天鹅绒般的绿草，起起伏伏犹如大地春天的波浪。在这波浪中，马群、羊群、牦牛群像雨后的蘑菇，一簇一簇地绽放。放牧的人骑着马时而登上山岗，时而涉过流水，他们忙碌着，却又让我感受到他们的悠闲，他们涉过的流水是一条弯弯曲曲的河，河边散落着一顶顶蓝白相间的蒙古包。

此情此景，我好像来到了蒙古高原，置身在莫尔格勒河边上的呼伦贝尔草原。

但是，这里不是。这条河名叫开都河，河两岸是广袤的巴音布鲁克草原。按原定的计划，进入独库公路第一天，我们会在巴音布鲁克住宿。

下午四点，我们入住镇上的雪域酒店。放下行李，我们立即乘坐观光车奔向四十公里外的小尤勒都斯盆地，在那里可以欣赏开都河的落日。

说实话，刚刚踏上这片草原，我的意识产生了一点小小的混乱。因为一个月前，我到了呼伦贝尔，在莫尔格勒河边的一处山坡上看着曲折的河流以及两岸草原上的无穷碧色，身心有一种被净化的感觉。为此，我写过一篇散文《忍琴家的山坡》。眼前的景象与呼伦贝尔太相像了。但很快，我的思绪就调整了回来，我开始寻找这片草原的特点，或者说它独有的风貌与故事。

　　巴音布鲁克是一个历史与神话交织的地方，它的面积大约为2.4万平方公里，仅次于呼伦贝尔，是中国的第二大草原，也是中国最大的高山草原。在这片草原生活的主要居民，是曾经的蒙古族的土尔扈特部。历史记载中，土尔扈特部的祖先名叫王罕，他的族人担任过成吉思汗的护卫。在1219年蒙古第一次西征中，土尔扈特部追随成吉思汗打到了里海与黑海以北。后来，他们随着成吉思汗回到蒙古高原，但又参加了后来的西征，并最终定居在俄罗斯境内的伏尔加河流域。那时，这片土地属于成吉思汗的长孙拔都建立的金帐汗国。到了18世纪中叶，由于沙俄帝国的崛起与金帐汗国的衰败，土尔扈特部的后裔们不堪忍受沙俄的压迫，于是在当时的首领渥巴锡的领导下，召开了一个小型的秘密会议，决定离开已定居数个世纪的伏尔加河畔的草原，重新回归中国。这个决定是如此的大胆，又是如此的不可思议。要知道，无论是渥巴锡，还是多达数十万的部众，都是在伏尔加河畔出生的土著了。他们的祖先，一代又一代，都长眠在伏尔加河畔的草原上。但他们凭着一个信念，一个遥远的怀想，一个对故国的向往，义无反顾地决定举族迁归故土。

　　"到东方去，到太阳升起的地方去寻找新的生活。"渥巴锡用这句话鼓励部族。就这样，历时半年之久，同追兵、瘟疫、饥饿等做顽强的抗争，大部分土尔扈特人终于回到了中国。彼时当政的乾隆皇帝大为感动，下旨拨出巨款与物资安顿东归的英雄。而巴音布鲁克草原，则成为东归的土尔扈特人新的家乡。

荡气回肠的东归故事，给巴音布鲁克草原增添了传奇。但是，这个天山山脉中心的巨大盆地，纵然不披上历史的霞光，它自身的魅力也足以光芒四射。

这片草原的周围，全部被天山山脉包围，绵延不绝的山峰，海拔都在3000米之上，置身草原的任何一个角度，你都能看到雪山。盛夏的冰雪童话，是一本永远读不厌的天籁之书。

草原的雄奇来自雪山，草原的妩媚来自天鹅。那么，草原的灵魂呢？当然，这灵魂应该来自开都河。

快七点了，观光车把我们送到一座山坡下，我们走上山坡的观景台，小尤勒都斯盆地上的开都河，像一幅扇面在我们面前打开了。

开都河从苍茫的远处而来，一连九个大回环，在散发着光晕的草原上尽情展现自己的绰约风姿。再平静的人，看到这幅景象，也不得不啧啧称叹！

我看过蒙古高原上的乌拉盖河、莫尔格勒河，也看过川西若尔盖草原边上的九曲黄河第一湾，它们妩媚，但不磅礴；或者说磅礴却又不妩媚。开都河兼而有之，形神兼备。此时七点多钟，正是江南夕阳西下的时候。长江入海口与峨眉莲花峰上的落日，也曾令我陶醉。但在这里，太阳还在西边的雪山之上。这里的日落，要到晚上十点钟左右。据说，当夕阳落到雪山顶上的时候，有那么短暂的一两分钟，夕阳会有一个从赤红到绛红，继而变为桃红、浅红的过程，雪光反射到柔和的阳光里，让它最后的光芒变得更加澄澈，更加温婉。这时候，开都河的九个回环里，都会荡漾着一枚夕阳。一条河里有着九个夕阳，很多人千里万里赶来，就为了拍摄到那一个美妙的瞬间。

我不是摄影的发烧友，加上还要等待漫长的三个小时，我与助手们商量，是回去还是等待？助手们同意回酒店去，我知道他们心里头还惦记着那一桶库车河的雪水呢。

回来的路上，我们又舀了一桶开都河的水。

晚上，我们用分别舀自库车河与开都河的水煮茶，我们冲沏的是陈年的生普。先喝了库车河水煮出的茶汤，甘甜、爽口，颜色有如存放多年的轩尼诗，是清澈的琥珀色。而后又饮了开都河水煮出的同一款生普的茶汤，清亮与爽口的口感与前者无异，但回甘却有些许的泥土气息。从茶汤中，我们品出了两条河流的性格特征与命运归宿。

库车河是塔里木河的支流，它大部分的流程，都是在塔克拉玛干沙漠的边缘，只有一小段河流，是在雪山之下的库车大峡谷内。这一段的河水，几乎全部都是雪融水，所以不用怀疑它的纯洁，更不用怀疑它的干净与甘甜。但由于它没有充沛的雨水与地下水作为补充，随着流程的拉长与沿途人畜用水量的增加，流脉越来越瘦弱，它最终成为一条季节性河流，越到下游，它干涸的程度愈加严重。

开都河与库车河截然不同，虽然它同样发源于雪山，但它的故乡在天山山脉的萨阿尔明山。在那里，它是真正的涓涓细流，流过一百八十公里，来到我们看到的小尤勒都斯盆地里时，它以九曲大回环的姿态，让世人惊艳不已。丑小鸭变成了天鹅，小马驹变成了挟雷带电的神骏，它何以变得如此强大？乃是因为在短短的流程中，它先后汇入了巴音郭楞河、依列克西河等十二条支流。没有它，巴音布鲁克草原不会有新疆最大的天鹅湖。所以，开都河获得了巴音布鲁克草原母亲河的称号。而库车河，却未能享有此誉。

两条河都是天山的孩子。母亲爱着每一个孩子，但孩子们的命运却又如此不同。库车河是高贵的，它最美丽的是童年时代，一旦走入更广阔的世界，它就会遇到无法想象的坎坷；开都河并不天生丽质，但它的光荣与梦想，却永远都在前方，在未知的世界中。

带有一丝泥土气息的开都河水，我们喝了半壶；但库车河的雪水，我们舀回的那一桶，一晚上，我们全都煮茶喝光了。

三 那拉提山脉与那拉提草原

那拉提三个字，究竟是产生于维吾尔语，还是哈萨克语、蒙古语，一直没有定论。它的意思译成中文是"最先看到太阳的地方"，又因海拔较高被称为"空中草原"。

以那拉提命名的，一是那拉提山脉，二是那拉提草原。那拉提山脉可以涵盖那拉提草原，但那拉提草原却不能涵盖那拉提山脉。

从巴音布鲁克草原前往那拉提草原，首先要翻越的是那拉提山脉。

我们九点半离开雪域酒店，巴音布鲁克小镇一片静谧，这里与内地的时差大约有两个半小时，喜欢饮酒的蒙古族人以及旅行度假的客人，此时还宿醉未醒呢。我居住的城市武汉，早晨的温度就有28摄氏度，这里只有13摄氏度，穿着长袖的旅行衫，我们重新走上了独库公路。

大约半个小时，我们的越野车离开草原，爬上第一面山坡，我们停下车，一是为了告别巴音布鲁克草原，二是山坡上有一个同蒙古包大小差不多的玛尼堆吸引了我。在藏区，这样的玛尼堆随处可见。金字塔形的石堆上，牵满了七彩的布条，让人体会到信仰的热烈与虔诚。但是，在伊斯兰教盛行的新疆，出现这一座藏传佛教的地理标识，确实让我有一点吃惊。不过想一想，倒也合情合理。在人类的文明史上，13世纪是属于蒙古人的，强大的蒙古帝国以及后来建立的元朝，让蒙古人的创世激情有了一次伟大的释放。蒙古人的原始信仰是萨满教，他们至高无上的神是长生天。但建立政权之后，他们的信仰开始多元化。蒙古西征后建立的三大汗国，都信奉了伊斯兰教，而留在中华并建立了强大元朝的忽必烈皇帝，则支持藏传佛教。蒙古黄金家族的后代，从此在宗教信仰上形成了尖锐的对立。生活在巴音布鲁克草原上的土尔扈特部，信奉的也是藏传佛教，这一半来自祖先，一半来自善待他们的清朝政府。清朝的皇帝们，与元朝统治者一样，都是藏传佛教的信徒，所不同的是，元朝信奉的是藏传佛教的萨迦派，而清朝信奉的是格鲁派。无论哪一派，它们都遵循建造玛尼堆的传统。

这面山坡上的玛尼堆，我理解为巴音布鲁克的蒙古族人向游人告别的方式，它既提醒我们要再来这片草原，也告诉我们草原主人的信仰选择。

我们在山坡上稍作停留，走到一座蒙古包跟前，看到那里站着一匹白色的马，眺望西面的草原，以及草原尽头的那一座最高的峰头，上面铺着扇形的积雪，它的眼神是忧郁的。它脚下的驴蹄草、蓬子菜以及虎耳草都用亮翠翠的绿色向它献媚，可是它视而不见。这匹白马让我联想到不向世俗妥协的哲学家，眼神的忧郁其实是思想的忧郁。

从那面山坡开始，我们正式踏入了那拉提山脉。天山山脉由三列平行的山脉组成，这是一个庞大的山的家族。在这个家族里，众星闪耀，支脉繁衍，它的北段有阿拉套山、科古琴山、博罗科努山、博格达山等；它的中段有阿拉喀尔山、艾尔温根山以及我们正在穿过的那拉提山；南段有科克沙尔山、哈尔克山、贴尔斯克山、喀拉铁克山、霍拉山等。自古至今，没有一个人能够到达天山山脉的所有峰头。但那拉提山，从汉代开始，就是丝绸之路中线的必经之地。从伊犁到龟兹，这里是穿越天山的唯一途径。在这条路上，走过前往天竺求法的高僧，走过前往怛罗斯与波斯的商旅；走过前往大食与月氏国的使者，走过蒙古西征的十万铁骑。在独库公路开通之前，这里山高林密，羊肠小道穿过一丛又一丛危崖。李白由蜀入秦，有太白山横亘，令无数人望而却步，他因此写下《蜀道难》这首名篇。独库公路没有修通前的那拉提，比之太白山，又不知艰难了多少。

山势渐陡，我们停车的那面山坡海拔2100余米，一个多小时后，我们便上到了海拔4100米之上。可是，我们仍然在山腰上。在盘山公路上，每个拐弯都是一幅绝美的油画，我们仿佛穿行在俄罗斯风景画大师列维坦的画廊里：雪山下红黄相间的花丛，白色野樱花下的一条通往森林的幽境；峡谷中啜饮的羊群，倒下的朽木上长出的新鲜蘑菇……什么叫景色呢？复杂是美，简约也是美；宏大是美，小巧也是美；寂静是美，喧嚣也是美啊！

阳坡上洒满阳光，花海与灌木享受着清凉的风。峡谷里侧的阴坡，长满了高大的冷杉，像一把又一把巨大的收敛的雨伞。冷杉林与冷杉林之间，夹着一块茸绿的草坪，它是那么的陡峭，我真担心在那里撒欢的羊儿，一不小心会滑落深渊。

从巴音布鲁克到那拉提，风景在转换，人文也在转换。山坡上偶尔出现的不再是蒙古包，而是哈萨克族人的毡房。骑马的哈萨克族老人颠颠儿的，似乎比蒙古族人更有幽默感。梳了很多小辫子的哈萨克族姑娘，服饰艳丽，好像把花海穿到身上了。

行行复行行，陶醉得陶醉，我们终于翻越了好几座大山，从那拉提下到了巩乃斯河谷。

出了收费站的路口，通向那拉提小镇七公里的路程，我们走了四十分钟，进入独库公路，第一次尝到了堵车之苦。看到一些自媒体报导，称独库公路为"堵哭"公路，这要么是夸大其词，要么是我们很幸运没有碰上。这一小截子路，是我们在独库公路唯一的一次堵车。

那拉提草原方圆有1800多平方公里，是世界四大高山草原之一。前几年，这里建成了旅游风景区，进入这片草原必须购票，一人一票，自带的车可以进入，每车收费300元。

在小镇上安排好住宿之后，下午四点半，我们乘着自己的越野车进入了那拉提草原。

中国的草原，主要集中在内蒙古、新疆、青海、西藏、甘南与川西等西南或西北地区，无论是高山草甸还是河谷草地，是温带还是寒带，我大都去过。没有河流的草原缺乏灵气，没有雪山的草原缺乏神性。当然，如果配之以森林，享之以花海，这森林就应该是人间的天堂了。

那拉提原就是这样一片众美兼具的地方。进入景区大门之后，首先要走一段盘山公路升到海拔2000米以上，第一个景点便是"空中草原"，在山口的驿站里，游人如织，我们不愿意耽误时间，继续前行。

我觉得，用辽阔来形容草原是不合适的，因为这是草原最大的特点。经常到草原旅行，我发觉牧民的时空感和我们是不一样的。他们认为很近的地方在我们看来都很远。农耕民族出身的人，习惯画地为牢，而游牧民族对故乡的概念是模糊的，哪儿有水草，哪儿就是他们的家园。将那拉提草原圈起来成为一个风景区，这肯定不是哈萨克族人的主意。尽管，游牧的哈萨克族人是那拉提草原的主人，但他们散荡惯了，他们的词典中，肯定没有篱笆或围墙之类的词。

虽然风景区的管理者将景区的公路修得很好，但也破坏了草原的整体性。而且，交通的便利也使这里人满为患。到达第二个休息站时，我发现连上厕所都要排队，便想打退堂鼓了。

看到我在休息大厅外转来转去，小孙子跑来问我："爷爷，你想干什么？"

"我想打鼓。"

"打鼓，这哪儿有鼓呀？"

"我想打退堂鼓。"

同样烦躁的小孙子笑了起来。这时，助手将一个名叫阿布的哈萨克族小伙子领到我跟前，对我说，这个阿布可以领我去秘境。

"哪里是秘境？"

阿布指了指雪山下的一片森林，一脸神秘地说："去那里，保证你满意。"

"怎么走？"

"开着你们的车，跟我走。"看到我犹豫，阿布补充说，"那里不是景点。顺着公路，你可以看规定的景点，但每一个景点的人，比羊还多。"

阿布的话打动了我，我让他上了我的车，小孙子跟上来，特别补充一句："爷爷，我可没带药呀。"

"你要什么药？"

"后悔药，如果你去了觉得不好看，后悔就来不及了。"

小孙子以牙还牙，回了我一句玩笑话。阿布拍了拍他的肩膀，扮了一个鬼脸："弟弟，如果你现在下车不去，你可真的要吃后悔药了。"

我们一行三辆越野车驶离了公路，直到听不到轮胎在水泥路面上摩擦的声音，我才真正听到了那拉提草原的呼唤。

向着雪山的方向，我们的车像是荡入大海的一叶扁舟，车子碾轧着草原，同碾轧沙漠、戈壁的感觉完全不一样。

在躲过几个羊群、马群之后，车驶入第一条河流。我们的车走在最前面，两只前胎刚下到水中，对面突然跑过来几只牦牛，它们踏入河中悠闲地喝起水来。我们只好耐心等待，没办法，我们只是过客，人家才是那拉提草原真正的主人啊。

牦牛们喝足了水，也拉了尿，这才给我们让道儿。这片草原上有几条小河，都是从雪山上流下来的。青青河畔草，让人想起莺飞草长的江南三月。

涉过四条小河，我们开始上山了。路很难走，坡面布满沟堑，稍有平缓的地方，又有不少石头被洪水冲出沟槽。我们小心翼翼骑着路坎走，像踩钢丝绳似的，好不容易才驶上山坡。

从下往上瞻望的时候，无法知道山坡真正的面貌，这面山坡分成三层台地。第一层台地贴近森林的边缘，有四栋哈萨克族人的毡房，一群马散牧在毡房周围。

第二层台地比第一层要大很多，与山上草原不同的是，这个台地上长满了没膝甚至及腰的长草。往上还有一个台地，几乎被森林覆盖。

阿布说，这里就是秘境。我测了测，这里海拔超过2700米。

我们的车停在第二个台地上。土壤有些干燥，有一种已经开始结果的高大草本植物随处生长，它长得像薰衣草，但个头儿要高很多。阿布说，这种植物叫高乌头，剧毒。2015年，山下的草场要建风景区，一些失去草场的牧民便赶着牛羊上山开辟新的领地，这片名叫阿合赞的台地被分给了两户牧民。看到这么茂盛的牧草，羊群可高兴了，它们吃了大量的高乌头，一夜间，上千只羊都中毒死亡，这在当时是一件颇为震动的事件。幸亏有政府救济，不然，那两户牧民就破产了。

我问："既然高乌头有毒，这里为何还建牧场呢？"

阿布看了看台地上的羊群，认真地说："我们要相信羊，它聪明着呢，吃死了一次，就不会有第二次了。"

徜徉在第二层台地上，回望山下的草原，一条条河（它们应该是巩乃斯河的支流吧）在它的中心流过。这含蕴着雪水又浮漾着落花的河流，不慌不忙地流着，它们不是急着赶路的旅人，而是草原上蜿蜒着的精灵。草原的四周，有绵延的森林为它竖起苍绿的屏障。森林之后，是点点雪山……

我问阿布，离雪山还有多远？阿布指了指第三层台地上的森林，他说："过了森林，山那边就是雪山。"

我们的车开到了第三层台地边缘，嶙峋的岩石与密布的沟壑阻挡了我们，再无法前进了。我们再次下车。阿布鼓励我们徒步穿越森林去亲近雪山，我没有听从他的建议。因为我已发现，这位只有二十岁的哈萨克族小伙子的时空感是靠不住的，他说的一小会儿，实际上是大半天。

天色尚早，我们索性在阿合赞台地上多玩一会儿。我们从森林里顺着陡峭的山坡下到河边，这是从雪山上流下来的水，水量充足，河里满是山上冲下来的石头，也有一些倒下的松树。漱雪穿石，用这句诗形容这条河是恰当的。由于落差大，水声也很激越。我掬了一捧雪浪吞饮，冰凉中的甜味沁人心脾。

这条河叫什么？阿布说它的名字叫不败。并解释说：那拉提草原靠着雪山的水滋养，有雪水才有草原，有草原我们哈萨克族人就能立于不败之地。

阿布显得很自豪，他的情绪感染了我们。

四　哈希勒根冰川与路舞天山

清晨的那拉提小镇安谧而惬意，正午及晚上七点前的阳光，令人望而生畏，此时却是温馨而柔和的。昨天夕阳西下时邂逅阿合赞台地，给我们留下了美好的印象。我们照样取了不败河的雪水回到宾馆煮茶。那一夜，我们一行人喝过茶后，都说睡得很香。

旅游就是这样，与心仪的地方依依惜别，然后又去兴会另一片陌生的风景。离开那拉提小镇，沿着巩乃斯河谷前行，十五分钟后，我们又驶入了独库公路。

山谷越来越窄，公路像藤一样挂在悬崖上。一头牛被撞死在路上，四蹄朝天。从现场看，这个车祸发生不久。赶早路的司机们受到警示，莫不放慢了车速。

眼前的山应该是那拉提山脉的延续吧，贴着悬崖前行，无数个大拐弯，除了盘旋还是盘旋。四十分钟的车程，我们从海拔1500米的山谷上升到3200米的山脊，两边的风光，犹如昨日的那拉提山脉的克隆。路右侧连绵不断的山峰遮蔽着森林，路左侧峭壁之下是淙淙的流泉，缓坡上是哈萨克族人洁白的毡房以及一片又一片的草甸，草甸上露水盈盈，阳光照射到上面闪闪熠熠，像是可以揭起来的缀满珍珠的地毯。

由于昨天经过了那拉提山脉，今天，面对这一段同样风光旖旎的山景我们并没有耽误太多时间。尽管路边仍建有很多观景台，但我们认为最美的风光应该还在前面，所以未作停留。但是，我们并不知道，这是我们在独库公路见到的最后的葱茏。

十点多钟，我们驶入了玉希莫勒盖隧道。整个独库公路，一共有四个较长的隧道。玉希莫勒盖隧道最长，有1943米，而且它的海拔也最高，有3200米，因此，它获得"天山第一隧"的美称。

自南向北的隧道入口，属于新源县，一出隧道，就进入了尼勒克县。让我感到奇特的是，一条隧道竟然隔离了两种山景，两个季节。

隧之南，山体如海绵，吸吮着千种翠色，万斛流泉；隧之北，山体尽砾石，散发着铁青色的冷漠。前者如春，生机勃勃；后者如冬，一片寂寥。

出隧洞不远，有一处观景台，我们在这里停车，我用指南针测了测这里的方位：

海拔：3222 米

气压：676.8 百帕

北纬：43°43′29″

东经：84°26′8″

　　早些年我就注意到一种现象，即中国的高纬度、高海拔地区，居住的都是少数民族，如藏族、蒙古族、维吾尔族、哈萨克族、鄂温克族等，他们耐寒，习惯在缺氧的地方生活。没有他们，中华就没有边疆，汉人聚居的中原也就失去了依托。

　　尼勒克县的居民，以哈萨克族、蒙古族、维吾尔族人居多。海拔3000多米并不算太高，但是，这条山脉上的地质灾害主要是冰雪。玉希莫勒盖隧道被称为通行最为困难的高海拔严寒隧道，夏季飞雪并非天象奇观，而是家常便饭。2016年伊犁地区遭遇六十年不遇的暴风雪，玉希莫勒盖隧道的进出口都被十多米深的积雪掩埋。这也就是为什么公路每年只能通行四个月。

　　算一算，我们正在穿行的是独库公路的第四座高山了，比之前三座，这座山要荒凉很多，地质情况也很糟糕。前三座山峰都被绿色覆盖，而此处满眼所见的是流沙之峰、砾石之岭。当然，在沙窝石隙中，我们仍然见到星星草绿，但它们不再是山的主人而只是点缀。所有的山峰好像随时都会滑动，都会崩塌。掀天揭地的翡翠色变成了唯我独尊的铁青色。几乎每一座沙石峰巅，都戴了一顶雪山帽子。

　　天山改变了节奏，也转换了风貌。如果说，昨日的旅伴是柔媚的少女，那么今天已经变成风霜满脸的老人了。

但是，谁又能料到，严峻与冰冷也是一种稀世的风景。

连续而独特的沙峰奇观还没有看够，车子又一头扎进了一条名为哈希勒根的隧道。

听到哈希勒根这个名字，我顿时精神一振。踏上独库公路之前，查阅资料，我就知道了哈希勒根冰川。没想到从那拉提草原启程三个多小时，我们就来到了这里。

出了隧道口不到两公里，便是哈希勒根冰川的所在地。

每年八月，是天山地区的温度最高，也是一年中山峰积雪最少的时候。何况今年的八月，南半球都在"酷热"之中，新疆也进入了"烧烤"模式。看到一些网友游览哈希勒根冰川的留言，有一位朋友说他七月份来到这里，车子居然从两堵雪墙中穿过，想想就很刺激。可是，我在冰川休息点停车眺望山峰时，多少有些失望。此纬度的雪线，海拔应该在3600米，而雪线之下的冰舌，也就是我们通常说的冰川，应该在海拔3400米左右。眼前的冰川，并没有我想象的那么壮大。哈希勒根主峰比雪线高出了400米，可是上面的存雪并没有连成一片，许多地方都裸露着褐色的岩石。

冰川是一种特定的地貌。以雪线为标准，雪线之上为冰蚀地貌，雪线之下为冰碛地貌。

我在川西雪宝顶、海螺沟，云南的玉龙雪山及帕米尔高原，都看过冰山。去年七月我去川西，带着孙子专门去海螺沟看了一次冰川。我们乘缆车上到三号营地，那里海拔大约3000米，隔着一个低洼的河谷，我们观察对面的一号冰川。贡嘎山一共有71条冰川，最美也是最壮大的就是跟前这个一号冰川。它自贡嘎雪山的主峰东侧延伸下来，全长近十五公里，它的最高海拔6750米，最低海拔只有2850米。借助望远镜，我们欣赏到冰川的孕育地——粒雪盆，以及最宽达1000米、高达1080米的大冰瀑布，这是迄今为止在中国境内发现的冰瀑之最；还有深入原始森林长达六公里的冰舌。据说，在大冰瀑布与冰舌之间，还有大量的冰川弧拱、冰洞、冰梯、冰门、冰湖、冰峰等景观。遗憾的是，我们去不了那里，除了冰川的观察与研究者，任何游客都被禁止进入。小孙子特别希望能长一双翅膀飞到冰川之上，抚摸一下那些晶莹如翡翠、剔透如水晶的大自然的鬼斧神工的冰雕。可是，翅膀可不是想长就长得出来的。

如今，我们站在哈希勒根冰川面前。准确地说，这里叫哈希勒根51号冰川。同贡嘎冰川群一样，这里也设立了一个冰川观察站。但是，它远远没有我们见到的海螺沟冰川的那种震撼，那是一个用冰雪塑造的童话世界，而这里只是一个正在被掩埋的冰雪传奇。

哈希勒根属于冰川侵蚀地貌，随处可见的是冰川擦痕，岩盆与冰斗、角峰与槽谷。山体的砾石与流沙还处在强烈的活动期。流石滩已将冰川大面积地遮盖了。不过，在乱石与流水的压迫下，我们仍能看到一块又一块光滑的冰面。我们踩着随时都可能滑动的石头，在山坡上走过了三个冰面，它们最大的差不多有一个篮球场的面积，最小的只有乒乓球台那么大，有的冰面上落下了乌黑的金刚砂，那是风送给它的礼物。有的游客都快走到雪线了。越往上，冰川的面积越大。孙子比我走得更远一些，他还想在这里找到海螺沟那种冰瀑的奇观呢。而我只能站在半山腰，欣赏主峰西北侧的两个冰雪的扇面。

哈希勒根冰川观测点是这一段独库公路的制高点，从这里前往独山子，便是一路下坡了。

前行到独库公路的217国道六百六十公里处，海拔已降到2800米，这里有一个观景台，旁边立有一块石碑，书有"路舞天山"四个字，并警示，此处往前有连续三十公里的下坡路。

站在观景台上，抬头仰望，周围高耸的峰头依然雪光耀眼，但前方的路，重重叠叠，弯弯曲曲。一个"舞"字，形象地表达了天山之路的特征，也表达了筑路者的艰辛。

我看过日本风景画大师东山魁夷的一幅画《道》，两边朦胧的青葱，夹着一条有如月光凝成的路，笔直笔直地伸向远方。大道直如发，这是人们对坦途的向往。这种路有可能出现在平原上，但绝不可能出现在山里。没有任何人的生命之路是笔直的，你可以不历尽坎坷，但要学会欣赏弯曲之美。

五　独库公路是一条艺术之路

有那么一小会儿，我睡着了。三天来我兴奋过头了，沿途的峡谷、森林、草原、河流，我们一一拥抱又一一揖别。所以，离开哈希勒根冰川之后，我就倦意袭来，重新醒来时，车还在下坡路上。路两边的山峰，是那种亘古未变气度非凡的荒凉。三天来，大自然的繁华已浸透了我的身心，骤然转换成黄土高坡式的画面，神经不自觉地开始麻木了。我突然意识到，我对外界的刺激还是过于敏感，一个人最好的状态是"不以物喜，不以己悲"。你可以尽情享受山水风景的嘉年华，也可以坐上枯守长夜的冷板凳。世界上所有漂亮的女孩子都不会长成一个样子，同样一个道理，所有的风景都不可能按照你的意愿存在。从库车进入独库公路，我看到的是一片丹霞。现在，即将到达独山子，车窗外是高矮不齐的荒山，丹霞如仙子，引导你载欣载奔；荒山如头陀，提示你守住寂寞。不怕你走下坡路，就怕你走下坡路时怨天尤人。

独库公路是一条艺术的路，告诉你什么叫山重水复；独库公路是一条青春的路，告诉你什么叫前程似锦；独库公路是一条历史的路，告诉你什么叫山河大地；独库公路是一条哲学的路，告诉你什么叫一如既往。

不知不觉，越野车驶出了天山，美丽的小城独山子，正在前方招手。

2022年8月7—14日于大连红旗谷

贡措的太阳雨

一

在林芝与波密之间，有一座小镇叫鲁朗，318国道在镇子边上经过。我们上午游完米林市境内的雅鲁藏布大峡谷，下午两点从派镇出发前来鲁朗，行程两百多公里，但我们驱车差不多用了五个小时。到达鲁朗已是暮色苍茫，不，应该是暮色氤氲。苍茫是形容天地一体，有那种无法逃逸的沉重感；而氤氲既蕴含了缥缈，也蕴含了依稀可辨的动感。两百多公里的山道，盘旋奇峻，我们常常从地狱的便门进去，又从天堂的后门钻了出来，惊怖与震颤交融，那种刺激难以言喻。坐在副驾驶位子上的我，乍一看到这座海拔3600多米的小镇，静谧的烟云给它披上了禅诗般的轻纱，顿时心弦一动，临时决定在这里休整一天。

鲁朗，应该是这个世界上最年轻的一座小镇。它最初只是一座人口不满百的藏寨。援建西藏的广东某单位，看中了这里酷似瑞士的自然风光，于是决定在这里依托藏寨，构筑一座仙境般的旅游小镇。现在这座小镇才十岁，所以它才有机会做童年的梦。我不想说设计者的匠心有多巧妙，但他的确让大自然的匠心得以升华。我曾在瑞士的一座小镇因特拉肯住过两个晚上，从我下榻的旅店三楼房间的阳台上，可以远眺阿尔卑斯山少女峰的皑皑白雪，也可以近探环镇荡漾的澄澈湖水。而注入湖中的因特拉肯河，仿佛是一支魔笛，既撩拨远方游子的乡愁，也吸引寻美探幽者的向往。

在氤氲的暮色中，看到鲁朗镇的路牌，旅途中无时不在被刺激的感官，顿时宁静了下来。镇子散漫地卧在一条自西北斜向东南的山谷中，两侧都是森林密布的高山，层层叠叠，一直推到最远也是最高的雪山。这雪山，就是几天来一直挂在我们眼帘的南迦巴瓦峰。此时，雨中的云雾遮盖了峰头，但在云烟的缝隙中，仍能影影绰绰地看到峰头之下逶迤的雪线。在山坡森林的下沿，是大片大片绿茵茵的草地：马儿、羊儿，还有沉默寡言的牦牛散牧其上。森林是郁绿的，草地是翠绿的，而隔开镇子与草地的鲁朗河的水波，则是葱绿的，它们立体地映衬着如老人胡须那样花白的雪线，以及在山脊中缭绕着的乳白的烟云。深浅不一的绿，动静相宜的白，让黄昏的美丽守候着天荒地老。这种瞬间陶醉你，也瞬间将你幻化成仙的景象，让你觉得时间凝固了。但时间怎么会凝固呢？它只是慢了许多而已。上帝与我们，用的不是一个钟表计时。我们的时针，可能是上帝的秒针。因此可以说，鲁朗的时间是上帝的时间。

二

懒懒地睡，慵慵地醒。说实话，是淅沥沥的雨声唤醒了我。阳台在南边，七时许，我站在阳台上，希望能拍到雪山的峰头，让那如同一枚羊肚菌形状的剪影，给我带来天国的遐想。但希望再次落空。无论是苍天之吻还是穿隆之戟，都不肯给我几秒钟的机会。烟云中的海市蜃楼，总是占据着相机的景框。我只好收回眼光。视线最宜停落的地方，是峡谷中的河川，它悄然的魅力也吸引了我。平缓而多彩的山坡，逶迤而欢快的流水，透着神秘的伞形经幡以及被各种饰物装扮过的藏人的民居，都向我透露着一种难以言喻的西藏韵味。那韵味究竟是什么呢？我一时说不清楚。所有的山川都像童话，所有的民居都像神庙，它们既让你感到亲切，又让你感到神秘。既像已经消失的某一个时代的遗迹，又像是我们渴望建造的未来的生活，这种综合的形象，与我所说的西藏韵味，庶几近之。

下楼散步时，与一个藏族老人不期而遇。他告诉我，眼前这一条河就叫鲁朗河，下游不远的地方，挨着鲁朗河，有一个小小的湖泊，名字叫贡措。如果你们今天不走，可去那里看一看，你们不会在那里找到什么，但相信你们会喜欢那里。

朴实的藏族老人，从他简单的话语中可以窥测他生活的倾向，什么都得不到表明他对待物欲的态度，什么都得不到你仍然喜欢那里，说明那里既可以让你沉睡，也可以让你苏醒，也可以说，那里可以让你的心灵放假。

听了老人的话，饭后，我们去了贡措。

如果用文学的方法来区别自然的景观，雪山上的烟云可称为魔幻现实主义，而眼前的贡措，则是渗透了诗意的古典主义。

云、河流、色彩灿烂的野花、河流两岸的草甸、积水的洼地，河边太多太多的鹅卵石，跨水的铁索木板桥，河水或湖水中摇曳的野草，大大小小沿着河边堆砌的玛尼堆，永远不肯与人类交流的牦牛，没事也摇着尾巴的马，当然，还有飞鸟，还有昆虫，贡措的这些芸芸众生，没有一样是受到禁锢的，也没有哪一种生灵会接受粉饰或美容这个概念。自由地生长，自由地绽放，充分地释放自己，这是何等欢乐的事情。石缝中生长的小花并不妒忌山坡上睥睨四方的大树，牦牛也不羡慕能够借助气流俯瞰人间的飞鸟，这又是何等的胸襟。每一种生命的自恋，合起来，才构成了大自然的丰富性与多样性。在贡措，我看到了生物或生命之间的真实关系，彼此依恋又彼此独立。我喜欢热闹，但你可以冷清；你熠熠生辉，但允许我默默无闻……这是我进入贡措并漫步其中的第一印象。自然永远是人类的老师，但只有那种纯粹的、人迹罕至的自然，才会在不经意之间，打开某一个人的思辨之门。

三

雨一直下着，让我想起了戴望舒的《雨巷》，在鲁朗河边，我禁不住吟哦起来：

撑着油纸伞，独自
彷徨在悠长、悠长
又寂寥的雨巷，
我希望逢着
一个丁香一样地
结着愁怨的姑娘……

这首诗我一直很喜欢，少年时就能背诵。那时，懵懵懂懂的我，脑子里老是想着什么样的姑娘才是"丁香一样"。现在，站在鲁朗河边，我忽然觉得自己很可笑，仅仅是因为在雨中，你就单单想起《雨巷》吗？这不是"老夫聊发少年狂"，而是老夫聊发少年痴了。

江南的雨巷，虽然含蕴着深邃的东方之美，但也漾动着浅浅的哀愁。而这贡措的雨景，仿佛渗透了蕴含人情的神韵，抑或是一种朦胧的觉醒。自然是启迪，自然也是音乐。不过，传递这旋律的，不应该是如泣如诉的古筝，而应该是一把小提琴奏出的空谷灵音。

撑着伞，在花丛中，或是在草甸上，或是在桥板上，我们踟蹰着、徘徊着，看着云片被风撕成丝缕，看着波浪被顽石激起簇簇水花，看着被吹到湖面的花瓣变成了蚂蚁的渡船，看着刻在石头上的经文已经被苍苔覆盖……该消失的，时光悄没声儿带走了它；该留下的，仿佛只是这至深至淳的恬静。

真的是少有游人呢，整个儿轻纱一般的雨幕中，我们是唯一的游人。我们这一伙人，仿佛同时接受了某种神秘的暗示，那几个平日里喜欢放声谈笑的年轻人，这会儿交流，都成了窃窃私语。我想，他们一定不是害怕惊扰什么仙官，而是担心惊扰了自己的灵魂。

慢慢走着，走着，我们过了木板桥。归家的牦牛，走的也是这座桥呢。那晃晃悠悠的感觉，于人、于畜，应该都是难得的享受吧。桥那头，是一道不太长的缓坡。这坡，依然是花草的故乡。从故乡的小路走过，晶莹的雨珠溅湿了裤腿，我总想让衣衫湿透，这同长街买醉的心态毫无二致。

贡措在我们面前出现了。藏语中的措即是湖。我看到几位旅伴的眼帘中溢出了失望，他们是嫌它太小呢，这一点我完全可以理解。西藏有全世界最高的雪山，有水流最为澎湃的江河，当然，也有着全世界海拔最高的湖——那木措。在它们面前，面积不足三十亩的贡措，只能是一颗微乎其微的美人痣了。

但贡措依然有着不可替代的美，它并没有借助鲁朗河的流水来充溢自己，而是当地充沛的降雨量让它蓄积了亮晶晶的天水。它本是草甸中的一片洼地，因为天水，它变成了西藏最美丽的湖，水底横陈丝丝缕缕的水草，还有那悬浮着的形态不一的藻类，虚空的碧，具象的碧，它没有故弄玄虚，却不断地增强与丰富我的想象力。更是那蜿蜒湖岸，始终在等待前来啜饮的畜类，也等着晴空出现，高不可攀的雪峰俯下身来，在这碧色的镜中，照见自己的伟岸。

湖边有一座玛尼堆，显然，已经很久没有人来光顾了，石头上生了青苔。但贡措似乎忘了这件事，玛尼堆是它的伙伴，青苔也是它的伙伴，它的伙伴太多了，多一个少一个，又有什么关系呢。

从贡措我们又走到了鲁朗河边。雨一直下着，这多少给我们留下了一点遗憾。正这么想着，天空突然变得明亮，朦胧的景物忽然清晰起来，天上的雨云淡了，云隙中筛下了阳光，但雨依然欢快地下着。"太阳雨！"有人兴奋地叫了起来，不到两分钟，又有人惊呼："你们看那里！"大伙儿顺着他手指的方向，看到山坡上的森林里，一条彩虹正在凝成。我的心中顿时充满了感激之情，短暂地相逢又匆匆别离，贡措送给我们分别的礼物，竟是如此灿烂。

2023 年 7 月 26 日开笔于济南

翌日完稿于武汉闲庐

云丘山土屋赏月记

儿时读白居易的诗句"可怜九月初三夜，露似真珠月似弓"，便生了不少的遐想。月牙儿挂在天上，背景是闪闪熠熠的星河，让我相信天上一定有神仙居住。后来又读到李白的"峨眉山月半轮秋，影入平羌江水流"，便觉得弯月的意境实在是超过了满月。大团圆是人人都喜欢的结果，但世间凡得圆满者，无不得了理趣而少了情趣。我说的情趣，是指那种思亲而不得见，思乡而归不得的人，面对异乡的风花雪月，发一点孤独的感叹。白居易写那首诗的时候，是在驿店里，李白的那首诗写在行舟上。在清凌的月色下，他们山一程水一程地赶路，我想，他们不是为了什么诗和远方，而是被动地浪迹天涯。

此刻，我也沐着异地的月色，这异地是临汾市乡宁县境内的云丘山，小地名叫康家坪。我来的那一天是八月初八，很遗憾，没凑上九月初三。但获得的感受，与乐天诗人倒也庶几近之。

午饭后从太原开车出城，到山上已临薄暮。晚霞淡处，但见山影参差，林木清疏。在吕梁山脉中，云丘山的绿植可谓丰富，但比之南方，仍觉少了葳蕤，减了泉韵。黄河流域的山，春无啼鹃，亦无归燕，山中住客少了许多。所喜空气澄明，鸟鸣更幽。

歇了车，走进友人安排的住处，这是若干村居小院中的一座，名为土屋。小院里有一座茶亭、一架秋千、一树藤花、一盘石碾、几只矮凳。茶亭之侧，有一道篱笆，里面是小小的药圃。被这些陈设所围拥的土屋，是一栋两层的小楼。一楼有一间敞开的厨房，一间客厅兼饭厅，一间卧室，一间盥洗室。顺着窄窄的楼梯上去，二楼只是一间带卫生间的主卧。进屋时，暮色已经很重了，用最原始的拉线开关扯亮电灯，光线暗淡。就在那一刹那间，我像回到了童年，我有哮喘的祖父带着痰响的咳嗽声，母亲在灶间忙碌的身影，父亲一声不吭吸着劣质纸烟的样子，以及我想看书却找不到一盏稍稍明亮的灯，等等。记忆像父亲手中的烟头，时明时暗。

这样的土屋是我童年的家，如果不是重新走了进来，我几乎已经忘记了。记忆一旦被唤醒，脑子里立刻就山洪暴发了。弟子要为我摊开行李，我说不忙，外面月色这么好，先出去赏月吧。

山最好看的时候，一是云起时，二是月起时。云不能是乌云，它一来整座山就没了；月也不能是满月，清辉朗照，山就失了朦胧。八月初八的月亮与九月初三的月亮差不多，都是上弦月。赏这样的月亮，容易产生好奇与悲悯。好奇的是，这样的半轮会如期变成一轮吗？如果恰好那天下雨，等了一年的中秋赏月不就泡汤了吗？这么一想，悲悯心就出来了。有饼无月，情肠纠结；有人无月，情何以堪。

小院里的茶亭，的确是赏月的佳处。月不在当头，茶亭的茅草顶没遮住它。茶亭处有一棵不算高大的核桃树，月牙儿从树隙中筛下的柔光，如一絮轻霜，敷在粗重的山枣木茶桌面上，桌面不甚平展，霜色也显得厚薄不匀。

弟子带来了陈年的生普，好像产自易武山，是我喜欢的口味。

品茶时，有弟子问："老师，您为何说半月比满月好呢?"另一位弟子抢答："因为满月俗，半月雅嘛。"我纠正他说：月色盈亏，无关俗雅。喜欢满月的人，惜福；喜欢半月的人，重情。李白何等的灵醒，他说"今人不见古时月，今月曾经照古人"。他知道月色之下，古今一体。李白诗中的月，有圆也有缺。另一位唐朝诗人徐凝说"天下三分明月夜，二分无赖是扬州"。徐凝赞的是扬州的满月之夜，成了千古名句。全世界的诗人都赞美月亮，但写得最好的、最传神的，当数中国的唐宋诗人。举酒对月，持茶向月，骨肉流离望月，情人欢聚赏月，每一种状态都是人之至情，都传递着中国人的豪爽与缱绻。

月色真好啊!

回答完座中人的感叹，我一时兴起弄玄了："月色的好，就在于它不坠于虚无，不缚于名利。不傲庙堂，不弃土屋。年轻时的我曾说月是异地的情人，现在我两鬓霜华，更喜欢千江有水千江月的苍茫。"

弟子忽然一笑说："我还以为老师不喜欢土屋呢。"我说："土屋甚好，只是它勾起了我的回忆，产生了惆怅。但现在过去了，在这里听唧唧秋虫，看空空月色，有甚不好?"

没有失望就好，弟子咕哝了一句。我笑道，失望还是有一点的。如果今夜，先来一场收敛暑气的秋雨，而后再唤弦月出来，那雨后的月色，就更加沁人心脾了。

夜深了，回土屋睡觉。看壁间挂了一些图片，有一幅是这土屋的设计师，据说是一名美国人，看上去他很年轻。他在这深山里头，造了一栋远古的房子，没有用一颗钉，一寸钢材。茅草顶，灰泥墙。躺在炕上，盖着粗布被子。我在想，那个美国年轻人，心里头盛放着一个农耕时代的中国乡村。他想让每一个住进这土屋的人，当一回村夫野老呢。

想着想着，我睡着了。醒来时，发现不知何时蹬掉了被子，身上只盖着一袭月色。

2021年9月29日于武汉闲庐

访牛背脊骨山战场遗址

半个多月前，看妹妹一家人游牛背脊骨山赏杜鹃发来的照片，那红的、紫的、黄的、白的，甚至还有黑的五彩杜鹃，一簇一簇，一树一树，在人迹罕至之地，那么蓬勃，那么灿烂，不免心向往之。照片虽是瞬间的捕捉，但我从花树的静止中看到它们的摇曳，以及摇曳中的诗意；看到它们的摇荡，以及摇荡中的狂野。于是动了怀乡之思，便想着利用五一的小长假，到故乡的牛背脊骨山看一回杜鹃。

每次从武汉回乡，从江汉平原一入大别山境，便觉心旷神怡。故乡的山水，在仲春与仲秋两个季节最是好看。特别是春雨霏霏之际，看氤氲的雨雾缭绕着群山，鸡犬桑麻，竹树篱落，以及鹧鸪啼叫着的茶地，山花簇拥着的村居，莫不在春水滋润着的蛰气中飘逸、变幻，如吴冠中的水墨画，在静恬中展现艺术之美。

今天恰好雨雾飘忽，武汉到英山有高速公路可达，从杨柳湾站口下道转入乡村公路，一段美丽的溪山行旅就在飘飘忽忽的雨雾中骤然展开。大道直如发，是哲理；山路曲如藤，是风景。从土门河到胡家湾近20里盘旋而上的山路，真个是似幻还真，仿佛让我回到了童年。路边虽不见扶犁耕作的农人，但挽着竹箩采茶的村姑却是随处可见，犁锄时代已成历史，但茶之故乡永续生机。

旅行车在一处山坳中的小楼前停下来，大门上悬了一块匾，名"红军之家"。这是一处乡村客栈，主人姓胡，当过胡家湾村的党支部书记。陪同告诉我，胡支书现在专门建设牛背脊骨山公园。我不免纳闷，这人烟稀少的深山也能建公园？胡支书介绍说，牛背脊骨山是一座红军山，1934年，红25军撤离大别山踏上长征路前夕，曾在牛背脊骨山上打了最为残酷的一仗。国民党军队两个师对三千余名红25军将士展开合围，试图消灭这支红色武装。红军留下一个团的近三百名战士扼守牛背脊骨山，掩护主力部队撤退，激战三天三夜，敌军除了派出数十倍于我军的力量轮番进攻，还派来飞机轰炸。最终，在山上坚守的288名红军战士全部战死，当地乡亲将他们的遗骨就地掩埋。胡支书从小就听这些红军的故事，深感责任重大，他趁着乡村振兴的春风，修通了上山的公路，并修建了无名烈士墓。如今，长征国家文化公园已将这里连同陶家河的红25军军部及各个分支机构的驻地列入了保护及建设范围。

听了这个故事，我登临牛背脊骨山的意愿更加强烈了。胡支书领着我们登山。牛背脊骨山海拔超过了1000米，山顶即绵延的山脊。我们沿着山脊，从牛尾走到牛头，两侧尽是杜鹃树，右侧有一条蜿蜒的壕沟，胡支书说这就是红军打阻击战挖出的战壕，如今已是省级文保单位。

雨雾绵绵，飘风乱旋，山顶的温度已不足10摄氏度。四月中旬，这里阳光灿烂，温度一直保持在20摄氏度左右，所以，杜鹃花就在那时候蓬蓬勃勃地绽开了。妹妹一家人就是在旺季时来这里的。如今，花期已近尾声，花海消失，只剩下花丛了。不过，我还是看到了紫杜鹃与黄杜鹃，这些稀少的品种，总是开在比较偏远的地方。

胡支书特意告诉我，沿着几里路远的战壕旁开放的杜鹃花，是一色的深红，犹如战士的热血。他说，不知道是不是红军有灵，用他们鲜血泼染杜鹃花，给世人一个昭示。

杜鹃花，被我们家乡人叫作映山红。大别山流传着一首歌《映山红》，其中有两句词"若要盼得红军来，岭上开遍映山红"。每次听到这首歌，我的眼睛就会湿润。在家乡人的心中，映山红不仅仅是一种山花，它更是所有人心心相系的红军花。

时间的流水会荡涤历史的恩怨，但民间的记忆永远在述说着世上的真情。这一天雨中的溪山之旅，访古之情，让我再一次感受到我的故乡既在春天里，也在青史中。

归来，在车上吟了一首七律：

溪山访古子规啼，岚雾茶烟路欲迷。
喋血英雄牛背脊，舍生绝壁虎参差。

杜鹃浓淡书青史，野树高低列战旗。

且踞危崖还一酹，阴霾过处起虹霓。

诗名就叫《访牛背脊骨山战场遗址》。

2022年5月2日于闲庐

又见樱花

今夕何夕？杏月的二十二日晚间。此处何处？武汉大学的樱花大道上。站在这花树之下，花廊之间，脑子中忽然就跳出了苏东坡的诗句"只恐夜深花睡去，故烧高烛照红妆"。月是杏月，苏东坡的诗写的是海棠，但挂树的缤纷，垂枝的花瓣，却非杏，亦非海棠，而是樱。是那种名曰染井吉野的樱。

踯躅复踯躅，徘徊复徘徊，一条不足千米的路，被我走成了千山万水。季风型气候中，横亘在亚热带与温带中的山水啊，何处不是樱花的故乡？何处的樱花季，不是在对酒当歌或箫鼓楼船中度过？

> 落樱吹四方，
> 琵琶湖面花波漾，
> 堂前好风光。

这是日本俳句大家松尾芭蕉的诗。我在日本福冈的大濠及舞鹤园赏过樱。那场景，与松尾芭蕉的诗句何其相似乃尔。大濠公园是一百年前仿中国的西湖建造，宽阔的湖面四周，有数以万计的樱花树，无一处不精致，无一处不古老。夜幕降临，华灯初上，千千万万的赏花人都来到湖边，或家人团聚，或友人邀约，或歌吟，或轰饮，无不自适，无不欢愉。路边的小吃摊一个连一个，花树有多灿烂，吃食就有多丰富。樱花的娇羞态，人间的烟火味，湖面上的画船，路上的香车，交融在樱花雨中，树尽风流，人尽惬意，谁又在乎时光在桨声灯影中悄悄流逝呢？

　　若待上林花似锦，
　　出门俱是看花人。

　　唐人杨巨源的诗，告诉我们，盛唐时的长安，就有着热烈的赏花习俗。而且，就在唐代，不少诗人写了太多的脍炙人口的赏花诗，牡丹、芍药、蜡梅、春梅、杏花、兰草、荷花、菊花等，无不让诗人眼中溢彩，字里流香。

　　写樱花的诗，也不在少数。李白"别来几春未还家，玉窗五见樱桃花"。李商隐"何处哀筝随急管，樱花永巷垂杨岸"。元稹"樱桃花下送君时，一寸春心逐折枝"。白居易"小园新种红樱树，闲绕花行便当游"。

　　我注意到，唐朝诗人写的樱花，多半是樱桃花。樱花与樱桃花并不是一回事。樱花不结实，多产于日本，樱桃花虽然有花可赏，但它最重要的是结实。每年季春或初夏，红红的樱桃就上市了，酸甜酸甜的，女孩子喜欢吃。打小儿我就怕酸，偶尔吃上一两颗，只当是尝个鲜。因此，结实的樱桃花属于国产，就称为中国樱吧。

樱属蔷薇科，无论是结实的还是不结实的，品种都有很多。中国樱多半是白色的，我见过鄂南崇阳多达万亩的野樱林，花开时，满山白茫茫一片，煞是壮观。而日本樱以粉红为主，旺盛的时候，如霞光铺锦。

赏花是一件快乐的事，我不知道唐诗人张藉为何说"莫说樱桃花已发，今年不作看花人"。有花不赏，辜负春光，对于惜春的人来说，是不是有些绝情？但对不肯赏花的人也不可乱加指责，就像2020年的早春二月，因为新冠疫情的肆虐，所有春花盛开的地方都寂静无人。那一年武汉大学的樱花，还开得特别的旺，却也只能"寂寞开无主"。所以说，能够赏花的人，一定是无忧无虑的人。从各地报导来看，今年的仲春，又迎来了"出门俱是看花人"的热闹。这只能说明，国运祥和才能让人们享受到花样年华的好日子。换句话说，春机勃发的祖国，每一天都是绚丽的花季。

还是再说说2020年的樱花季吧。那一个春天，因为头年岁暮时旅行在外面不能回到武汉樱园旁的家，我们一家子在江南的苏州、无锡一带逗留了两个多月。无锡太湖边上的鼋头渚，也是一个欣赏樱花的胜地，仲春之末我慕名前往。记得那一天午暖还寒，初晴欲雨。一入樱花谷，但见山间水畔、舟前桥侧，甚或亭榭之前，松竹之侧，无不花团锦簇。这花团，汇集了世界各地的樱花品种；这锦簇，乃是剪来无数个异乡的祥云，织成了让人陶醉的丽锦。在这里，我看到了樱花的共同体，它们相逢于春天，合影于太湖，鼋头渚成了一个世界级的樱花选美大舞台，令人散魂荡目，心荡神驰。

影影绰绰，参参差差，浓浓淡淡，曲曲折折，走不完的长亭短亭，过不完的烟柳画桥。在这里，你可以尽情地欣赏到早樱、中樱与晚樱。早樱有冲绳的寒绯樱，九洲的河津樱、福建山樱；中樱以染井吉野为主；晚樱有关山、松月、普贤象、郁金，等等。漫步其中，看到桨声中的花影，闻到松风中的花香，披着烟雨中的花光，倚着暖阳下的花树，你怎能不陶醉，你又怎能不深深的陶醉！

回首往事，让我更懂得珍惜与感恩，珍惜每一寸春光，感恩每一个曾经帮助过我的人。有了这两种，生活就会充实，就会浪漫而富有诗情，将这样的一颗心融入自然，融入时代，这种状态，就叫美美与共。

今夕何夕，美丽的花季徐徐展开；此处何处，我在母校——武汉大学的樱花大道上踟蹰多时了。我多想变成一朵樱花，用我绽放的芬芳滋润这人间。但是，我又想，还是当一个看花人吧，用我这一头历尽沧桑换来的白发，守护樱花的不胜娇羞的红颜。最美的花季应该是花好，人更好；花烂漫，时代更富有朝气。

2023年3月16日写于龙潭书院

遇见龙灵山

欲雨未雨，欲晴未晴。坐在电瓶车上，风景依次在我眼前闪现。山路曲折，每一次转折都是一幅崭新的油画。稍有起伏的路面，跟随着引领着，让我体会路两侧的静谧与纤细，粗犷与摇曳……

眼下并不是最美好的季节，进入龙灵山，却让我有最美好的遇见。在此之前，无论是沌口、军山，抑或汉南，都不是我心仪的地方。武汉有太多的人文胜地，山水嘉华，三日游、二日游、一日游、半日游，哪怕作一个三十日的旅游安排，也不会轮到龙灵山。这么说，不是贬它俗画难入高人眼，而是"养在深闺人未识"。

日前因考察大军山、纱帽山、设法山等三国赤壁之战遗址，两去武汉古汉阳境内的经济开发区，安排行程时，主人盛情邀我前往龙灵山转一转，我不置可否。那天，我站在设法山上，看到隔河而望的一脉烟峦，顿时想到了"青山隐隐水迢迢"那一句诗。主人说，那就是龙灵山。

乍入山中，见近万亩的次生林枝柯遮蔽，错落有致。爬上树梢袅袅向天空的茑萝，贴在地上涵养水源的苔藓，都各安其所，各异其趣，不觉心境大开。天色不晴，不见朱霞榴火；天色不雨，亦无浅晦轻雷。胶轮徐行，醉我山水之间的清游；幽静忽临，解我春夏之交的肺热。

刘禹锡"山不在高，有仙则名。水不在深，有龙则灵"。我想，龙灵山之名，应源于此。山之大者，武台、峨眉、黄山、雁荡……无不高耸千仞，鬼斧神工；山之小者，莫过于虎丘、芒砀、焦山、龟山，无不龙盘虎踞，毓秀钟灵。所以说，山之有名者，不在于大小，在于地望也；山之有史者，不在于巍峨，在于形势也。

经开区境内之山，皆小山。最高的是大军山，海拔近200米，最矮的是纱帽山，高仅37米。两山皆踞大江北侧，前者乃曹魏之军寨，后者则是黄盖诈降之地，其故事都载诸史籍。然当地自古至今的史者少，故山名不彰，旅人更稀。

龙灵山与它们相比，更是清幽一脉，黛峰数朵。千百年来，这里鸟语稠，人语稀；绿雾稠，红尘稀。我本驴友，对它尚且陌生，况乎大门不出二门不迈者乎。

记得初入此山的那一刻，清气迎面袭来，很久没有发生过的战栗突然流贯我的全身。当时我并没有意识到，从身心俱疲到身心俱轻是一刹那间的事。

岩壑、层林、涓流、苔地，这里的天籁如芳醴，饮一口就会醉了，每一片树影仿佛都能采撷下来，当成面膜敷在脸上。

有那么一小会儿，我走进了林子，在"鸟鸣山更幽"的境地中，我听到了自己的血液在血管里流动的声音。宁静时光中的诗情画意，让我的触觉变得非常敏锐。我想，这时候如果有一只蜗牛爬过苔藓，或者一只蚂蚁爬过树枝，我一定也会听见它们的脚步声。万物有灵，但我们的肉眼却看不到灵气、灵音；我们的触觉也无法感受到灵异、灵性，不为别的，就为世俗的生活占据了我们的心灵，使我们自身与生俱来的洞察秋毫思接千载的能力日复一日地退化了。

每一个人先天都是一样的，但后天的差异却是如此之大。其实，接受教育就是接受逻辑的训练，这就是对一个人先天的改造。一个人要想保持天真，培育灵感，就必须经常接近自然，享受天籁。逻辑通向规律，天籁通向道德。二者如果混淆或者有所偏废，就会损伤一个人谛听心灵的能力。

我庆幸遇见了龙灵山，浮生半日，畅享天籁。这里的风景并不惊世骇俗，但却赏心悦目。耽于其中，在"空翠湿人衣"的柔和中，不免生出一个卜居于此的白日梦。

2022年6月3日端午节

梭磨河谷

查阅腾讯地图，从我下榻的红原县城郦悦酒店出发前往马尔康市，全长一百八十三公里。这个距离放在高速公路通畅的内地，最多不会超过两小时就可以抵达，但是，我们却整整走了五个小时。主要是道路狭窄，且多弯曲，还有多处泥石流发生。塌方地段抢修，车辆单边放行，这也耗去了我们不少的时间。七月是川西最美的季节，也是泥石流发生的旺季。但我们是幸运的，我们经过了很多条公路，几乎每条路上都有泥石流发生，但我们受堵从未超过一个小时。那些被泥石流困在路上遭遇恐怖的险情甚至遇难的故事，在我们的旅行中从未发生。相反，每次堵车带给我的往往是莫名的惊喜，譬如，在这条红原前往马尔康的路上，在这段梭磨河谷里。

眼前，几乎所有的地方都有美景伸展。相信有着丰富的旅游经验的人都产生过与我同样的感受：你来到一个地方，眼前的景物，那些山川林木，花草泉瀑，甚至裸露的岩石上飘浮的一抹白云，山峰上随着气流升腾的一只苍鹰，都是如此地让你兴奋，让你心仪。可是，你却不能用简单的几句话，说出它的美妙。这大概印证了一个道理，最美的风景是无法诉诸文字的。就像再好的心情也不能用相机来表达。

记得六年前，我在大兴安岭中旅行，在去漠河北极村的路上，我贪婪地看着车窗外连绵起伏的森林，坐在旁边的五岁的小孙子突然问我："爷爷，这树林里有阿拉丁神灯吗？"我当时很奇怪，这小家伙怎么冷不丁问出这么个问题，是什么动机，让他幼小的心灵将阿拉丁神灯与眼前的森林联系在一起。此前，他可能听到过阿拉丁神灯的故事，在他的意识中，阿拉丁神灯是神秘的，是常人看不到的。那么，这样的神灯可能就在这片森林里。这既是一种期盼，也是一种理解。现在，已经十一岁的孙子依然陪着我穿越梭磨河谷。我提醒他阿拉丁神灯的往事，他没有回答我，而是又提出一个新的问题："爷爷，鹰飞得那么高，它没有高原反应吗？"

小孙子六岁时，随我一起去过玉树，当他走出机舱，近海拔4000米的高度让他立刻产生了高原反应，检测血氧饱和度只有85%。当时很严重，但第二天他就恢复如初，跟着我去海拔5000米的雪山，照样活蹦乱跳。这次川西之行，第一个晚上就住在海拔3400米的旅店里，时隔五年的高原反应在他身上又发生了。但来到梭磨河谷，他的太阳穴鼓胀的感觉就已消失。此一时刻他的心思，已从阿拉丁神灯转向了川西的神鹰。这一意识的转变，说明他已从会幻想进而到了会推理。人的成长，是一个理智日渐成熟的过程。逻辑判断能力的增强，就意味着童真的失去，小孙子浑然不觉自己的变化。人类制造各种各样的规则来奖励成功者，惩罚失败者，在残酷的优胜劣汰中，每一个人的成长都寄托了多少人的希望，多少人的挂牵。小孙子马上就进入六年级，在这个暑期里，他的很多同学都参加各种各样的补习班。我坚持安排这一趟川西之旅，乃是为了让孙子获得亲近大自然的机会。

梭磨河谷最美的是河流本身。这条河发源于红原县壤口乡境内的一处名叫查真梁子的地方，流经刷经寺、马塘、王家寨、梭磨、卓克基、马尔康、松岗等地，最后在热足下游的两公里处，汇入大渡河的主要支流脚木足河。全长约150公里。但是，几处网站关于梭磨河的介绍，与我所说的有一些差异。网站上认为梭磨河的起点是鹧鸪山中的双沟，到汇入脚木足河止，全长只有91公里，垂直高差890米。

我想，这种差异是对这条河流理解的不同。网站上所说的，应该是梭磨河谷的长度，而我说的是河流的长度。而且，整条河流的落差不止890米，查真梁子海拔4335米，汇入脚木足河的地方是2500米，这条河流的落差应该是1800多米。抵达双沟之前，梭磨河的60余公里的流程，落差就达到了900多米。

查真梁子是长江黄河的分水岭，它部分的河水通过梭磨河流入长江的支流大渡河，还有一部分河水流入黄河。红原同若尔盖一样，拥有无比辽阔的高山草甸。我们从海拔3500米的红原县城出发时，沿途所见，都还是草原风光，但过了刷经寺后，路两边的景色渐渐过渡到森林。到了双沟，海拔降到了3000米以下，梭磨河谷才真正展现出它的魅力。

梭磨河谷的流水，由于落差大，流速极快，再加上河床里的石头非常多，带着冲劲儿的水流撞击它们，便会腾起雪白的浪花。

贪看这些雪浪，让我想到古人写出的一些关于雪浪的诗句。

如苏东坡的《归朝欢》："我梦扁舟浮震泽，雪浪摇空千顷白。"宋代佚名诗人的《水调歌头》："欲泻三江雪浪，洗净胡尘千里，不用挽天河。"周紫芝的《摊破浣溪沙》："雪浪溅翻金缕袖，松风吹醒玉酡颜。"杨万里的《过髻塘渡》："雪浪无坚岸，金沙有退痕。断桥犹半板，漱树欲枯根。"

信手拈来的几位诗人的摘句，便可看出他们都是用雪浪来赞美波涛的伟力。"雪浪摇空千顷白"，这气势已是惊天了。雪浪无坚岸，这倒是实情，流水一旦成了雪浪，便无坚不摧了。

由于梭磨河穿行在狭窄的山谷中，它的河床陡峭而又逼仄。一旦拥有了速度与激情，性子再缓的清流们也会变成雪浪。

梭磨河谷林木茂密，河两岸的山坡上，长满了云杉、冷杉、桦木与箭竹等植物。为了争夺阳光，它们拼命向上生长，梭磨河激荡的水气也不舍昼夜地滋润，使得它们浓绿，郁厚而又青翠。由于星星们睡觉去了，阳光下的天空是那么的蔚蓝，山色又是如此的青翠。蓝与翠是静止的，衬着欢快而又无杂质的雪浪。这三种颜色，这动与静，这辽阔与幽深，让我陶醉着，兴奋着，迷不知终其所止。

其实，几年前我就知道梭磨这个名字，不是因为风景，而是历史。我涉猎明清边疆史时，读过一些关于西南土司制度形成与变迁的史料及研究文章，由此知道了生存于川西北的嘉绒十八土司。清廷将这十八土司分为三个等级，一等称宣慰司，从三品衔；二等称安抚司，从五品衔；三等称长官司，从七品衔。挂宣慰司衔的土司一共有七个，梭磨土司是其中之一。

梭磨土司建立的年代可以追溯到宋神宗熙宁六年（1073），其时居住在梭磨地区的嘉绒藏族各部落酋长派使者入藏，迎请一位吐蕃王室的后裔来本地管辖。110年后，松赞干布后裔玛达赤德的儿子达拉·更确斯甲来到梭磨地区，为梭磨土司之祖。

梭磨土司最强盛时，管辖着今理县的来苏九沟，黑水五十沟半，今阿坝、红原，以及青海果洛、甘肃甘南两个藏族自治州的一部分，面积达60000多平方公里。到了20世纪40年代，九世班禅还兼任过四年的梭磨宣慰司使。此后，梭磨土司府就日渐衰落。

如今，无论是在马尔康还是在理县、红原，想找到梭磨土司统治时期的史料，可谓难上加难。位于马尔康市木尔溪村的梭磨土司官寨，也只剩下半截子碉楼了。几乎所有的游人，都不知道这条美丽的河谷里，曾在五个多世纪的漫长岁月里，生活着一代代势力强大的土司。

世事的更移，犹如白云苍狗；而时代的洪流，更胜过穿过万山的雪浪。梭磨土司已经湮没在历史之中，但永不消失的，却是梭磨河谷的风景。在河谷穿行的时候，有那么几处，河流变得宽广了，河流的两岸，闪现出错落有致的藏寨。将两岸联系起来的，还是那种红军勇士们抢渡过的铁索桥，桥上挂满了五颜六色的彩布条。爱美的藏族同胞不但要打扮自己的居所，还要打扮河流、山峰，以及所有他们认为值得装饰的物件。他们用微笑装饰信仰，用缤纷装饰家乡。梭磨河谷本来已经很美了，有了这些藏胞，一条永不停歇的雪浪，便变得更加妩媚，更加生动。

2021年8月4日于梨园书屋

美汗公路

误打误撞，我们走进了美汗公路。游完四姑娘山，我们准备前往丹巴县的甲居藏寨，再从那里沿着大渡河峡谷去到海螺沟。但在晚餐时，我们得到消息，从小金县前往丹巴县的公路，因遭遇泥石流多处冲毁，到海螺沟需得返回成都方向，从汶川县的映秀镇再折向前往泸定县的道路，原定五个小时的车程现在要增加一倍。司机听了这消息，心有不甘，多方打听并打通了当地交管部门的电话，得到的答复是一样的，这条路两天前就已经关闭，泥石流引起的大面积塌方还在抢修之中。当我们正在沮丧的时候，当地的老司机又向我们推荐了一条新的道路，进入小金县后，不要走已经关闭的省级公路金丹线，而是沿着金川河进入美沃乡的花牛村，再进入磨子沟，那里有一条连接汗牛乡的四级公路，从那里也可以进入大渡河峡谷。

听到这一消息，司机们觉得有些冒险，连接阿坝与甘孜两个州的省际二级公路都无法行走，这条乡村的四级公路能抗住泥石流的冲击？但是，我还是决定冒一次险。

进入花牛村后，我们面前的道路一下子变得狭窄了，错车非常困难。但是，这条公路却铺了沥青，它的洁净与弯曲，有点像公园仅供电瓶车行驶的道路。走过几公里之后，我就发现这条路同我走过的川西公路都不一样，尽管眼下是旅游旺季，这条路上依然车辆稀少。而且，当地藏民也不认为公路只供车辆行驶。十几年前，内地的公路成为农民的晒谷场，这种现象曾经司空见惯，不过现在已经绝迹。但是，在这条公路，常常见到成群成群的牦牛在悠闲地散步，车辆驶来时，它们气定神闲，优雅得像绅士，那样子好像在告诉我们：这里是我们的家园，你们这些擅入者，可不能反客为主。

　　公路在磨子沟中伸展，狭窄的沟底，只容得下一条河流与一条公路。这条河叫美沃河。川西是中国水源最充沛的地方，由于人迹罕至，许许多多的河流并没有名字。后来，当河流所在地出现了行政管理机关，这些管理机关的名称也就成了河流的名字。上文说到的梭磨就是这样，美沃乡成立后，这条在磨子沟流淌的河流就开始有了自己的名字。

　　如果说大渡河是一条动脉，这美沃河就相当于一条毛细血管，它全长只有30余公里，集雨面积只有200余平方公里。这样的集雨面积，放在中原，河流必定瘦弱不堪。一是因为生态的破坏，上游来水少，二是处处截流，人口密度大以及过度发展导致工业用水大增。小时候，我家乡的河流可以行驶小木船与竹筏，现在到了秋冬季，一半的河床已经干涸。但川西的河流不存在这个问题，几乎所有的河床都充溢着河水。像这条美沃河，一直波涛汹涌，除了上游来水充沛，沿途还有不少从森林里流淌的泉水或者瀑布汇入河中。每一条来水都那么洁净，那么欢快，仿佛大自然给了它们一个暗示：你们只管奔流吧，你们前行的目的只有一个，浇灌出一个遗世独立的桃花源。

这里叫磨子沟，我猜想，在这美沃河的某一处，一定架设了一间水磨坊。但是，我期待的这一景象并没有出现。这乃是因为美沃乡行政区域面积360多平方公里，人口只有3900多人，差不多一平方公里只住了十个人。人烟稀少，使得这条山沟里树比牛多，鸟比人多。

沿着公路一路攀升，大约一个小时后，来到群山之间一块小小的平原。由于景色太美，我们的车在这里停了下来。出于习惯，我首先看了看多功能运动腕表，这里的海拔是3784米。作为有高原反应的人来说，这个高度足以令人生畏了。但是，我们一行人无一不神清气爽。就连我的小孙子，初到若尔盖的那天晚上，就因为高反吵着要回家，现在却雀跃着奔向一泓泉水，嬉戏着洗手。

这片草原的美不在于细节，而在于完美与雄浑的组合，它的四周全是海拔4500米以上的高山，这些山，无论是青蛇一样游弋的山脊，还是灰褐色的仿佛倾泻而下的山坡，都凝固着那种从没有受到打搅的寂静。山坡上的岩隙里，涌出汩汩的泉水，汇入这一片大约有两百亩大小的草原。水汪汪的湿地上，各种鲜花盛开，在清凌凌的风中，它们颤动着、摇曳着。没有人去掐断、践踏它们，所以它们无忧无虑。当所有的生命都没有恐惧感的时候，它们呈现出来的色彩才是真实、灿烂而自由的。我小心翼翼从这些花丛边走过，到湿地上做了几次深呼吸，我闻到了松茸的甜味。眼下正是采撷松茸的季节，湿地上生长着好多种类的蘑菇呢。

这时，我注意到，刚才一一显露的峰头忽然不见了，大片的白云将它们严严实实罩了起来。我观察了一会儿，那些个如同巨大的碉楼或者说如同蘑菇的峰头，仿佛瞬间释放出巨大的魔力，将自己变成一个个吸盘。铅灰的天空在它们的吮吸下，动荡着，显得凹凸不平了。这些吸盘还是一个个过滤器，天空的铅灰色一接近峰头便成了乳白色。吸进的云并没有被峰头吞进腹心，它们像吸烟的人，一吸进去就吐了出来，山坡上开始有白云弥漫。很快，我们的车也披上了透明的烟岚。俄罗斯人称这种烟岚为白雾。那一年的秋天，我乘火车从莫斯科到彼得堡，就见过这种诗意盎然的白雾。

车子重新启动，开出去不到三分钟，白雾消失。盘山公路还在上升，到达海拔4300米的一处缓坡，公路在这里拐弯，我停下车来看路边的一片花海。绿绒蒿、忍冬、独活、矢车菊等各种山花参参差差地绽放。这些花，有的开在春，有的开在夏，有的开在秋，但三季的花朵在同一个夏日开放，这既印证了山区的气候多变，也说明这里的温润改变了花草的季节属性。但是，花草并不是生长在大片的沃土上面，它们的周围没有一棵树。这样的高度，树木已经很难生长了。这些花草都长在碎石中，在泥石流活跃的季节，这里山体的碎石会像雨水一样流淌。但碎石们只要静止一个星期，绿色的苔衣就会包裹它们。花草是柔弱的，但它们的适应性与生命的顽强，却是超过了强大的人类。

雄浑的群山，寂静的公路。从湿地开始，拐过花海，我乘坐的丰田越野车向着更高的山峰驰去。这一段路上，没有任何一户居民，因此也见不着一头牦牛，一只山羊。我很诧异，这里怎么会有一条铺着沥青且保养得很好的公路呢？没过多久，我的诧异就得到了回答。

越野车盘旋着上到一处垭口，远远地，我就看到一处经幡飘动的玛尼堆，旁边还有一方石碑，名《开凿"美汗路"纪念石》，全文不长，录如下：

李白诗云："噫吁嚱，危乎高哉！蜀道之难，难于上青天！"

美汗路，破天荒之道也！其开之艰，筑之难，于"蜀道"中，屈指可数！此路，美沃乡到汗牛乡，故名"美汗"。全长五十一点七公里，路基宽四点五米，路面四米，属山岭重丘区四级公路。经始于二〇〇九年三月，竣工于同年九月。最低点（美沃乡）海拔二四六零米，最高点（大洼梁子垭口）海拔四九一六米。

盘旋蜿蜒于此道，谪仙《蜀道难》篇中之意境，了然在胸。苍空白云，高崖大壑，古木湍流，丛林草甸，牦牛山羊，藏寨垄亩，尽收眼底。然而，凿石辟道之危殆，恐常人难以想象。畏途巉岩，高寒缺氧，坠石塌方，险象环生。人祸易避，天灾难防！施工中，曾遇山洪暴发，泥石横流。诚如太白诗中所云"地崩山摧壮士死，然后天梯石栈相钩连"。灾变中，五位江西援建者不幸罹难。而今，此路贯通，寅发卯至，潘安、窝底、汗牛三乡，可直达县城，无须绕道甘孜州，免耗一日之程，可谓天堑变通途矣。

美汗路，"五一二"灾后对口援建之路，亦藏汉同胞血脉相连之路也。

这块石碑，由中共小金县委、小金县人民政府、江西对口支援四川省小金县灾后重建现场指挥部共同建立，落款日期是2009年9月30日。

看完石碑，对美汗公路的修筑者，我由衷地生出敬仰之情。十二年前发生在以汶川映秀为中心的大地震，使多少人的生命和家园毁于一旦。但是，一方有难，八方支援的家国情怀，使得我们的国家，我们的川西从山河震荡走向三阳开泰，只花了很短的时间。我仿效藏族同胞转山的习俗，绕着那高耸的玛尼堆双手合十转了三圈，在这海拔将近5000米的高度上，我祝福生活在这个时代的每一个人安详慈悲；祝福那五位罹难的援建者灵魂永远沐浴在光芒里。

知道了美汗公路的来历，我对路两旁的风景也就格外在意了。翻过了大洼梁子垭口，视线开阔了许多。阳光也出来了，草甸渐渐退去，森林又挟着鸣泉扑进了眼帘。下到海拔3362米的地方，公路拐弯处，有一个观景台，可以看到高山深谷、蜿蜒的河流与旖旎的藏寨。观景台上，还竖有一块广告牌，写了"搜山狗客栈"五个字。这名字让我怦然心动，痴迷于崇山峻岭的驴友，有谁不是一只不知疲倦的搜山狗呢？如果不是早已预订了明天考察海螺沟冰川的行程，我真想在这搜山狗客栈里住上一晚。

2021年8月6日于梨园书屋

河边野炊

从麦洼寺出来的时候，夕阳已经西下了。川西高原夏日的黄昏特别漫长，五点半左右日头偏西，但差不多到了八点，夕阳才依依不舍地沉入远山。差不多两个半小时的这一段时光，应该是一天中最为惬意的。骄阳散发的暑气开始收敛，而夜幕降临后的寒气尚未到来，柔和的阳光不再那么炫目，从黛青色的树木里升起的晚霞，将一尘不染的瓦蓝色天空渐渐涂得灿烂。我们这一群从红尘闹市中驱车数千里来到这里的驴友，岂肯枉度这一段美好的光阴。我们不是风月俏佳人，不用急着赶回旅馆；也不是风雪夜归人，揣着"近乡情更怯"的那份乡愁，深更半夜也不能停止自己的踉跄。饕餮自然，随处安好。我们的行程唯一服从的，就是内心的意愿，或者说，是山水的呼唤。

出麦洼寺的山门，便看到一条在丛林中时隐时现的河流。我嘱咐司机把车开到河边，找一块地方支起凉棚，扫叶烹茶，美美地煮一壶普洱。

我们一行三台越野车，离开了铺着沥青的洁净的路面，在雪浪腾涌的河边上，觅了一块林间的隙地。大约一刻钟，我们支起了钢管撑着的凉棚，摆好了可以折叠的桌椅。

司机们忙碌的时候，我沿着河边的砂石路前行，大约两百米开外是一个渡口，但却没看到船只，倒是有几条绳索从河对岸拉了过来，绳上缠满了五颜六色的布条。在藏地，它们被称作经幡，摇曳在银色的波浪上，给大地增添了一种难以言喻的神秘感。有那么一会儿，对着经幡，我产生了冥想。司机跑过来告诉我茶煮好了。

坐回到凉棚下，简单便于携带的铝质小桌上，摆好了青花瓷盏。夫人给我倒了一盏琥珀色的茶汤。感觉水不太开，陈年生普的味道还没有完全冲泡出来。这里的海拔在3500米左右，水烧到88摄氏度就开始沸腾了。这种温度沏绿茶是可以的，冲泡普洱则有些勉强。不过，在这高原上，我首先想要的是这种吃茶的感觉。为了让茶味浓一点，我吩咐将干茶直接投到壶里煮，沸腾之后再煮五分钟。如此，茶的味道的确提升了不少。

品饮数盏，口干舌燥的感觉消除了。夕阳的炽烈也消退了不少，周遭的景物更显得柔和生动了，波浪的喧哗并不让我觉得太吵，它反而构成了天籁中最为美妙的旋律。

这条河叫阿木柯河，是白河的一条支流。而白河，又是黄河的支流。从发源地到注入白河，它全长只有大约一百公里。眼前的阿木柯河水量丰沛，因为落差大，水流还非常湍急，朵朵洁白的浪花如雪、如云，永不懈怠地喷射着激情。

在河流对岸，每片叶子都闪耀着翡翠般光芒的丛林之上，有一座巨大的白塔耸入天际，整个湛蓝的天空都是它的背景。

麦洼寺是一座宁玛派寺庙，它本是一座老寺，惜"文革"被毁。十世班禅1982年视察阿坝地区，应当地喇嘛所请，为麦洼寺的重修勘定了新的地址，从麦洼乡迁到八十公里外的阿木柯河乡，即现在的地址。

新修的麦洼寺殿宇巍峨，规模宏大。最为雄奇的便是这座大白塔，它的高度为128米，是藏传佛教八大白塔之一，也称为和平塔。

下午我参观了大白塔，它的一楼藏有佛经万余卷，莲花生佛像数百尊。大白塔顶层安放的，是寺院保护神金刚萨埵的造像。

无论是河上的经幡，还是山间的玛尼堆，藏族人总是把色彩炫到了极致。他们对颜色的认知与造像的夸张，与中原历代积累的美学原则有诸多不同之处。藏人造像夸张，凸现佛陀的无边法力与不可亵渎；而汉地的佛像，刻意追求的是神圣与威严。两者都追求崇高，但藏人更贴近灵性，汉人更重神性。颜色也是这样，汉人喜欢在巨大的空间中使用黄色，表达的仍然是威严、厚重；而藏人偏好用白色表达他们对自然的景仰。藏地最引人注目的建筑就是白塔。无论是在寺庙还是在村寨，是在山巅还是在水畔，白塔随处可见。藏人的理念中，神祇是必须膜拜的，人神之间也是可以沟通的。作为一名汉人，若要理解藏人，就不能有那种中原才是中心的理念，离开中原，走进四陲，你才真正能够体会中华文明的多元与丰富。

眼前这座宝瓶式的白塔，挺拔而圆润，厚实而光滑。在日影与晚霞的交映下，显得庄严而静穆。偶尔有一只苍鹰绕着金色的塔顶飞翔了一圈，似乎想亲近塔中诸佛的微笑。我设想如果此时不是晚霞而是乌云，巍峨的塔影依然能够用它的坚定沐浴风雨，感动苍天。

　　由于光线变淡，蜿蜒起伏的林带在河水中投下的参差阴影反而更加清晰。我们已经煮了好几壶普洱，旅途的疲乏消除了不少。此时有人说，在这里喝普洱便有异乡的感觉，若是煮上一壶奶茶或者酥油茶，才是入乡随俗。我摇摇头，不是表示反对，而是表达我的无奈。我经常去内蒙古，可是我从来不吃羊肉；我喜欢藏地，但吃不惯糌粑。与羊肉、糌粑相配的奶茶、酥油茶我无福享受。我既怕膻，也怕土腥味。我提议再换一泡武夷岩茶，用河中的雪浪煎煮。换一种更为浓烈的香味，来度过黄昏前的最后时光。

2021 年 8 月 24 日

蜀山之王

一

乘坐观光缆车来到被称为四号营地的长草坝，一股清冷之气让我顿时产生了载欣载奔的感觉。十二年前，我第一次来到海螺沟。那天早上，我乘坐第一趟缆车来到长草坝，在这海拔近3600米的观景平台上，我有幸看到了日照金山的胜景。当地导游介绍，很少有人能第一次游览海螺沟就看到贡嘎山的尊容。当喷薄而出的朝阳涂红耸入天际的贡嘎主峰，那种瞬间产生又倏然消失的神圣让你终生难忘。美好的感觉不可能永远存在，却让人锲而不舍地追寻。此番重游，夫人与十一岁的孙子陪伴着我，他们都是第一次来此游览。我希望我们三人能够一起欣赏到大自然最为广阔、最为神秘的景象，让那熔金炼霞的贡嘎雪山再次出现。它俯瞰着山河大地，我们仰望它佛陀般的安静。但是，当缆车从伸进原始森林的冰川上空缓慢爬升时，携着雨意的烟云突然涌起。在山下，我们披着阳光登车，然后在这里，我们披着雨雾下车，邂逅神山的愿望落空，憧憬变成了惆怅。

海拔7556米的贡嘎雪山位于横断山系的大雪山中段，在大渡河与雅砻江之间，高高矗立起它的威严与凛冽。唐诗宋词中，留下不少赞美名山大川的不朽之作。但这座在世界名列四十一、在中国名列十六、在天府之国名列第一的蜀山之王，却没有任何一个诗人为它留下一首颂歌。

唐诗人李白的《蜀道难》说"西当太白有鸟道，可以横绝峨眉巅"。另一位诗人钱起，也写了一首蜀山诗，他说"蜀山西南千万重，仙经最说青城峰。青城欹岑倚空碧，远压峨嵋吞剑壁"。两位唐诗人都生活在8世纪，在他们眼中，四川名山之王是峨眉。李白将太白山与峨眉山相比，钱起将青城山与峨眉山相较。尽管他们认为太白山与青城山巍峨耸峻，但挑战的对象仍然是峨眉，可见无论是剑气四溢的盛唐还是翰墨风流的大宋，都将峨眉山视为蜀中翘楚。峨眉山海拔3099米，它还不及贡嘎山半截儿高呢，峨眉山的暮鼓晨钟、佛光禅境为世人所重，但，它仍不能称为蜀山之王。

那么，贡嘎雪山哪儿去了？为什么我们的诗人视而不见？其实这也不怪他们，那一时期的川西，即今天的阿坝州和甘孜州广袤的山川，并不归于盛唐，而是属于与它同时存在的吐蕃王国。直到元朝，吐蕃王国才完全并入中华的版图。所以，在唐宋时期，汉地的诗人们，对贡嘎雪山毫不知晓。不是麻木，而是隔绝。《诗经》中的诗句，"高山仰止，景行行止"中的高山，在贡嘎雪山面前，只能是一座土丘了。辛弃疾说"我见青山多妩媚，料青山见我应如是"，妩媚的青山比起峻肃的雪山，后者那一份孤独，那一份苍茫，又怎能比拟。

二

虽然是伏天，下了缆车后，飘来身上的雨雾带来了惬意的轻寒。站在观景台上，面对清晰可见的贡嘎主峰下一号冰川大冰瀑布以及在两岸原始森林夹峙中磅礴伸出的冰舌，我再次感受到一种不可阻挡的伟力。

西藏人认为全部自然都是神圣的。看着大冰瀑布倾泻的晶莹以及巨大冰舌舔出的万古不化的宁静，我也相信西藏人的道德判断。自然不会废除任何东西，不管是干净的还是污浊的，是神圣的还是粗俗的，它本着厚德载物的精神容纳一切，善待一切。其实，自然也是一个过滤器，它会化解那些暗藏杀机的行为，阻止那些试图改变它或者是伤害它的举措。"天人合一"这四个字，准确地阐述了我们古人的生存智慧与道德法则。天就是自然，人与自然融为一体，这种融合既是精神的，也是物质的。自然的不朽与人类的速朽，本身也是一种平衡。尊重自然，顺应自然，亲近自然，是人类的唯一选择。试图改变这一选择，人类无疑是在选择自杀。

神圣的自然不可亵渎，这种观念在藏族人那里根深蒂固。同样是佛教，汉人认为众生具有佛性，而藏人认为自然具有佛性。

生活的环境决定了信仰的不同。雪山是佛的道场，这是一位藏族导游随口说出的一句话，她说话的那种语气与话中的含义都让我震撼。在藏族人的信仰中，佛是至高无上的，雪山亦是高不可攀的。雪山与佛，即自然与精神，二者都如此圣洁，如此协调。在他们的庇佑下，一代又一代的藏族人在这里出生、死亡、相爱、劳动……淳朴的信仰让他们获得永生的力量。在他们眼中，雪山即佛，佛即雪山。雪山是佛的雕像，佛是雪山的魂魄。合二为一，或者一分为二，藏族人迷醉其中。

站在这观景台上，面对大冰瀑布与冰舌，我一时恍惚了。下了约半个小时的雨，忽然又停了，但天空仍然没有退去乌云。不过，在冰川的巨大反光下，周遭的景物仍然非常清晰。借助望远镜，我在欣赏海拔5700米至4800米的粒雪盆，4800米至3700米的大冰瀑布，以及3700米以下的冰舌。看到我往冰舌的下游看去，站在我身边的藏族导游说："冰川已经往后退了，它每年都在缩短。"

三

导游告诉我的，应该是一个不幸的消息。我查阅资料，1966年12月测量的冰舌前端位置，在海拔2960米，而现在，已退缩到了3100米左右。大冰瀑布下端的冰舌，分上中下三段。冰舌上段从海拔3700米到3400米，中段从3400米到3140米，下段从

3140米到2960米。如今，冰舌的下端已经基本消失。短短五十五年间，直接发源于贡嘎雪山的海螺沟冰川退缩了千余米。而且，退化的速度愈来愈快，这只能说明天空与大地的默契遭到了破坏，人与自然的和谐受到了戕害。在《贡嘎之魂》这本宣传册中，我看到1993年11月的大冰瀑布体态完整，而四年过后，即1997年的10月，大冰瀑布左上方出现了两孔天窗。所谓天窗，就是积雪消融，裸露的山体岩石显现出来。又过了二十年，即2018年1月，大冰瀑布左上方的天窗与左下方的冰床裸露面积在扩大。这意味着，海拔4000米左右的永久冰雪带在融化。雪山的传奇不再亘古不变，从地壳中脱颖而出耸入天际的雄峻山脉披上的袍子不再洁白无瑕，让白袍变成百衲衣，这怎能不令人忧伤？

在来海螺沟之前的十天，我在红原、若尔盖、马尔康、小金、泸定等地走了一圈，基本上是沿着当年红军爬雪山、过草地的路线旅行。儿时我就对红军翻越雪山的故事耳熟能详，红军在盛夏七月翻过了夹金山、梦笔雪山、亚克夏雪山、昌德山、打古山等五座均在海拔4000米左右的雪山。有一则故事，翻越夹金山时，时任红一军团第二十四师四团政治委员的杨成武请教当地的藏民翻雪山时要注意什么，得到的经验是翻山时要用布条挡住眼睛，防止被雪光炫坏甚至失明，还要尽可能多穿衣服并带上辣椒驱寒，防止在风雪中冻死。可见那时的夹金山，即便盛夏，也积雪不化。可是，这一次我走过夹金山，以及比夹金山更高的梦笔雪山、大洼梁子山口、雅拉山口，这些海拔4200米以上的雪山，全部一片青葱。站在这些山上，我无法想象80多年前的冰天雪地。面对翩翩飞舞的蝴蝶以及漫山遍野的夏日的花草，我只能说，夏日的雪已成了回忆。

当我站在海螺沟中观察冰川退缩的同一时刻，地处中原黄河边上的郑州暴雨成灾，相距数千里的川西与河南同时发生的事情，都不是孤立的单一事件，它们有着内在的互相连属的因素。雪线的上移与雨水线的北移，正在改变我们的气候，我们的国土——这种改变不是暂时的，而是一个新的气候周期的开始。这个周期不会太短，全球气候的变暖，我并不认为它是一个气象的灾难，至少对于我们中国来说，它是一种气候历史的回归。很久很久以前，黄河的两岸，也曾是大象的家园。

但是，站在贡嘎雪山之下的我，看到峡谷中的冰川变成潺潺的流水，依然有一种淡淡的乡愁。虽然，气温的上升会让这里的动物与植物的多样性更加丰富并充满勃勃生机，但是，作为蜀山之王的贡嘎山，谱写它的神话不再只是晶莹的白，恐怕还要加上翡翠般的绿了。

2021年8月18日于梨园书屋

九曲黄河第一湾

一

躺在若尔盖草原的怀抱里，你显得如此娴静。这是黄河吗？我问自己。

七月的若尔盖草原，每一步你都踩在海拔3400米以上的芬芳里。"长恨春归无觅处，不知转入此中来。"唐朝诗人白居易的佳句从我脑海里蹦了出来。一片又一片的碧草，一丛又一丛的野花，还有那一湾又一湾的流水，一群又一群的牦牛……时光缓缓而来，在披着五彩经幡的白塔上踱步；时光又渐渐远去，在你的蓝缎子一样的波浪中漂浮。

从唐克镇出发，我来到面对着你的一面铺着天鹅绒般的草坡上，看着你蜿蜒的流姿，我潜藏的丰富感知一下子被激活了。没有一丝喧嚣，却有实实在在的妩媚；没有半点浮尘，却有空空阔阔的宁静。

这是黄河吗？我再一次问自己。

二

　　你从卡日曲来，那里有五眼泉水，那是你的源头；你从约古宗列曲来，藏人称那里是"炒青稞的浅锅"，那里是你的第一条水量充沛的源河；你从扎曲来，那条源流发源于查哈西拉山的南麓，虽然经常断流，但它也是你的源流之一。

　　当三条细小的源流汇合，穿过阿尼玛卿与卡里恩尕卓玛两座雪山（藏族人称这两座雪山为金童玉女），你向着大海的行程才算正式开始。

　　两座雪山之间的盆地很小，这处名叫星宿海的地方，面积还不足若尔盖草原的十分之一呢，但那里有藏羚羊、石羊、红狐啜饮你的流水，有金莲花、垂头菊、龙胆摇曳你的灿烂。金童玉女含情脉脉地注视着你离开家乡，一经启程，永不回头。你没有离开家，只是扩大了家的范围；你也没有告别亲人，在你的五千四百余公里的行程上，你碰到的每一座城市、每一处村庄、每一个人，都不陌生，都不隔阂。除了亲人，就是故人。你的起点也是我的起点，你的归宿也是我的归宿。在你的字典里，没有遥远，没有古老。你的历史属于中华，你的生命属于神话。

三

如果把你的全部流程比作一个生命，青海卡日曲就是你的摇篮，山东东营的入海口则是你的归宿。当你流淌数百公里来到川西的若尔盖，如同你离开了襁褓，离开了摇篮，你蹒跚学步的童年开始了。

在记忆中，我的童年乃至少年一直是害羞的。那时的我，是一个循规蹈矩的孩子。我贪玩，却又常常用大人灌输的道德约束自己。有贤人说，道德感太强的人，想象力一定萎缩。这一点，用不到我身上。坐在家乡的小河边，我常常想入非非。从飞鸟虫鱼，到日落月起，我想象它们的语言与亲人，它们归家的路。因为用幻想感知自然，所以我后来成了一名诗人。

现在，我遇见了同样处在童年的你，似乎看到了我童年的影子。拘谨与天真，但你不仅仅如此，你从容而坚定地走着自己的路，你的身上散发着迷人的光芒。

左边是甘肃的玛曲，右边是我脚下的若尔盖，你在两地之间蜿蜒，再蜿蜒，曲折，再曲折。在川西的崇山峻岭，发生过三支远征的红军队伍皆途经这里的佳话。而你也是这样，在红原县境内的横断山脉的两座雪山上，流出了两条支流：白河与黑河。而你的名字叫黄河，在玛曲与唐克镇，黑河与白河与你汇合。黄、白、黑，三股水流，汇聚成眼前的一脉清波。藏族人把河流称为曲，这是因为受了你的形态的启迪吗？黄河第一湾最美的就是曲线，和谐而又温柔的曲线，吸纳着天地的灵气，吸吮着草原的安详。在这"天苍苍，野茫茫，风吹草低见牛羊"的佛陀的庭院里，做一次亲吻神秘的逍遥游。如此愉快的闲庭信步，这是你出山的第一次，也是最后一次。离开这里，你就告别了童年。在充沛的野性爆发之前，你在这里徘徊、冥思，你把你柔软且飘动的曲线延伸到遥远的地平线。

站在山坡上，我似乎闻到你的呼吸，我不知道你是离我而去，还是迎我而来。排排林木，簇簇山茶，朵朵帐篷，茵茵绿草，都在你的身边一一展开，它们镶嵌着你，如同镶嵌自己的心灵。

四

从卡日曲流淌到这里的你，留在这里或继续前行，这是一种选择。留下来，你就可能变成人间最大的措（藏语湖的意思），青藏高原所有的措加起来，在你面前也显得渺小。留下来，你就永远留在了天堂。就像我的朋友，认为在天堂里做一头驴也是美妙的。

但你就是你，你不肯做一个永远长不大的孩子。生命是一次冒险，也是一份责任；生命是一次远征，也是一次涅槃。你告别了披着雪衣的青藏高原，在那里，你学会了歌唱；你又即将告别碧绿无际的川西草原，在这里，你学会了赞美。如果歌唱与赞美成为生活的全部，那么，这就是天堂。但是，你没有留下来，你从童年走向成熟的第一个标志，就是学会了告别。

告别苦难走向幸福是一种快乐，告别幸福走向苦难是一种坎坷。但你并不觉得坎坷是惩罚，至暗与高光是生命在不同时间中的不同呈现。当你带着蓄满激情的理想一头扎进戈壁，扎进黄土高原，清流立刻变成了浊流。带着泥沙冲锋，你学会了坚忍；在贺兰山与阴山之间流出一个"几"字湾，你学会了选择；切开壁立千仞的晋陕大峡谷，你学会了锲而不舍；在乾坤湾，你学会了迂回与思考；在壶口瀑布，你学会了呐喊与咆哮……

历练让人饱经风霜，但不会让人变形；艰难让人受尽折磨，但不会让人颓废。当你最终走进大海的时候，已经是历经风霜的老人。但，你的激情没有消退，你的思维仍然活跃，你的意志依然坚定，你的生命依然顽强。你以排山之势拥抱大海的时候，大海也展开宽广的胸怀拥抱你。在结束航程的那一刹那间，你没有彷徨，没有退缩。你带着新的希望，新的梦想，结束了自己，成就了大海。

五

现在，站在若尔盖这面山坡上，面对着你的宁静，你的天真的童年，刹那间，我似乎看到了你的全部流程，全部历史。

对着你，我想到了我的童年，我的母亲，我的眼中噙满了泪水。

2021 年 8 月 21 日于梨园书屋

第二辑

读懂一条江

准格尔召考记

一

　　虽然八月的骄阳投射到高原上，散发出灼人的光辉，但走进寺门，仍有一股惬意的凉气袭来。大殿里光影暗淡，站在廊柱前，我的视线有片刻的模糊，但很快就适应了。殿堂很高，那些从大约六丈高的穹隆上垂下的帷幔与幢幡，从地上竖起的被精致的挂毯包裹起来直达殿梁的木柱，那些藻井、泥塑、唐卡、版画以及保持了阿旃陀风格的佛陀与菩萨的造像，一下子就吸引了我。室内所有的画，无论是木板上的还是布上的、墙上的，都是用矿物颜料绘就。西藏的绘画艺术，在中国的水墨与西方的油画之间，从灿烂中求得安静，从艺术中求得信仰。站在这样震慑心灵的空间里，佛陀的精神无处不在，艺术的虔诚如影随形。这里没有诞生什么，却始终在坚持着什么。有那么一会儿，我恍惚中以为自己置身在藏区某一座大寺里，但这里不是雪山怀抱里的西藏，而是蒙古高原的东部、处在黄河"几字弯"中的准格尔旗。

寺院以属地为名，称准格尔召。召，在蒙古语中的意思即寺庙。

准格尔召，它另外还有汉、藏、蒙古语三个名字。汉语名宝堂寺，藏语名甘丹夏珠达尔杰林寺，蒙古语名额尔德尼·宝利图苏莫。

我走进的是准格尔召的主寺，名为大独宫，它由大经堂、藏经阁、莲花殿、佛殿四座建筑组成。

引发我感慨的地方，便是寺门内的大经堂。在古希腊，我们从艺术中看到了生命；在西藏，我们从艺术中看到了信仰。元朝的创建者忽必烈于13世纪中叶引进了藏传佛教的萨迦派。阿拉坦汗（明朝称为俺答汗）在16世纪中叶将刚刚兴起的藏传佛教格鲁派引入他治下的蒙古高原。准格尔召，便是这个时期引进的产物。

二

参观准格尔召，是我今年暑期内蒙古旅行的意外收获。那一天，在三伏天的骄阳下，我沿着215省道穿越库布齐沙漠，前往杭锦旗境内的菩提济度寺，拜谒已经九十七岁高龄的图布丹活佛。这位佛爷从1987年起就担任北京雍和宫的住持，但他每年暑期都会回到菩提济度寺结夏安居三个月。毕竟年事已高，我与他只见了一刻钟。在他的弟子的陪同下，我参观了寺中最为著名的白塔、大经堂及寺中珍藏的释迦牟尼佛舍利。

当天晚上，我赶到鄂尔多斯市区。当地的一位朋友听说我去了菩提济度寺，便推荐我去准格尔召。他说："你去了一定不会后悔的。"当即，他就给准格尔召住持阿旺席热上师打了电话。

第二天早餐后我立即启程，一个小时车程就到了。阿旺席热上师早已在他居住的小院内等候，他向我简单介绍了寺庙的历史并着重述说他的前任住持第十世祝千活佛的生平。他讲得很认真，可是我却听得很茫然。因为我脑子中一片空白，此前我不知道任何有关准格尔召的信息。

知识的空白帮助了我，没有任何先入为主的观念。所以，乍一进入大独宫，它给予我的吸引力是骤然爆发的。

无论是对于汉传、藏传，还是通行于东南亚大部分地区的小乘佛教来说，伟大的佛陀总是处于尊严与瞩望的中心，这一点是相同的。但是，三大佛系的寺庙建筑风格却又迥然不同。藏传佛教的寺庙多是依山而建，山地的落差与局促造成的客观环境，使其主体建筑巍峨高耸，但围绕着它而建的别院、居所等，则显得有些杂乱，远远看去，像一棵参天大树旁边生长了许多灌木。汉传的寺庙虽然十之八九也是依山而建，但主殿一律处于中轴线的中心位置，寺中所有建筑都沿着中轴线展开，前后左右都遵循对称的原则。蒙古高原上的寺庙，不似汉传寺庙那么严谨，也不似藏地寺庙那样巍峨。现存的西召，毫无疑问是一个巨大的建筑群。但这个建筑群并没有中轴线。它的建筑风格除了巍峨的白塔与经堂，所有的小院都是平顶的，看上去就像散漫的民居。游牧民族的率真与随意也体现在他们的建筑风格上。

但是，准格尔召的大独宫这一组建筑，则是明显体现了谨严有序的汉族风格。重檐歇山顶的殿堂与回廊相连的东西偏殿、后寺，以及四者中间的小巧庭院，莫不如是。更令我吃惊的是，大独宫的屋顶都是用青黄色的琉璃瓦覆盖，只有皇家寺院或皇上敕封的庙宇，才能用这样的瓦。大独宫何以能用这样的瓦盖呢？是它僭越还是有着我不知道的历史渊源呢？

在四座建筑的内部，表现出的却是藏传佛教的生动与秩序。经堂是喇嘛们朝会与诵经的地方，亦是重大佛事的活动场所。它的氛围更多的不是庄严，而是肃穆，或者说在不经意的庄严中渗透出纯净的肃穆。尽管它的色彩如此浓烈鲜艳，巨大的空间每一寸都熠熠生辉，我仍要说，洋溢着灿烂的肃穆才符合虔诚的佛教徒们的宗教感情与心理需求。

第三重佛殿，隔着中庭与大经堂相对。一高一低，一疏一密，在建筑节奏的转换中体现张弛有度的和谐之美。在经堂里弘法，在佛殿里礼佛。法是裟婆世界的戒律，是指路明灯。因此不可亵渎；佛是极乐世界的至尊，既为你点灯，也为你驱除心魔。所以，宽阔的经堂与小巧的佛殿是一个不可分割的完整的有机体。

佛殿内供奉着竖三世佛、横三世佛及八大菩萨、四大护法神像，他们的体态或庄严，或优美，既抽象，又具象。西藏佛教的造型艺术，我一直都是欣赏的。汉地寺庙中的佛像，特别是明清以后的造型，都显得过于威严与呆板，站在佛的跟前，你会觉得伟大的佛陀像是一个法官，你自己变成了一个等待审判的人。这乃是因为从中古时期开始，皇权思想渗透了佛教。而西藏的佛像，看上去像是天国中的艺术家，明眸绛唇，婀娜多姿，给人以亲近感、亲切感。在大独宫的佛殿里，我再次获得这样的感受。

参观了大独宫，凭我的经验，也凭我的直觉，这座偏安一隅的寺院，一定发生过不少历史逸事。

很快，我的直觉得到了应验。离开准格尔召时，阿旺席热上师送给我一本用藏、蒙、汉三种文字刊印的名为《白银鉴》的书。这是一本准格尔召志，藏文作者是四世土观活佛达玛巴扎的徒弟桑达多杰。成书于1823年。

三

《白银鉴》全书分为五章，虽不足万字，但为准格尔召的历史研究提供了重要线索。蒙古人的原始宗教是萨满教，信奉的主神是长生天。天空在哪里，长生天就在哪里。成吉思汗每一次出征，都会让萨满举行一个隆重的祭天仪式，希望从长生天那里获得胜利的保障。而同一时期的汉人、吐蕃人、回鹘人、党项人以及生活在西南区域的各种少数民族，十之八九都皈依了佛教。从泛神到一神，他们的精神生活完成了蜕变。他们居住的家园，寺庙林立，穿袈裟的僧人受到普遍的尊重。公元5至6世纪之间的南北朝，主宰南朝的汉人与统治北朝的鲜卑人，都把佛教的推广作为文化建设的重要部分。"南朝四百八十寺，多少楼台烟雨中"这样的诗句，让我们想象人们为将存在于玄思中的信仰转化为具象中的世俗而作出的种种努力。在这个方面，蒙古人整整晚了八百年。但是，当蒙古的铁骑冲出高原，向着雪山与城郭、旷野与江河展现威力的时候，马背上的英雄们很快就发现，在这片辽阔的东方大陆上生于斯，长于斯的原居民信仰如此丰富，如此执着。蒙古人开始认真地思考信仰的意义。伟大的神灵不是用来发动战争，而是用来消弭仇恨的；不是为了满足今生的贪婪，而是为了追求来世的宁静的。

1247年，蒙古帝国第二任大汗的次子阔端亲王，率领西路军横扫四川与河西走廊之后，在凉州（今武威）与藏传佛教萨迦派第四代首领萨迦班智达举行会谈并达成协议，蒙古政权支持藏传佛教的发展，而西藏从此接受蒙古人的统治。这一次会见，史称凉州会盟。从这一年开始，西藏正式纳入中国的版图。对于中华民族的融合来说，这是一个里程碑式的事件。六年后，主持漠南军政事务的忽必烈将萨迦班智达的侄子八思巴请到了自己的驻跸地金莲川。当时八思巴只有十八岁。又过了七年，忽必烈即位，而八思巴已成为萨迦派第五代首领。忽必烈将这个年仅二十五岁的年轻人任命为国师。

作为中华民族又一个大一统的帝国，元朝的宗教政策是宽容而自由的，但佛教则超越别的宗教而成为国教。元朝的皇帝们都信仰藏传佛教，但令人奇怪的是，元朝的统治者们并没有在蒙古高原上留下任何一座寺庙。造成这一现象的原因有两种解释，一是后来的统治者摧毁了他们留下的建筑。这种解释是不成立的。因为明朝虽然从元朝手中夺取了政权，却未真正占领过蒙古人的世袭领地蒙古高原。退回到草原上的蒙古人，被称为北元。终明一朝，它始终与明朝对峙。既然如此，为什么信奉藏传佛教的北元统治者们，没有保护或修建自己的庙宇呢？根本原因是，忽必烈信奉的藏传佛教，并没有在草原上生根发展。第二个解释是，蒙古人始终不肯放弃他们游牧民族的生活习性，他们在帐篷里出生，也在帐篷里死亡，马将他们驮到哪里，哪里就是他们的家。

我们再来看农耕民族，构成他们故乡的因素其实主要有两个，一个是有着自己及家人居住的房子，另一个是有着死去的亲人的墓园。这两点，在游牧民族那里都不存在。汉人的历史遗迹中，有着一处又一处的陵墓，如汉陵、唐陵、宋陵与明陵，等等。但是，无论在中原还是草原，你找不到从大蒙古国到大元王朝任何一个皇帝的陵寝，从成吉思汗到忽必烈，没有人知道他们埋葬在哪里。由此及彼，不恋故旧；由生到死，不留痕迹。这样的生活方式，使得建立了强大政权的蒙古英雄们，并不眷念任何的城市，固定的房子对于他们来说是巨大的枷锁。据说成吉思汗虽然打到了西亚，但是，他从未定居在任何一座城市。忽必烈出于政治的考量最终定都北京，但他在首都的心脏留下了一片巨大的草原，他在砖木结构的大殿里会见群臣，处理政务，但每天晚上必须回到帐篷里居住，而且规定，他的皇子皇孙必须在帐篷里出生。草原皇帝们，对待政权与宗教，如同对待自己的羊群，他们抚慰大地的伤痕远胜于抚慰人类的疮痍，这大约是一个民族的宿命吧。

从大元至北元，喇嘛们在草原上也顺应牧民的习俗更改了传教的方式，即将佛像、经幡及各种法器盛放在帐篷里，随着牧民们迁徙。帐篷寺院现在已很难看到了，但在某一个历史阶段里，却是草原上一道不可多得的人文风景。

那么，像准格尔召这样的寺庙，是在什么年代里开始大批涌现的呢?《白银鉴》为我们透露了信息。

四

《白银鉴》第一章《何人怎样创建此寺庙》的第一段就说:

> 集聚一切佛之威力功德的金刚手化身、用福泽之神力转动佛法金轮的成吉思汗之第十九代多杰岱青之子明盖岱青珲台吉端智等立志为佛教众生创建一座神圣奇妙的宏伟大寺庙。于是与内臣们商议决定建此寺院……
>
> 第十绕迥水猪年（1623），明盖岱青准备了从自己的仓库取出的和其他施主们集资的大约5万两银子，从桑图拉城请来了铁匠和木匠等人。为建造佛殿、大雄宝殿、大院等，官宦们与木匠和石匠等议定建寺工银，并签订了合同。

看了这一段记述，我想第一个要解决的问题是，倡议建寺的明盖岱青是何许人也? 他真的是成吉思汗的嫡系子孙吗? 第二个要弄清楚的是，为何在17世纪初叶，蒙古人突然涌起建庙的热情?

我想，要把这两件事说清楚，恐怕首先要把大元帝国之后的蒙古历史作一个简单的梳理。

却说公元1368年明朝大将徐达攻入大元首都北京，元顺帝率臣僚部众逃离大都，建立北元政权。其子继位后，回到漠北的哈拉和林，在那座破败的城市里开始重建皇宫。但是，几年后，已成老将的徐达率明军穷追不舍地来到这里，双方经过长达十几年的拉锯战，明军再次摧毁了这座高寒地带的城市。1388年，在溃逃的路上，刚登基的北元可汗脱古思被部下勒死。也就是从这一年开始，北元陷入分裂，统治者从此不再有年号。额勒伯克1394年获得汗位。

1399年，一件不幸的事情发生了。

额勒伯克有一个同母胞弟哈尔古楚，娶了一个年轻貌美的妻子豁阿哈屯。额勒伯克对这位弟媳垂涎已久，瓦剌部的首领浩海达裕看透了他的心思，便建议他杀死哈尔古楚，霸占豁阿哈屯。额勒伯克采纳了这个建议，却不知豁阿哈屯深爱着自己的丈夫，她无法改变现实，但是，却向额勒伯克提出了请求，如果要她陪伴汗王，就必须杀死离间兄弟情谊的浩海达裕。色迷心窍的额勒伯克又是一口答应。本以为可以邀功请赏的浩海达裕被立即处死。这件事引起轩然大波，瓦剌的领主乌格齐借机向北元的汗廷发动战争并杀死了额勒伯克。同年，在乌格齐主持下，封额勒伯克的儿子孛儿只斤·坤帖木儿为大汗。关于坤帖木儿的身世，历史上有不同的说法。《蒙古源流》说他是额勒伯克的长子，但《突厥系谱》说他是阿里不哥的后裔。有一点是明确的，即坤帖木儿登上汗位两年后，就在内乱中被杀害。乌鲁克特穆尔称汗，成了北元的第八位汗王。

在明史中，乌鲁克特穆尔的名字叫鬼力赤，一听这名字，就知道明朝人是如何痛恨这个蒙古人。他与明成祖朱棣同处一个年代，明成祖几次亲征，就是与他率领的瓦剌人作战。关于乌格齐的出身，也存在两种说法，一是说他为窝阔台的后裔，二是说他与黄金家族毫无关系。他是成吉思汗的后裔，但不是忽必烈的，从这一点看，他不可能出自黄金家族。

从鬼力赤时代开始，蒙古汗位的争夺战，就在黄金家族与绰罗斯家族之间展开。黄金家族通常称为鞑靼，绰罗斯家族称为瓦剌。北元的历史，就是在鞑靼与瓦剌的较量中展开。

不过，在北元的历史中，黄金家族的范围也屡有改变。在大元帝国建立之前，成吉思汗四个儿子的后代都可称为黄金家族。忽必烈建立元朝后，黄金家族的范围收窄了，只有蒙哥一脉的后人才可称为黄金家族。最后，则只剩下忽必烈一脉可称为最正宗的黄金家族成员。在这种规定之下，到了1467年，享誉历史、令世人瞩目的黄金家族只剩下一个名叫巴图孟克的小男孩，他即是成吉思汗的第十五世孙，忽必烈的第十二代传人。

巴图孟克是蒙古帝国的第三十二位大汗，是重整蒙古的中兴之王。他六岁登汗位，十岁亲政，四十四岁撒手人寰，但他有着旺盛的生育能力，留下了十一个儿子。他的第三个儿子叫巴尔斯博罗特。

巴尔斯博罗特被父亲封为管理右翼三万户的济农，王府就在鄂尔多斯。他死后，长子衮必里克继承了他的济农的位子。济农，即副王，比台吉（亲王）还要高一个级别。衮必里克是一个有着扩张野心的汗王，当时的蒙古阿勒坦大汗（汉称俺答）是他的堂弟。他被堂弟封为小汗，即车臣汗。衮必里克墨尔根也生下了九个儿子。他让九个儿子分牧于鄂尔多斯的各处草场。他的长子诺颜达拉承袭济农之位，分牧于鄂托克。而第六个儿子巴扎拉维克，则分牧于准格尔。

从达延汗开始，虽然历代汗王都是在长子中传承，但察哈尔黄金家族的子孙们，基本上瓜分了蒙古高原并划定了势力范围。

巴札剌维克台吉占据了准格尔地区。阿勒坦汗是达延汗的长孙。这是继达延汗之后，蒙古高原的又一个中兴之主。他的父亲是达延汗的三子，受封右翼三部中的土默特部，未及接班就离开了人世。他的儿子谙达登上汗位后称阿勒坦汗。他励精图治，一是以战争换和平的方式，迫使明朝同意通贡互市，先后在大同、宣府、延绥、银川、甘肃等边境开设马市十一处，开启明蒙数十年的和平共荣时期；二是为巩固汗廷的地位在其居住的土默特境内建设库库河屯（今呼和浩特市），一经建成，就成为敕勒川上最为繁荣的贸易之都；三是提倡牧民种植谷物果木，草原上第一代的农民，就是在他的倡导下产生；四是为了提升蒙古人的精神生活，于1574年迎请西藏格鲁派首领索南嘉措。1578年，阿勒坦汗亲自前往青海仰华寺，与索南嘉措愉快地见面，彻夜长谈之后，这位蒙古王与西藏的佛教领袖大为相契。格鲁派非常严苛的修行正好可以约束蒙古人的放荡不羁。于是，阿勒坦汗用他对信仰的理解方式，赠给索南嘉措"圣识一切瓦齐尔达达喇达赖喇嘛"尊号，而索南嘉措也赐赠"转千金法轮咱克喇瓦尔第彻辰汗"的美称给阿勒坦汗。"咱克喇瓦尔第"是梵文，意为"转轮王"。索南嘉措真心地夸赞他是忽必烈大汗的化身。

在蒙古语中，达赖即大海的意思。喇嘛是藏语，意为上师。阿勒坦汗称索南嘉措是一位有着大海一样宽广的无上睿智的佛的化身。而索南嘉措也从阿勒坦汗身上看到了佛性的迷人的光芒，所以将他比作忽必烈，并冠以彻辰的美誉。蒙古语中的彻辰即智慧、贤明。蒙古王系中，只有忽必烈与阿勒坦汗两人获得这个称号，也正是这两人，推动了藏传佛教在西藏之外的更为广阔的地区传播与发展。

15世纪初，出生于青海湟中的宗喀巴创立了格鲁派，因僧人戴着黄色的帽子，故简称黄教。被称为花教的萨迦派，创立的时间比格鲁派早了300多年。虽然因为忽必烈的尊崇盛极一时，但到了15世纪下半叶萨迦派已经冷落。代之而起的格鲁派成了藏传佛教的主流。阿勒坦汗与索南嘉措会见之后，蒙古高原上的格鲁派一时间兴起了建设寺庙的高潮。

五

阿勒坦汗与索南嘉措三世达赖喇嘛（其实是一世，前两世是追封）告别后，索南嘉措命令黄教的著名高僧满珠锡里活佛作为自己在蒙古地区的代理人，跟着阿勒坦汗返回库库和屯。1580年，阿勒坦汗在库库和屯兴建了第一座黄教大召。因为阿勒坦汗在十年前就已被明隆庆皇帝敕封为顺义王，所以，继任的万历皇帝接受时任首辅张居正的建议，给这座寺庙赐名为"弘慈寺"。与此同时，阿勒坦汗颁布了推行黄教的法律，并下令禁止原始宗教萨满教。在部分牧民的农民化，及以商业和手工业为主的城市化等经济变革的前提下，蒙古高原特别是临近汉地的黄河"几字弯"中（这一地区被称为东蒙古），人口快速增加，经济实力也大幅提升。凡此种种，为黄教在蒙古地区的发展提供了坚实的社会基础。

鲜卑人皈依佛教的时候，他们仿效色目人或龟兹人，把无尽的虔诚与涌动的膜拜化为一座又一座石窟。从敦煌莫高窟、大同云冈石窟、洛阳龙门石窟等远古的石窟中，我们欣赏到把整座山镂凿成宏大神庙的传奇，也看到那些抵抗岁月侵蚀的佛像，是怎样顽强地把自己的微笑送给当下的世人。石窟呈现给我们的是不可摧毁的艺术。石头虽不能说话，但赋予它们生命之后，每一个前来朝拜或瞻仰的人，都看到了自己，看到了慈悲、爱、醒悟与惊愕，当然，也会看到自己的笑容与泪水。

爱与恨、施与与掠夺、付出与占有都是人的天性。对天性的约束与释放，宗教有着重要的作用。作用于政治最好的工具是法律，而作用于宗教最好的工具则是信仰。一个没有信仰的民族是很可怕的，他们所有的行动，诸如伤害、杀戮与毁灭等，都不会有任何的顾忌。成吉思汗的崛起，是蒙古人的骄傲，但是，也给人类（包括蒙古人自己）带来了噩梦。从大蒙古国、大元王朝到北元时期，长达400多年的征战与杀伐，让世界很累，他们自己更累；让世界陷入恐怖，他们的肉体与心灵，也无时不在恐怖之中。可以设想，一个制造了很多死亡与灾难的民族，日积月累的痛苦，是外人难以想象的。

在《白银鉴》中，成吉思汗被称为金刚手菩萨，常手持金刚杵侍卫于佛，具有除恶降魔的广大神力。

不难看出，后世的人们美化了成吉思汗，认为他是佛陀跟前威力无边的护法神。然而，成吉思汗一生都没有皈依佛教。限于阅历，囿于固执，他只信奉长生天，而从未对佛陀产生崇拜。他骁勇的战士们，也把他当成长生天。他的威名无远弗届，但把他当作金刚手菩萨的化身，的确有一点牵强。如果强要找一个理由，那是因为他是忽必烈的爷爷。黄金家族中，第一个皈依藏传佛教的，是窝阔台大汗的儿子阔端，第二个就是拖雷的儿子忽必烈。藏传佛教进入蒙古地区，这两个人都功不可没。但是，最终让雪域高原的喇嘛成为蒙古牧民的精神导师，成吉思汗第十七世孙阿勒坦汗功不可没。

阿勒坦汗在库库和屯亲自督修弘慈寺，使得各个部落的王公贵族争相仿效。1585年，三世达赖喇嘛索南嘉措到鄂尔多斯传播教义，受到博硕克图济农的隆重接待。博硕克图受族祖的影响笃信佛教，他根据索南嘉措的指示，在黄河的南岸达拉特旗的乌兰淖尔修建三世庙宇。1613年，这座规模宏大的寺庙落成，全名为乌哈格尼巴达古拉圪齐庙，人称王爱召。依旧例，明廷赐名广慧寺。这是鄂尔多斯地区修建的第一座喇嘛庙。这是他为五世祖先达延汗兴建的大召。寺内供奉着鄂尔多斯部祖先的银质陵塔十三座，分别为巴图孟克达延汗、他的第三个儿子巴尔斯博罗特济农及其后代的陵塔。

作为蒙古中兴之主达延汗的子孙，博硕克图是长子的脉系，而明盖岱青，则是三子的后代。长子的后代中，出了两个有名的汗王，即第三代的阿勒坦汗与第八代的博硕克图，而三子巴尔斯博罗特的后代，也出了一个响当当的汗王，即衮必里克墨尔根济农，后来成为车臣汗，衮必里克是明盖岱青的曾祖父。达延汗儿子众多，但近半个多世纪的历史，却是在长子与三子两脉中延续与争斗。他们都是黄金家族的强势后裔。

史料中，对明盖岱青几乎没有记载。但《白银鉴》中列出自明盖岱青以后的九代子孙，一直为准格尔召的建设与维护提供经费。书中说：

> 怀着一颗坚定的虔诚之心，从建寺开始明盖岱青就担任了该寺的根本檀越。之后古日岱青等诺彦们一心敬仰佛法，各代王公诺彦相继资助该寺制造三所依，承担辩经时期维持费用，恩赐土地，确立公积基金等，像爱护自己的眼睛一样保护和弘扬该寺。

《白银鉴》成书于1823年，该寺建成于1623年，这部志书的写作，显然是庆祝准格尔召的两百年诞辰。这两个世纪中，明盖岱青的九代后人，从来都没有更改过自己的使命。这一段时间寺中先后有二十二位堪布（住持），亦可见不管世事如何变换，准格尔召的酥油灯永远闪亮在白云苍狗之中，它见证了蒙古高原的佛教化过程，也见证了成吉思汗的子孙们如何从铁马金戈的杀伐中解脱出来，而进入暮鼓晨钟的悠然中。

六

以战争作为使命的历史渐行渐远，但并不证明世间所有的阴影都变成了光明。

《白银鉴》中有两处记述，很容易被人忽略。先说第一则，书中的第一章有这样一段记载：

> 此前土默特阿勒坦汗建造的美岱召和济农汗建造的西拉召与明盖岱青建造的密宝寺的建筑风格，大小规模等十分相似，所以有人说是同一工匠所建。因为风格与大小相似，就认定同一工匠所建的说法也难以信服，望各位智者明鉴。

美岱召与西拉召，两座寺庙一是阿勒坦汗所建，一是博硕克图所建。都是达延汗长子一脉兴建的寺庙。《白银鉴》作者特别说明准格尔召不是模仿它们，我揣度其意在于申述明盖岱青动议兴建寺庙绝不是对阿勒坦汗一系的亦步亦趋。

在汉族地区家族的血缘关系最多不过五代，就不再算是直系亲属了。研究蒙古历史不难发现，蒙古王族似乎都有着超强的生育能力，几乎每一个大汗都有着众多的子孙，而且生育很早，十三四岁就当上父亲，四十来岁就儿孙满堂的现象极为普遍。达延汗一个人延续的黄金家族，不到一个世纪就超过了一千人，而且按辈分有八代之多，这不能不说是一个奇迹。

博硕克图虽然贵为副汗，但在鄂尔多斯地区的影响力，可能还不及巴尔斯博罗特这一支。因为巴尔斯博罗特被其父亲达延汗封为鄂尔多斯的万户领主，经过近一个世纪的自治，其家族早已变成鄂尔多斯之王。因此，博硕克图主持修建的王爱召，不敢只供奉阿勒坦汗一脉的祖先，那样势必会得罪巴尔斯博罗特家族。两个家族共同的祖先是达延汗，因此王爱召内祖先的灵塔，便是从达延汗开始。尽管这样，巴尔斯博罗特家族的后辈仍不满意，他们决心在自己的领地准格尔再修建一座大寺，不肯让王爱召独领风骚。

从一开始，明盖岱青就非常虔诚地办理这件事情，他想造一座与王爱召完全不同的寺庙。用现在的话说，就是必须拥有完整的独立自主的知识产权。

我猜想，《白银鉴》的作者是受了巴尔斯博罗特家族的委托而写作这部召志，作者按其家族的意愿叙述准格尔召的历史。说明准格尔召的建设绝没有模仿美岱召与王爱召。为此还列出了建造准格尔召的各类工匠的名字，书中说：

> 为建造佛殿、大雄宝殿、大院等，官宦们与木匠和石匠等议定建寺工钱，并签订了合同。铁匠是鲁廷京与鲁增基二

人；木匠是郑平路与郑廷牛二人；金匠是沈辉与韩生二人以及泥、石、木、瓦匠等相关人员。当年开工，搬石料和木料、烧砖瓦、制造大梁和柱子等工作完成后，此前选定的地址上建造了一座青黄琉璃瓦顶的汉式大佛殿。该殿前方靠右处又建造了弥勒佛殿，靠左处建造了莲花生大师佛殿。在这三座佛殿前方建造了大雄宝殿，在其前方是四大天王殿。围着上述殿堂外面建造了四方形大院，围墙厚度为三尺，高度为四尺。四面有四个大门，整个建筑宏伟壮观。

从这段描述来看，建造准格尔召的主体建筑的确不同于美岱召或王爱召，它不是那种佛像加祖先的综合体，既是佛寺，也是宗庙。明盖岱青的佛教信仰似乎更单纯，更虔诚。他要建一座杂糅汉藏两种风格的寺庙。大佛殿与大雄宝殿都是汉式的，四大天王殿也是汉传佛教寺庙的特点，但左右两座弥勒佛殿与莲花生大师佛殿却是藏传佛教寺庙的特点。这其中有一个容易被人忽略的地方，即寺中供奉着莲花生大师。

莲花生大师是印度佛教史上最伟大的成就者之一，在公元8世纪，应藏王赤松德赞迎请入藏弘法，他创立了西藏的第一座佛教寺庙桑耶寺。他无疑是藏传佛教的主要奠基者，因此，藏传佛教尊称他为咕汝仁波切（意为大宝上师），宁玛派的祖师。

准格尔召修建的时候，藏传佛教的格鲁派如同凯旋一般地来到蒙古高原。在准格尔召修建之前，无论是美岱召还是王爱召，都是依据格鲁派的规制而建。此后，格鲁派寺庙更是雨后春笋般建立。明盖岱青显然在对佛教的追求上有自己独特的见解。他没有趋大势，追大流，而是要追寻在西藏建成第一座寺庙桑耶寺的莲花生，在他分封的领地里建造一座他认为的最神圣的寺庙。当时，以他的阅历，他不可能接触到小乘佛教，但对汉传与藏传佛教，他应该是熟悉的。我猜想他的佛教理想是找回这一信仰的源头。而藏、汉两种佛教虽然共一个源头，但分流后所呈现的灿烂又是如此不同，诚如费孝通先生所言"各美其美，美美与共"，准格尔召便是这种美美与共的产物。

今天，我见到的准格尔召，虽然宏大，但比其当年的规模还是缩小了许多。四大天王殿不见了，大雄宝殿变成了大经堂。大独宫这个名字也是后来取的，因为在《白银鉴》中看不到记载。倒是大佛殿上覆盖着的青黄琉璃瓦顶依然如故。前面讲过，盖这种瓦顶的寺庙一定与皇帝有关，要么是敕建，要么加了皇封，否则就是僭越。准格尔召建立之始，就得到了朝廷的重视，1623年开光之时，明熹宗就赐名"密宝寺"并亲笔书写。清朝入主中原后，康熙皇帝又为该寺赐名"宝堂寺"。得到明清两朝皇帝赐名，荣莫大焉！

七

从《白银鉴》中我们得知，该寺建成后两百年间，仅仅遭受过一次破坏。这次破坏事件行为诡异，书中也作了详细记录：

第十一绕迥水阴鸡年（1833），察哈尔林丹巴图尔汗，别称哈拉金汗继位31年时，心中着魔与西藏藏巴汗勾结，产生了彻底铲除格鲁派的野心，仗着军队势力欲征讨西藏，途经呼和浩特与鄂尔多斯，将济农汗太太抢走。此后到准格尔召大肆行凶时，喇嘛们闻风逃散，只有一位看门的管事喇嘛没能逃掉，无奈躲藏到大佛殿释迦牟尼银制佛像后面，哈拉金汗手持板斧领兵进佛堂后，用板斧向银铸释迦牟尼佛像右脚砍去。此时躲在佛像后面的管事喇嘛大声喊叫"啊呀！"一声，哈拉金汗大惊，刚跑出佛堂就口鼻流血，觉得不祥之兆。

这个故事叙述完整，看后也很好理解，但要弄清楚这个故事的来龙去脉，首先要了解故事中的三个人，即林丹汗、藏巴汗与济农汗太太。

林丹汗是达延汗第九个儿子的后裔，封地在蒙古草原的东北部，称察哈尔部。他的父亲莽骨速早逝，当祖父布延彻辰汗去世，作为长孙，十三岁的他继承了汗位，他是第三十五位大汗，也是最后一位。但在达延汗之后，蒙古汗王不再具有一呼百应的号召力，蒙古政治早已演变成部落政治，瓦剌人从不服从鞑靼人，两大阵营内也四分五裂，互不统属。达延汗执政时，蒙古实现过短暂的中兴。他将各部落统一起来，划分为六个万户，土默特与察哈尔隶属漠南三大部。阿勒坦汗上任，虽然势力不如他的爷爷，但至少漠南三大部还在他的掌握之中。到了林丹汗，他的实际控制力仅存于察哈尔，余下的各个部落，一部分是盟友，尊崇他为盟主，也有不少的部落，实际上是他的敌人。尽管如此，林丹汗的实力，仍然在各部落中最为强大。他登上汗位后，风格有点像达延汗与阿勒坦汗，他们都是少年登基，具有强烈的自尊心，都想恢复远祖成吉思汗创下的帝业以及大元时代的辉煌。但纵观历史的长河，所有的辉煌都不能复制，流星一旦坠落，天幕上就不再有它的位置。世界变了，蒙古高原不可能再出现第二个成吉思汗，也出不了忽必烈。达延汗与阿勒坦汗都非常努力，但先天的文化特点与生活习性，决定了他们在追寻理想的路上不会走得太远。

比之他们，林丹汗更为悲惨。在他之前，特别是达延汗与阿勒坦汗之前，蒙古统治者只有一个敌人，那就是长城内的明朝皇帝。在阿勒坦汗手上，北元政权与明廷化敌为友，并接受明朝皇帝颁给他的顺义王称号。此后，两个政权从缠斗、搏杀变成了和平、互通商贸。林丹汗上任后，继承了这一笔丰厚的政治遗产，保持与明廷的友谊。他甚至把自己的都城察罕浩特（意为白城）建在了明朝的边界。对明廷，他学习阿勒坦汗以战争换和平的方式，入侵明朝边境，打了两次大仗，以此换得开市互贸的权利。本来，他可以在稳定与明廷的关系后，着手整顿蒙古内部的纠纷，不幸的是，在他二十五岁那年（1616），辽河流域的女真人努尔哈赤宣布建立大金国（史称后金）。女真人一经成立自己的国家，就要面对明朝与蒙古两个敌人。努尔哈赤对蒙古人又打又哄，导致蒙古人的分裂。林丹汗打心眼里瞧不起后金，加之明廷也对他加以拉拢,他便宣布与女真人作战,把后金当成自己的头号敌人。其时的明朝,早已丧失了早年的勃勃生机,而露出"下世的光景",蒙古政权也积弊太多无法自拔。虽然百足之虫死而不僵,但在一头咆哮的狮子面前,他们被踏碎只是一个时间问题。林丹汗正是在与后金的较量中失利,皇太极的军队击败了他,仓皇之中他率部向北撤退。途中,他来到了鄂尔多斯。

再说藏巴汗。

1565年,一个世俗贵族辛厦巴起兵造反,先后占据了香、八囊伦珠孜、帕日等宗管辖的多个后藏地区,一年后,他几乎占据了整个乌思藏,并自称为藏巴加波(藏王的意思)。这是西藏历史上藏巴汗政权的开端。

1613年,辛厦巴的第四任汗位继承人彭措南嘉上台后,比他的前任更加疯狂,他兼并了周边的弱小部落,并将势力扩大到了阿里地区,更为出奇的是,他仇恨新兴的格鲁派,取消达赖喇嘛的封号,让所有的格鲁派的信徒惶惶不可终日。1617年,信仰格鲁派的喀尔喀蒙古诸部的信徒,曾经组成联军企图入藏攻打藏巴汗。因内部的问题该计划最终流产。

1618年,在噶玛巴派的援军支持下,彭措南嘉击败色拉寺僧兵与其他格鲁派组成的联军,攻占了拉萨,占领色拉寺与哲蚌寺,处死反抗他的格鲁派首领,正式建立政权。1621年,噶玛丹迥旺波继任藏巴汗。

林丹汗与藏巴汗的合作,始于1617年。这一年,第二任藏巴汗彭措南嘉派萨迦派的僧人沙尔呼图克图来到察罕浩特,劝说林丹汗由黄教改宗红教。萨迦派狭义上是花教，在广义上与宁玛派、噶举派皆属于红教，特别是在格鲁派强大势力控制西藏后，其他教派为生存计而联合起来，这种抱团取暖，最终被藏巴汗利用，形成了对格鲁派的一次声势浩大的残酷镇压。

林丹汗在宗教信仰上并不是一个坚定的人。他所有的主张，无论是政治的还是宗教的，是联合还是抵抗，目的只有一个，就是实现蒙古的再次强大和自己统治的稳固。当藏巴汗的使者前来找他时，他正在为蒙古各部落的分裂与后金政权的快速扩张大肆侵占他的地盘而苦恼。因此他几乎在第一时间就接受了沙尔巴呼图克图的建议，下令在他的治下摒弃格鲁派的黄教，皈依萨迦与宁玛、噶举等派合成的红教。原因只有一个，无论是后金，还是蒙古各部落，都崇奉黄教。

从阿勒坦汗到林丹汗，仅仅半个多世纪，蒙古再次陷入宗教的混乱。如果说阿勒坦汗是格鲁派的创造神，那么林丹汗就是毁灭神。站在林丹汗的立场看，他相信这一决策一定会挽救蒙古，他刺向神祇的戈矛犀利无比。但若站在蒙古的立场看，林丹汗这一举措是极其荒谬的。因为无论是支持还是反对他的部落，无论是黄金家族还是绰罗斯家族，无论是英雄的骑士还是普通的牧民，都已成了格鲁派的信徒。他禁止格鲁派，无异于为渊驱鱼，为丛驱雀。更多的蒙古人投靠了后金，不少的黄金家族成员也离他而去，与宿敌瓦剌的部落结成了联盟。比如说鄂尔多斯万户、巴尔斯博罗特后代的子孙们，本来就与林丹汗有隙，现在更是离心离德了。为自身的安全，他们既继续保持与明廷的关系，也开始与后金秘密联络。

林丹汗具有领袖的气质，但不具备领袖的智慧。从1620年到1633年，短短十三年，他这位北元的大汗，在后金与部落首领的双重夹击下，几乎陷入了四面楚歌的境地。所以，他才被迫离开察罕浩特，带着察哈尔的部众及汗廷部分的官僚向西北撤退。1633年春，他在袭击了库库和屯之后（在那里肯定破坏了美岱召），又闯进准格尔召行凶。准格尔召虽然是格鲁派僧人担任方丈的寺庙，但大雄宝殿之后，毕竟还有莲花生大师的专殿。林丹汗并没有破坏它，而是径自走向大佛殿，朝竖着的释迦牟尼银质佛像挥起了板斧。因为躲藏在佛像后面僧人的尖叫，受了惊吓的林丹汗才离开佛寺。我想，林丹汗并不是憎恨伟大的佛陀，而是因为这是一座汉制的佛殿，上面还悬挂着熹宗皇帝的手书匾额"密宝寺"。林丹汗恨的是明朝的皇帝，在关键的时候抛弃了他这位盟友。于是，他才迁怒于佛像。密宝寺这块匾额也从此失踪，是不是被他顺手劈碎了呢，《白银鉴》没有记录这件事。

离开准格尔召，林丹汗又去了王爱召，他砸了寺中供奉的部分达延汗后代的纪念神像，并抢走了济农汗遗孀。

济农汗即博硕克图，博硕克图死于1624年，年轻貌美的济农汗夫人下令将博硕克图的骨灰留在王爱召中永久供奉。林丹汗此行前来既处罚了死人，也掳掠了活人。可以肯定，济农汗夫人不会是博硕克图的原配。如果太老，林丹汗绝不会顺手牵羊。

第二年即1634年，四十三岁的林丹汗因天花死于青海的大草滩。他的死标志着蒙古帝国正式消亡。

林丹汗与准格尔召只有这一面之缘。在《白银鉴》的记载中，他被妖魔化了。尽管他是成吉思汗嫡系的子孙，然而，黄金家族却视他为叛徒。

八

在辽阔宽广的蒙古高原上，戈壁、沙漠与草原，森林、江河与雪山交织着向我们呈现它的雄浑壮丽的自然风光。其实，它不仅仅是中国北方最美丽的风景线，它的文化亦多姿多彩。它的歌声激奋、热情，犹如荒漠中的甘泉；它的史诗雄浑、磅礴，犹如奔驰中的马群。在这片大地上，我们看到中华民族在这片高原上融合的种种故事。蒙古人的崛起是以成吉思汗为标志，但蒙古人呈现的文化多样性，却是从忽必烈开始。没有水的流动，海洋就不存在；没有文化的更新，民族的进步就无从谈起。所有的河流都归向海洋，所有的文化都向着未来。这几年，我一直在蒙古高原行走，从一些地名，一些遗址，一些敖包，一些歌曲中，我看到或者听到了风俗中的传承，风景中的故事。寒冷的高原不能像温润的江南那样典雅，空旷的戈壁也不会像水乡那样景色丰富。但是，春江上的渔灯不能等同于旷野上的火焰，深入心灵后，你会感到蒙古人的时空感与中原人、江南人是如此的不同。这种感觉决定了他们的生存方式与文化形态。从游牧到农牧，从萨满到佛陀，从帐篷到砖屋，从部落到盟旗，蒙古人一直在改变。在这种日积月累的改变中，他们没有消失或湮灭自己，而是升华与丰富了自己。

准格尔召是一个很小的地方，不要说在内蒙古，即使在鄂尔多斯，它也算不上是一个热门的景点。但是，当我来到这里，并开始对它的历史做一点追溯之后，才觉得从这座寺庙中可以窥测到一点点蒙古的秘史。在文化的融合上，蒙古人是缓慢的，但却是坚定的。还有两年，准格尔召就有四百年建寺史了。这么漫长的岁月，中华民族、蒙古高原已是天翻地覆。但准格尔召的众多佛像大都完好，他们的微笑从不曾暗淡。徜徉其中，我感受到了一股神圣的力量在荫庇着我们，护佑着苍生。这力量既是混合的，又是执着的；既是沉默的，又是虔诚的。感受这股力量，我们才能真正体会到，什么叫文化自信。

2021年9月12日完稿于闲庐

王家界访古

一

我的故乡四季分明，每个季节都有自己的山水佳趣，就像眼下这时刻，是进入"三九"的第二天，俗话说"三九四九，尖刀不入土"，可是眼前的山脉，仍是青葱一片。河流虽然瘦了，但波纹漾处，仍是澄碧。更有妙处，是生于河谷的晨雾，弥漫着、浮升着。因为它，树木成了烟林，山峦成了烟峦，幻化如仙界，美丽而岑寂。

现在，我穿过烟峦中的烟林，来到了王家界。

楚地的语言，有自己的源流与独特的表达，我们称孤峭的山峰为尖，称幽深的山谷为冲，称山中的坡地为塝，称河边的田畴为畈。至于界，除了与北方方言中的边界、界别之意互通，还有着高山收束之意，其四周高山如展，中有田野如盆之地形，如黄洋界、张家界，等等。若地名中带有界字，不需要解释，楚人都会明白这地方，一定是省县交界处，也是岩角峥嵘之地。

从地理上说，王家界正是这样的地方，它既是吴头楚尾之地，又是江淮分脉之处，与分属鄂皖的英山与岳西两县交界处仅一步之遥。英山的水流到了长江，岳西的水流向了淮河，重峦叠翠似为一体，然橘枳之分，自此始矣。

二

英山县名，来源有二。一说源于王家界内一座名叫英山尖的山峰。在大别山逶迤的山脉中，带有历史记忆或地理标识意义的孤峭峰头，应该在百座之上，但以尖命名的，大概只有三座。公元前四五世纪，楚国处在强盛的扩展时期，灭掉的大小方国有几十个，其中就有英、六两国。英国故地就在今天的英山（但比现在英山的版图要大），六国故地即今天的六安。在春秋时期，英六连称，都是小方国。英山最早的历史，就要追溯到这个小方国了。县名的第二个来源，与名将英布有关。英布是六安人，生于秦而建功于汉。他从小卓尔不群。往好处说，叫见义勇为；往坏处说，叫横行乡里。由于行侠仗义，抗拒官府的事必不在少数，由此而受到黥刑（就是刺面），他因此也被人称作黥布。秦始皇修长城，造骊山，在全国调派百十万民工，得黥刑者概莫能免，英布也因此成为北上的民夫。陈胜、吴广在大泽乡揭竿起义后，英布率一批流民也趁势作乱。传说他此时带着英六流民，到了英山尖结寨抗秦，从而开始了他人生中最为传奇的十年。

他先从项羽南北征战，结束了暴秦统治，还打得刘邦遍地找牙。后经高人策反，他又改投刘邦，依汉击楚，逼得项羽乌江自刎。无论是追随项羽，还是投靠刘邦，英布都战功赫赫。因此，项羽封他为九江王，刘邦封他为淮南王。史有定评的汉初三大名将，他是其中之一，其他两个是韩信、彭越。

狡兔死，走狗烹，当刘邦坐稳了帝座之后，这三大勇将都被那位汉高祖悉数剪除。三人的罪名都一样：谋反。

英布死在番县（今天的江西省鄱阳县），据说刘邦下旨要将他大卸八块（比碎尸万段略为体面一点）。

现在，英布墓一共有三处，六安城中有一处，葬的是头颅；王家界有一处，葬的是身子；殒命之处鄱阳县有一处，是一座衣冠冢。

三

我小时候就听说，英布墓在英山尖下。"文革"中，墓冢被红卫兵掘毁，出土的文物只有一把长剑与几个陶罐。20世纪90年代，王家界村委会在原址上重修了英布墓。我来王家界的第一站，就是来看这座新修的英布墓。

墓址是盆地中一个小小的山峁，从正门上来，有二十几级台阶。周围的几棵古松，均为旧植。墓碑朝着东南，巍峨的英山尖在其右，墓之两侧的廊庑上，立了几通碑，皆为新制，刻着淮南王的事迹。社稷人物，大约分为两种：一种创造历史，一种影响历史。英布显然是后者，相比于他生前的轰轰烈烈，这墓还是显得寒碜。

在墓前徘徊，我想到两件事。

一是英布的身子为何葬在这里？鄱阳县是他的殉难处，杀他的仇人在那里，显然不能葬其肉身，只能是一个衣冠冢，以志其事；六安是他的出生地，葬其头以示归乡，亦是合理的安排；身子葬在英山尖下，原因只有一个，这里是他揭竿抗秦，啸聚山林之地。壮志未酬身先死，这个身可不敢乱葬，能葬之处，一定是他一生中最不可忘怀的地方。

由是，我又想到了第二个问题，英山尖地名的由来，既有古英国之英，也有英布之英，两英加持，则成了县名的不二之选。再就是王家界，这个面积只有2.75平方公里的自然村，人口不满五百，并没有一家姓王的，那为何要叫王家界呢？原因或许就在英布，他一生有两个王号，一是九江王，二是淮南王。死后身葬于此，于是，后人述其事，便以王家界尊之。王家界，即是拥有双王称号的英布的肉身长眠之地。

英山尖与王家界两个地名，揭示了一段已被人们遗忘的历史。

四

从地形上看，王家界的确是一个高踞山巅的世外桃源。从东河杨柳镇的河谷中上来，几度盘桓，山路抬升，大有"山重水复疑无路，柳暗花明又一村"的感觉。车子从一处被劈开的山崖里钻出去，眼前的景色豁然开朗，地势也一下子开阔了，薄雾中的阳光好像被重新过滤了，显得如此明亮，如此静谧。

英布虽遭横死，但葬身之地还是选得不错。论山水之清幽，这里是一处难得的归隐之地。但在漫长的历史中，它也曾是风云际会之地。

有几则关于英山尖历史的记述，分录如下：

> （南宋之初）时罗田之吴乡人（今属英山县）段朝立结寨于英山尖，召集乡民抢驻险阻轰击蒙古阿术军进犯蕲黄。宋度宗嘉之。次年，段朝立请割罗田直河乡、三吴乡建英山县，乃为首任知事。

这则记述道出了英山县建县的原因，是英山尖结寨，该处乡民在段朝立的带领下据险抗击蒙古军队进犯蕲黄。段朝立是一位颇有统御才能的乡绅，根据家乡这一片山林僻远，县政无法有效管辖的特点，提出从罗田县划出两乡设立一个新县，宋度宗立刻同意。因为英山尖，新建之县便被朝廷命名为英山县，抗蒙英雄段朝立也成为英山县的首任知县。

由于古英国以及英布的原因，才有了英山尖这个地名。然后，又因为英山尖而诞生了英山县。

每逢江山板荡，鼎革之际，英山尖都会成为乡民报国，英雄聚首之地。

再录一则关于蕲黄四十八寨的记述：

> 南明赖以抵御清兵南下，帮助它收复失地，特于顺治六年（1649）令石城王朱统琦派英山尖寨长张福寰联络四十八寨。

从元到清，英山尖都义无反顾地成为前哨阵地。今天，站在中华民族大融合的立场上来看，英山的慷慨悲歌之士，显然都有着岳飞那种"壮志饥餐胡虏肉，笑谈渴饮匈奴血"的烈士情怀。他们忠君，就是忠于中原朝廷的国祚；爱国，就是爱汉人建立的政权。但不能简单地批判这种情怀的狭隘。历史留给我们的训诫，并不是让我们讽刺前人的正义。历史的局限性并不单单发生在古人身上，今人的局限性也是存在的，但只有后人才看得清楚。

五

王家界我来过，英布墓也是第二次看，但英山尖却是第一次登临，甚至可以说，我此次来，主要是为了攀登英山尖。

英山尖有一个石头砌成的山寨，最早的历史可溯源到英布所处的秦末汉初。但今天山上所见的山寨，则应该是南宋初年的建筑。经过元、明、清三代，时有毁弃又时有恢复。民国之后，英山尖山寨也时有红军出没。到了新中国成立后，这里才完全倾圮。沿着山脊蜿蜒的小路，走到海拔 1080 米的树林中，我看到了残存的石门与城墙，墙外是青石台阶，以及一条入寨的古道；门内，杂草丛生，连荒径都没有了。松、杉苍绿，杂以密匝匝的灌木。别小瞧这倔强的干枯的灌木，一到春天，一场春雨，它们都会满血复活，为这山坡，喷发出掀天揭地的姹紫嫣红。这灌木，就是被称之为革命之花的映山红。

有那么一小会儿，我坐在古道的石阶上小憩。正午的阳光真好，该在三九天穿的羽绒服显然穿不住了，我只穿了一件夹克，我真想躺在干枯的松针上小寐，穿越到古代，去见见英布、段朝立……听他们讲自己的故事。但，我得回去了。

历史中的王家界是厚重的，现实中的王家界依然如世外桃源。离开时，我再次眺望刚刚攀登过的英山尖。想象着，当乡村振兴的春风吹来时，这里还会有什么变化。

归来路上，兴不能尽，又吟诗一首：

又到王家界，严冬宛若春。

江淮分脉处，吴楚路如藤。

石蟒青岚卧，英山紫气蒸。

淮南王墓在，鸡犬且为邻。

2023 年 1 月 14 日完稿于海南清水湾

扬州赏琼花

一

走到琼花观门口时，我心中还在纳闷，今天看得到琼花吗？

昨天我到了扬州，刚好碰上沙尘天气。来自蒙古高原的尘雾，掩了江南的姹紫嫣红。车过润扬大桥，见瓜洲渡头，绿杨深处，触目所及，皆是清代诗人郑板桥所描摹的"春风放胆来梳柳"之景。不过，梳柳的不是春风而是西北风，柳亦不是婀娜多姿的江南佳丽，而是怒发冲冠的北地醉汉了。

此行只有一个目的，欣赏琼花。我来扬州数次，都没有好好儿看一次琼花。有的时候是季节不对，有的时候正值花季，却又牵绊于他事。扬州的琼花盛开于4月中旬，最美的花期也不过一个星期。我在这个时间段内乘高铁来到这里，原来是为了一亲芳泽，一睹娇姿，偏偏天公不作美，这闰二月的天气，很像一个处在叛逆期的孩子，他让你懊恼，可是你却奈何他不得。

这就是我在琼花观门口心情忐忑的原因。

扬州赏琼花的胜地不少，几乎每个景点甚至寻常巷陌，都可看到琼树的身影。瘦西湖风景区内的万花园，是扬州欣赏琼花的绝佳去处。但是，此次来看琼花，我仍然要先来琼花观，因为扬州琼花的故事，是从这里开始的。

琼花观在扬州老城内，最早叫后土祠，为供奉主管万物生长的后土女神而建，始建于西汉元延二年（公元前11年），两千多年的风霜岁月，让这个蕞尔之地，成为扬州城重要的文化根脉之一。

然后，从后土祠到琼花观，中间还有一千二百余年的历史。到了唐僖宗中和二年（882），建衙扬州的淮南节度副使高骈，眼见历经汉、晋、南北朝及唐的后土祠，已经残破不堪，遂发愿增修，并易名唐昌观。从这件事中，可以看到高骈的忠忧之心。因为在他增修唐昌观的那一年的十月，唐岚州刺史汤群叛附先已叛唐的李克用。李克用占据忻、代等雁北地区，嚣张称王，其以鞑靼人为主的沙陀军骁勇而不可抵挡，唐之官军屡屡败北。后土祠刚刚恢复，就碰上这么大的国难，高骈自是忧患难平，故将其更名，希望唐朝昌盛。转眼到了北宋，在太宗皇帝的至道二年（996），满腹经纶一身正气的诗人王禹偁因触怒权贵，担任知制诰并判大理寺事的他，被贬到滁州，并于996年又改知扬州。文章憎命达，身穷诗乃亨。这一点也鲜明地体现在王禹偁身上。

王禹偁在扬州待了一年多，后土祠一时期的他著作不多，却为后世留下了一首具有里程碑意义的《琼花诗》：

谁移琪树下仙乡，二月轻冰八月霜。

若使寿阳公主在，自当羞见落梅妆。

根据现存的史料，我认为这首《后土庙琼花诗》是写扬州琼花最早的一首诗。此后，写扬州琼花的诗渐渐多了起来。第一首写唐昌观琼花的诗，却是比王禹偁小了四十多岁的宋祁所作，他的诗是这样写的：

唐昌观中树，曾降九天人。

銮驾久何许，雪英如旧春。

岂无遗佩者，来效捧心颦。

从王禹偁到宋祁，从后土祠到唐昌观，岁月更移，江山易主。一直遭到冷落的琼花这才迎来了令它惬意的时代。它不再孤芳自赏，而是渐渐地艳惊天下了。

二

琼花观后院，名为琼花园。走到门前时，看到半掩的门扉，我一点感觉不到"春色满园关不住"的气氛，不免心下忖度，琼花观内还有琼花吗？

一只蝴蝶飞过院墙，一阵风来，我闻到了一股浓郁却有些冷冽的芳香。推门进去，游人真是不多，但半亩池塘之畔，一丈石桥之侧，确实摇曳着几棵花树。

花朵大者如茶碟，小者如杯盖；花萼绿中透白，花蕊凸处擎黄。一树参差，如春姑戏闹中放出的万千飞蝶，错落有致；千枝横斜，如织女飞梭后留下的数幅霓裳，灿烂有加。

逡巡花中，虽不能心旌摇荡，却生了尘外之想；徘徊树下，便思着对酒当歌，却忘了锦瑟无端……

前面说过，扬州观赏琼花的佳处比比皆是。昨日在瘦西湖，无论是五亭桥畔，还是二十四桥，无不游人如织。所有的砖径上、画舫中、烟波外、绿杨里，摩肩接踵，俱是远道而来的赏花人。但是，来琼花观赏花的人，却少之又少。我想，一是此园过于局促，喜欢热闹的赏花人，觉得这里过于寒碜；二是这里并非网红打卡地，不是如我辈这样发思古之幽情的人，谁还会来这边享受孤独呢？

有宋一代，无论是北宋还是南宋，琼花观都可以被称作扬州的地理标识。王禹偁被贬扬州，可谓诗人不幸琼花幸，他离开扬州后半个世纪，另一位大文豪欧阳修来到扬州。欧公在扬州只待了一年，却建了一座至今仍被称为名胜的蜀冈平山堂，另外，他还在琼花观内建了一座无双亭，并题诗：

琼花芍药世无伦，偶不题诗便怨人。

曾向无双亭下醉，自知不负广陵春。

欧阳修是北宋文章盛世的奠基人之一。每到一处，无不留下绝代风流，垂世佳作。这首写给琼花观的诗，亦成佳话。他在琼花观内建造无双亭，这个无双，指的就是琼花观内的那一棵琼树。可以猜测彼时的扬州，琼花只是孤品，要看琼花，只能来这座琼花观。欧阳修幸运，来扬州只有一年，却没有错过琼树的花季，仅看一次，就想着要在琼树之侧修一座无双亭。在那亭子里，与二三友人对着花大如盘，初绽泛绿，盛开如月的琼花，哄饮数日，在微醺中赏花，在沉醉中与花共眠，那是何等的惬意，又是何等的浪漫！

宋代是一个特别适合文人生活的时代，不仅人尽崇艺，即便是皇帝，也无不有着鲜明的文艺范儿。

王禹偁之后，琼花观的琼花不再"养在深闺人未识"，而是成了世人都想一睹芳容的嘉树。宋仁宗与宋孝宗两代皇帝，都曾将琼树移栽到汴京的皇城内，以便旦夕观赏。但是，数次移栽均不成功。可见，这琼花观中的孤品是多么珍贵。

在民间传说中，还流传着隋炀帝开运河乘船南下扬州看琼花的故事。这传说可见于明末清初问世的小说《隋唐演义》，自是无稽之谈。在隋朝，琼花尚不为世人所知呢。窃以为，琼花在唐之前，不会落户到扬州，是唐末的高骈增修后土祠并更名为唐昌观后，这棵琼树才被栽培入观的。宋祁说"唐昌观中树"，此言不谬。

三

从历史的蛛丝马迹中，我们可以判断，琼花观中的这一棵琼树，应可称作宋朝国运的消息树。

在北宋的晚期，琼花观还有一个名字：蕃釐观。

这个名字在今人看来是陌生的，可是将琼花观更名为蕃釐观的，不是别人，正是北宋的亡国之君徽宗赵佶。

蕃釐一词，出自《汉书·礼乐志》，曰"惟泰元尊，媪神蕃釐"，蕃的含义是多，茂盛，釐的含义为福，合起来即为洪福、多福。

宋徽宗为何要将"蕃釐"二字赐给琼花观呢？解释这个问题，首先要清楚的是，宋徽宗是如何来到扬州的。

公元1125年冬，对于黄河南岸的北宋都城汴京来说，是一个多年未遇的极寒的冬天。更为可怕的是，在这极端的天气中，女真人建立的金国的南侵军，正势如破竹扑向纸醉金迷的皇城，一向养尊处优的赵佶，惶惶不可终日，他无法应对如此恶劣的形势，出于逃避，也出于解脱，他于十二月向臣民下了《罪己诏》，而后逊位，让太子赵桓继承皇位，是为钦宗。过完春节，在1126年的正月初三，金军渡河合围汴京之前，赵佶带着童贯等一帮老臣（又何尝不是一群小人呢），在万余名御林军的护卫下，经雍丘、睢阳，一路跑到南京（今河南商丘），之后顺泗水南下扬州。

短暂的扬州之行并没有稍减风流天子赵佶的雅兴。虽然逊位，他仍然是威风八面的太上皇帝。可能就是在这时候，他来到了闻名已久的琼花观，在当地官员的请求下，给这一处名胜赐题了新名——蕃釐观。赵佶希望命运之神赐给他的大宋朝廷更多的福气，不是一般的福，是繁茂的幸福，是齐天的洪福。

但是，命运再一次捉弄了赵佶，仅仅数月之后，从镇江回到汴京的赵佶，与他的儿子钦宗赵桓，成了第二次南侵的金军的俘虏，史称"靖康之耻"。

四

此后一个多世纪，淮河以北的地域，都成为金国的领土。赵佶的第九个儿子赵构，在临安建立了朝廷，史称南宋。扬州在其版图内。过去，扬州是偏安一隅的锦绣之乡，现在却成了邻近金国边境的前线城市。史载赵佶的确为蕃釐观题写了匾额，不知为何，这匾额已荡然无存。南宋时代那匾额是否存在，也无从考证。现存的琼花观第一道山门前的石额上，刻着的是清代名士刘大观的手书。好古的扬州人，为何不找到赵佶的手迹呢？

好在南宋承袭了北宋的文脉风流，词人骚客、高官、羽客来到扬州，依然会到琼花观内品享琼花。

南宋实际上的葬送者贾似道，指挥对金军作战时来到扬州，也为琼花观里的花树写了一首诗：

寂寂蕃釐观里花，伊谁封殖得名嘉。

应知天下无他本，惟有扬州是尔家。

种雪春温团影密，攒冰香重压枝斜。

倚栏莫问荣枯事，付与东风管物华。

如果不因人废诗，贾似道的这首诗，在历代众多描写琼花的诗中，虽算不上压卷之作，但也属中上水平。诗中对琼花的描写虽未脱前人窠臼，但有两层意思可窥测他的心态，第一层意思表现在词的第二句，他认为赵佶的赐匾是琼花观多个名字中最好的；第二层意思是第七句"倚栏莫问荣枯事"，写此诗时，金国已被忽必烈建立的大元帝国所灭，南宋的对手换成了蒙古人。大元与南宋对峙，身为一国之宰相并手握重兵的贾似道，对前景是悲观的。来到琼花观时，也许是因为他的到来而封路戒严，园中游人绝迹，所以他才说"寂寂蕃釐观里花"，花的寂寞让他触景生情，所以他才说"倚栏莫问荣枯事"。他不敢问的，不仅仅是花的荣枯，更是时势的荣枯啊！

江山易主，宋元鼎新。这件事谁也不愿意看到，却谁也不能阻挡。社稷改姓不久，琼花观里那棵独一无二的琼花树终于神秘地死亡了。树犹如此，人何以堪！树没了，孤品成了绝种，无双亭再也没有存在的必要，它倾圮了，而且，再也没有重建。

一棵没有血没有肉的花树，却懂得为一个王朝殉情，这是我爱扬州琼花的理由，也是我执意要来琼花观走一遭的理由。

元朝至正十三年（1353），道士金丙瑞在倾圮的无双亭旁又筑了一座琼花台，并在台上新种了一棵与古之琼树类似的花树。今日我在琼花台上看到的琼花，绝非元之古树，而是一棵树龄不会超过三十年的新植。世有兴衰，花有开谢。如今琼花已成为扬州的市花，虽然宋之无双的那一棵死了，元人补植的那一棵也死了，但千树万树的琼花，却绽放出属于我们这个时代最为妖娆的芳姿。

用婉约诉说坚强，以娇羞表现忠烈，这该是花族中无双的品质吧。

2023年4月24日晚写成于上海睡如居

航行在漓江的烟雨中

一

古诗人写漓江的诗多矣！我最喜欢的有两首，一是唐代诗人韩愈的《送桂州严大夫》：

> 苍苍森八桂，兹地在湘南。
>
> 江作青罗带，山如碧玉簪。
>
> 户多输翠羽，家自种黄甘。
>
> 远胜登仙去，飞鸾不假骖。

二是清代诗人袁枚的《由桂林朔漓江至兴安》：

> 江到兴安水最清，青山簇簇水中生。
>
> 分明看到青山顶，船在青山顶上行。

韩诗是在观江，其罗带玉簪之喻，千百年来一直为人称道。而袁诗是游江，很显然，他的浪漫在韩愈之上。船在青山顶上行，若无实地游览的感受，断不会理解这句诗的妙处。

现在，我正坐在漓江的游船上，斯时风雨交加，但雨是艺术的，虽会淋湿你，却是那种"空翠湿人衣"的感觉；风是善解人意的，虽会吹乱你的头发，却让你享受"吹面不寒杨柳风"的温润。

因为雨引发了山洪，漓江的波纹从碧琉璃变成了胭脂浪。同样是雨的缘故，水汽在江面弥漫，在山间氤氲，在凤尾竹丛中摇曳，在古榕树林里浮漾。最终，它们都听命于风，向着山峰升腾，向着田野扩散，在视线最宜停落的地方，在能看到或者说你能感受到伟大的空间中，一种类似于白雾的灵气包裹着我们，拥抱着我们。你飘飘欲仙，你摇摇欲坠，恍兮惚兮，摇兮晃兮。人欲登仙，山却成了醉汉。一簇一簇的峰头，许是酒后燥热的原因吧，都纷纷跑到漓江中洗濯。黛青色的峰头一摞一摞的，醉眠在波浪里，船在青山顶上行，不是行舟变成了飞艇，而是拨浪的桡楫，都划动在浸着翠峦的江花上。

二

迎我而来的，是江心的烟雨；向我招手的，是山头的烟云；夹岸献媚的，是垄间的鲜花，乘兴漂流的，是筏上的烟蓑。一曲一曲，一程一程，我的眼睛越看越饿，我的诗情越烧越旺。尽管不肯离去的烟雨不是拓宽而是收窄了我的视野，但眼光所不能到达的地方，却激发了我无穷的想象。我相信烟雨之外，一定别有天地。在某些时空交织之处，另一种烟雨可能更加稠密。

眼下，漓江流淌在生态中国也是乡愁中国的怀抱中。可是，在那些充满危机或饱受国恨家仇折磨的岁月里，漓江上的行舟，坐着的恐怕不是陶醉自然的诗人或者追逐风景的游子。"只恐双溪舴艋舟，载不动，许多愁"，李清照的这种哀叹，恐怕也有不少人在漓江上感受过。

因为写作长篇历史小说《张居正》，我曾花了六年时间，研究明代与张居正相关的历史，其中有一段涉及桂林，即万历进士，后为南明政权大学士的瞿式耜与张居正孙子张同敞一起在桂林殉国。其时，瞿式耜在桂林总督军事，清兵南下势如破竹，守军战败四散逃亡，只剩下瞿式耜一人独守空城。时任兵部右侍郎的张同敞闻讯，特意赶到桂林与瞿式耜做伴，瞿式耜对他说："我留守桂林督军，当死在桂林，你没有守土的责任，还是去吧。"张同敞回答："古人耻独为君子，相公为什么不让同敞共死呢？"

斯时，瞿式耜是垂垂老者，而张同敞才四十多岁，师生二人抱着必死的决心留在桂林府衙内。清兵入城后，两人被抓。清兵给了他们两条出路：一是投降，二是落发为僧，遭到两人断然拒绝。他们唯一的心愿就是殉国求死，清兵满足了他们的要求。

行刑那天，瞿式耜写下了绝命诗：

从容待死与城亡，千古忠臣自主张。

三百年来恩泽久，头丝犹带满天香。

张同敞的自绝诗如下：

弥月悲歌待此时，成仁取义有天知。

衣冠不改生前制，姓字空留死后思。

破碎山河休葬骨，颠连君父未舒眉。

魂兮莫指归乡路，直往诸陵拜旧碑。

据载，两人被押出桂林城，看到漓江边上的叠彩山时，瞿式耜对刽子手说："我平生最爱山水佳景，此地风景颇佳，可以去兮！"

1650年（清顺治七年，南明永历四年）农历闰十一月十七日，两人在离叠彩山不远的仙鹤岩引颈就义。那一天虽已入冬，但处在亚热带北端的桂林，却并无刺骨的寒风。漓江依然清澈，只是比起春夏水量略少而已。历史也没有记载，那天是否下雨，叠彩山与仙鹤岩是笼罩在烟云之中呢，还是在晴空之下展现它绚丽的容姿。但可以肯定的是，从小饱读圣贤之书涵养儒家人格的他们，在王朝倾圮社稷颠覆的大难之中，选择了死亡。这既是殉国，也是殉道；既是殉城，也是殉志。这城，就是山环水绕的桂林城；这志，是与家国共存亡的铁血男儿之志。一位老人，一位中年汉子没有选择当超然物外的仙鹤，却死在了仙鹤岩；他们喜欢叠彩山，他们的生命又何尝不是两座叠彩的山峰，在中国历史的拐弯处，迸发出不容逼视的光芒。

三

苏东坡有一首《观潮》：

> 庐山烟雨浙江潮，未至千般恨不消。
>
> 到得还来别无事，庐山烟雨浙江潮。

这首诗之所以为人称道，乃是因为苏东坡通过浅显易懂的语言道出了两种烟雨，两种潮流，一为自然的，一为人文的。

此刻，坐在游船上的我，面对着这一场如诗如画的烟雨，一直处在"既散魂而荡目，迷不知其所之"的兴奋之中。温婉的漓江，永远不会给人惊涛骇浪的感觉；而众山的烟云翩跹着、舞蹈着、幻化着、摇曳着，如群仙聚会中瑶池的裙裾，如烛影摇红时唐代的霓裳。

感官的享受无法拒绝，特别是面对大地自然的呈现，你会讨厌东施效颦，也会厌恶扭捏作态，但"清水出芙蓉"的美感，你又怎么能掉头不顾呢？

读到这样一段文字：

漓江自桂林南来，两岸森壁回峰，中多洲渚分合。无翻流之石，直泻直湍，故舟行屈曲石穴间，无妨夜棹。第月起稽缓，暗行明止，未免怅怅。

这位旅游者自述了游漓江的感受。他说漓江没有翻流之石，亦没有急流险滩，是可以夜晚行船的。可是那一天月亮升空太晚，暗中行船，月明了却停下不走，他因此而生了惆怅。

从文字来看，他富有旅行经验与夜游漓江的极大兴趣，这不是别人，正是明朝末年的大旅行家徐霞客。

徐霞客游桂林山水的具体时间是崇祯十年（1637）四月至六月，行程约一个半月。其间大部分时间都花在漓江东岸岩溶地貌最为鲜明的峰林、七星岩、屏风山等奇特的景观上，以及穿山、塔山、普陀山、月牙山、辰山、尧山等峭丽的山峰。所到之处，皆留下考察笔记。

赞美桂林山水的文人，虽多于过江之鲫，但大都浮光掠影。他们是桂林山水的赞美者，却还称不上知音。徐霞客行脚江湖，犹如佛界的头陀，他醉水耽山，攀岩面壁，俗事中所有恩怨、烦恼、是非与名利，都被他抛诸脑后了。称誉他为旅行家并不准确，山水是别人的爱好，对于他，却是虔诚的信仰。

崇祯十年，对于大明王朝来说，这是个极为不幸的年份。在这之前的万历二十八年（1600），中国历史上第五个小冰期的高峰已经到来，这是中国历史上最寒冷的时期之一。经历万历、泰昌、天启、崇祯四个皇帝的执政，这一个小冰期历时几十年之久，最终导致了王朝的灭亡。

对于这一时期的灾异，史不乏载。《明史·卷二十八·志第四·蝗蝻》记述：

> 崇祯八年七月，河南蝗。十年六月，山东、河南蝗。十一年六月，两京、山东、河南大旱蝗。十三年五月，两京、山东、河南、山西、陕西大旱蝗，十四年六月，两京、山东、河南、浙江大旱蝗。

记载虽然笼统，但可以看出支撑大明王朝的中原、江南两大最为富庶的地区，已经成为旱、蝗肆虐之地。

天灾之后必有瘟疫。自崇祯十三年（1640）开始，一种被称为"疙瘩瘟"的烈性传染病首先在河北暴发，仅数月便传至京城。而后蔓延至黄河中下游地区，时人记载："见则死，至有灭门者。""比屋传染，有阖家丧亡竟无人收敛者。"

这种"疙瘩瘟"后来证明是鼠疫。旱、蝗、鼠疫之后，接着是虎视眈眈的清政权崛起于东北，揭竿而起的饥民啸聚于西北，皇太极与李自成两人，成了大明王朝的掘墓人。

四

徐霞客来游桂林时，柄政的崇祯皇帝正处于内忧外患的危局中。强虏叩关，义军盈路。饿殍遍野、城郭荒芜。明代所有的皇帝中，崇祯应该算是一个勤政努力的君主，怎奈不得天时，亦无地利，人才匮乏，财力空虚，纵是他的老祖宗朱元璋再降人世，也无法改变这大厦将倾的局面。

此时的中国，处在西南腹地的桂林，可谓偏安一隅。

近一个多世纪来，随着科技的进步，人类视野的扩大，一些历史学家与气候专家提出改变历史的新观点，明王朝的终结者，表面上看是皇太极创建的清政权与李自成建立的大顺，但作用于他们的，实际上是气候的改变。许多学者认为，其具体的原因是1257年至1258年之间发生的印尼龙目岛萨玛拉斯火山大爆发，它的威力巨大，火山灰和岩石甚至落在了三百四十公里之外的爪哇。一位名叫拉维涅的学者在2013年所写的论文中提到："基于这些记录中的硫酸盐沉积的估计表明，它产生了过去7000年最大的火山硫释放到平流层。"

萨玛拉斯火山大爆发可能导致了地球第五次小冰期的诞生，它从13世纪一直延续到19世纪，直接受到冲击并产生毁灭性灾难的不仅仅是中国，还有北美纬度较低的地区。从13世纪开始，那里有了显著的降温，导致密西西比河上游地区发生干旱，而北部地区因气候的变化而更适合于农业的发展，从萨玛拉斯火山爆发之后，那里的家庭规模开始增长，并从此步入了繁荣时期。但不是所有地区都像美洲北部这么幸运，以卡霍基亚为例，它从14世纪开始日渐扩张，但在1650年即瞿式耜与张同敞在桂林英勇就义的同一年，卡霍基亚的文明也突然宣告终结。

同样的例子也存在于非洲与欧洲，津巴布韦王国被废弃，波罗的海结冰，大量的牲畜被冻死，农作物连年歉收，各农业大国陷入了前所未有的困境。而依赖贸易与商业的欧洲国家，却从此迎来了繁荣。

从现存的史料来看，中国低纬度的南方，并没有经受小冰期带来的如此巨大的气候灾难。此一时期的岭南两广地区，应该成了中国最为富庶的地方，这导致了明末清初的又一次衣冠南渡。亡于北京的大明王朝，留下的贵族士人、王室子弟，纷纷来到两广建立小朝廷，与清政权作最后的抗争。这一阶段，历史学家称为南明。

徐霞客生活的时代，大明王朝正处在崩溃的前夜，一般的士人，往往都是政治的候鸟。但徐霞客显然不属于这一类，抱烟霞之癖，享山水清娱，徐霞客算得上一个纯粹的文人。

他来桂林七年后，崇祯皇帝吊死在北京紫禁城后的煤山；又过了六年，瞿式耜与张同敞，引颈就戮于漓江边上的仙鹤岩。无论是大明还是南明，这一切的悲剧，与徐霞客无关。

五

但可以肯定的是，动荡的岁月，深沉的国难，对徐霞客的心情还是有所干扰。他留下的游记，佳作迭出，但关于桂林的，却算不得上乘。

参照密西西比河北部地区因气候变迁带来的福祉，17世纪中叶的漓江，水量充沛应胜于今天。韩愈的诗，让我们看到小冰期没有发生时的漓江；袁枚的诗，让我们看到了小冰期即将结束时的漓江。但徐霞客的游记中，却并没有给我们留下处在小冰期中期关于漓江的形象描述。这只能说明，在他游览考察桂林的那些日子里，他所处的时代，欠他一支彩笔。

如果在当下，我能与徐霞客同时站在这一艘渡轮的甲板上，我想我会与他讨论，眼前的这一场烟雨，是否揭示了自然界某种隐喻，或者说，它的无定与幻化中，又藏了多少人间的奥秘。

这该是多么奢侈的一场烟雨啊，从竹江码头上船到阳朔，雨从未停过。雨过云生，云飞雨下，山环水绕，云雨之欢，从纤细到雄壮，从冥坐到狂舞，从猿鸟到渔樵，从丝竹到管弦……雨细如烟，云淡如烟。没有烟雨，漓江便失了神韵；没有烟云，岩峰便失了缥缈。

我坚信，烟雨漓江是生态中国的象征，烟雨阳朔可以搁放国人的乡愁。

这么想着，一首诗便吟了出来：

> 降生阳朔地，鸡犬亦神仙。
> 遇水皆丝竹，逢山便圣贤。
> 渔翁江上住，霁月画中闲。
> 我欲和烟卧，簪花学少年。

2023 年 5 月 28 日

成稿于 G77 次南行高铁上

读懂一条江

一

作为西藏的母亲河，雅鲁藏布江从来没有被过度美化。相反，它的恩赐与它应该得到的褒奖还不成比例。它是大自然创造的一件最为瑰丽的艺术品。它的价值独一无二，而且永远不会被仿制。这不仅仅在于它是地球上海拔最高的河流，并切出了一条世界上最为深邃的峡谷；更在于它养育出的一方文明，是中华文明版图中一串璀璨的天珠。无论被它养育的人们是处在狩猎时代、游牧时代、农耕时代还是工业时代、电子时代，这条高山流下的雪水，从来没有改变自己的慷慨，从来都自觉承担着神圣责任。它不知道什么叫勇猛，什么叫智慧，但这两种天赋，一直在它身上洋溢并无时无刻不在激励着我们。

现在，我站在一块岩石上，眺望着那不可遏制的激流，体会着"青山遮不住，毕竟东流去"的那种掀天揭地的澎湃，排山倒海的浩荡。我感到脚下的岩石在颤抖，苍崖在退缩，飞鸟在振翅，冰川在崩塌……这是在米林市境内的雅鲁藏布大峡谷最深处的那一段，江流在这里拐弯流向了墨脱。万壑争流，千山一默。从每一朵浪花里，看得见单纯与复杂；从每一袭波涛里，体会得到压抑与放纵。我猛然醒悟，读懂一条江，该是多么欢乐，又是多么艰难啊！眼前这条江流里，既饱含着哲学，又蕴藏着艺术；既有宗教的虔诚，又有着历史的训诫。现在，让我们来读这一条江吧，用我们的沧桑印记，用我们的故国情怀。

二

　　各地来西藏旅游的人们，喜欢将这一片雪山环绕，众水奔流的高原称为秘境。我们几次深入其中，真切地感受到，所谓秘境，即是人迹罕至却让人散魂荡目的奇异山水。

　　我现在就徜徉在这样一片奇异的山水中。从林芝的鲁朗小镇前往波密，中途经过帕隆藏布大峡谷。在这里，我见到了平生所未见过的景象，苏东坡说"一蓑烟雨任平生"，眼前的这一蓑烟雨，让我无负平生，更让我一颗爱美的心，瞬间燃烧了起来。

　　雅鲁藏布江在西藏境内的流程达到两千多公里，沿途支流众多。贤者不弃涓流，仁者吸纳流脉。它从喜马拉雅山北麓的杰马央宗冰川起步，开始了交融交汇交流的伟大征程。从千峰万壑中的冰雪融水到印度洋夏季风带来的丰沛降水，从树叶上滴下的一滴晶露，到岩隙里渗出的一痕甘泉，它总是以欢喜心给予热情的拥抱，并团结它们一起奔向远方。

拉萨河、年楚河、尼洋河、多雄藏布与帕隆藏布等河流是雅鲁藏布江最大的支流。其中，帕隆藏布的水量最为丰富，它的大峡谷仅次于雅鲁藏布，被列为世界第三。

昨天，我欣赏了雅鲁藏布大峡谷，今天，又置身在帕隆藏布大峡谷中，无数个具有独创精神的支脉，构成了一条魅力四射、具有生命力的水系。在这条水系里，激情并不像粮食那样需要囤积，而是被尽情地挥霍。所有的浪花上都跳跃着诗意。而且，这诗意在弥漫，在升腾，犹如神谕一般在河谷上瞬间爆发又瞬间消失。

藏语中，拉即是山，措是湖，藏布即是江河。帕隆藏布全长不到三百公里，流程不算长，但它仍可称为大江大河中的佼佼者，在汇入雅鲁藏布江之前，它有着自己独立的舞台，它的灿烂增添了雅鲁藏布江的光芒。

七月的青藏高原，雨水密集。在西藏的南部，由于印度洋季风的影响，雨水几乎每天都在淹没阳光，丛林里蘑菇疯长，山坡上泥石流频发。虽然每天都可以在各种山珍林果中度过，但飞石塌方也会让你体会什么叫行路难。

谢天谢地，载着我的越野车一连数日行进在藏南，一路通畅，竟连一点小的危险也没有遇到。而且，完全出乎我的意料，披着雨色，我们驶入帕隆藏布大峡谷，突然邂逅了玄妙中的玄妙，秘境中的秘境。

那是一场云烟的舞蹈。

从鲁朗到波密的一百六十公里，三分之二的路程，都是从帕隆藏布大峡谷中穿过。雨线始终伴随，云烟也始终弥漫。越野车拐过一道弯，忽见前路上一缕云烟犹如白龙，横亘在苍绿的山腰，倏忽风来，一条完整的白龙碎成无数鳞片。风突然升上山巅，盘踞在山上的云团，遭到气流的驱动，像崩裂的冰川一样轰然倒塌。海拔4000米之下，各肖其形的山峰不见了，深不可测的沟壑不见了。云卷云舒，遮蔽着大千世界，不过，仍能从云的缝隙中，看到星星点点的景物，比如矗立在山脊上的高压线，跃动在密林中的瀑布等，它们是具象的，同时又是抽象的。虚无缥缈的意象，仿佛神仙的梦呓。

当气流下沉的时候，铅灰的天空突然明亮起来，我们不但可以看到清晰的雨线，还能看到偶尔闪出的白雪皑皑的峰头。但是，很快，白雪又将它们的圣洁隐藏，云烟的表演又进入了下一幕。

山从人面起，云傍马头生。

这是李白《送友人入蜀》的诗句。少时读此句，只觉得造句奇特，却不知道这诗句的奇特源于自然的险峻。后来，多次穿行于蜀道，在秦岭巴山之中，岷水雪巅之间，才充分理解到，人与自然的关系，就是屈服与征服，膜拜与漠视。现在，行车在帕隆藏布大峡谷，可以说，这是蜀道的升级版。这里，山的起处不是人面而是江面，云傍的不是马头而是车头。

现在是涨水季节，江水差不多要与路面齐平了。路右是江，路左是峭壁。如果江水继续上涨，这路面将会被淹没了。但此刻让我担心的不是水淹了路面，而是烟云埋了路面。

从山坡上如瀑布倾泻而下的烟云，越过江面扑上了路，我们的越野车整个儿被埋了进去。在骤然而来的云烟幻化中，我们犹如置身洞窟，在最隐秘的角度，仿佛有无数幽灵飞荡成形。

我曾在莫斯科前往圣彼得堡的火车上，看到过被不少俄罗斯作家描述过的白雾。土地笼罩在乳白色的气体中，这气体是透明的，它笼罩了一切，但一切又清晰可见。眼前的云烟，与俄罗斯的白雾庶几近之。岩石仍在，但烟云磨去了它的棱角；层林仍在，只是它更像舞蹈中的裙裾。我摇下车窗，伸手去抓了一把烟云，握在掌心的，只是一把潮润。这潮润中，似乎还掺着波浪的柔碧与格桑花的芳香。

画家范宽的《溪山行旅图》被誉为宋朝山水画的第一神品。我家中挂了一幅复制品，闲暇时就对着它凝望，岩峰溪流，飞瀑行驴，每每勾起我与天地为伍的逸兴。但是，范宽笔下的溪山行旅，又怎能与我正在欣赏的帕隆云烟相比呢？自然永远是艺术的老师，它所有的创新都是随意的。这种精神感染了生活在其中的民族，知其不可为而守护之，知其不可得而景仰之。在虚无缥缈中，我看到了山坡上五彩的经幡。云烟在眼，信仰在心，幻化的魔力弥合了理智与浪漫的距离。

三

行进在前往雅鲁藏布大峡谷的途中，还有两天就要入伏了，中原大地已是吴牛喘月，可是，这里依然有着轻霜敷面的清凉感觉。此一时期的藏南正值雨季，不过，西藏的雨充满了人情味，它不会没完没了地下着，而是一天下那么几场，在雨的空隙中，间或出一点太阳。此时，天边的云层加厚，如絮的白云在山脊上匍匐，江边的山坡因没有阳光照射，新翠变成了墨绿。

从林芝机场前往雅鲁藏布大峡谷，不到八十公里，却全都是崎岖山路，我们走了差不多三个小时。走在这样的路上，理智被钝化，感官却在狂欢。过羌渡岗村，出现一个如画般的藏寨；过下拉村，青稞已收；不到三公里又过朗嘎村，有一条小街，列着几家餐厅和土特产销售门店。出小街，就看到河对岸有一个巨大的沙丘，路牌指示这里叫丹娘佛掌沙丘。在这里，我们停了一会儿车，我关注沙丘并想象着它是怎样形成的。雅鲁藏布江很少有沙滩，这乃是因为它一直在高山峡谷中流淌，巨大的落差造成水流湍急，几乎没有行舟的可能，也很少有潮汐亲吻的沙滩。诗人们航行在江南的河流上，既可以留下"春江潮水连海平，海上明月共潮生"这样的千古绝唱，也可以"烟笼寒水月笼沙，夜泊秦淮近酒家"；既能够"潮平两岸阔，风正一帆悬"，也能够"今宵酒醒何处，杨柳岸，晓风残月"。江南膏腴之地，能容纳多少沧桑岁月中的花团锦簇与才子佳人的浅斟低唱啊。而世界屋脊流淌的这一条雅鲁藏布江，虽不能渔舟唱晚，却可以与鹰鹫为伍；虽不能风送千帆，却可以挟雷带电。"不废江河万古流"，这既是波涛相拥的告白，也是民族勇往直前的宣言。

从丹娘佛掌沙丘继续前行，有一段平缓的河谷，金黄的青稞田，葱绿的玉米地，山的蜿蜒，水的曲折，几处蟹爪样的沙滩，都呈现在江的对岸……一切都有条不紊，舒缓而和谐。我知道，这是自然调理阴阳的隐秘方式，过了这一段，雅鲁藏布江将开启它勇往直前义无反顾的宏伟篇章。

到了松林口，进入大峡谷。停车眺望，只见南迦巴瓦峰在左，多雄拉雪山在右，两座刺入青天的巍峨峰头，都闪耀着不容逼视的皑皑雪光，仿佛是两只光芒四射的宝莲灯，昭示西藏的圣洁与神秘，又仿佛是两尊威风凛凛的天神，夹峙着狂放不羁的雅鲁藏布江，让它尽情汹涌摧枯拉朽的伟力。

钻出云层的太阳，让雪山与江流瞬时灿烂起来。动是那种离弦之箭的动，静是那种入定千年的静。一片一片的山影，没有一座身躯是蜷缩的，犹如我们的民族，永远堂堂正正；一袭一袭的波澜，没有一朵浪花是畏葸的，犹如我们的心灵，总是在渴望奋斗。这里没有地平线，只有地平线上的峰影波光；这里也没有生命线，只有无数生命的故事在眼前跌宕起伏，永久延伸！此时，我多么想飞身雪峰之巅，手抓一捧雪如抓住故乡。但我知道这高度非我能力所及，那么，退而求其次，让我跃下葱茏，去大峡谷的深处亲吻波涛吧。

盘旋复盘旋，我终于下到了谷底的江边。站在一块伸向江心的岩石上，我立刻被震撼了。如同从苍穹倾泻而下的波涛撞击着我的心胸，在四围青山，千屏苍崖之间，雅鲁藏布江波推着波，浪赶着浪，激石的声音犹如一万只雄狮在咆哮。山手拉着手，岩肩并着肩，它们试图阻止这伟大的洪流，但这是不自量力的，江水犹如穿峰凿石的巨龙，它的每一次腾涌，每一个转身，无不充满了荡涤乾坤雷霆万钧的力量！

站在这里，我感到大地在颤抖，空气在燃烧，而我的胸腔中，也仿佛有无数匹战马在奔腾。这江水，这洪流，多么像我们生生不息的中华民族，它百折不挠一泻千里的精神，又有谁能阻挡呢？

四

暮色苍茫，暮雨潇潇。在离开米林县的第三天下午六点，我来到了墨脱县的果果塘。这里是雅鲁藏布大峡谷的最后一段，由此前行不远，一过墨脱边境的修昔卡村，雅鲁藏布江就流入了印度，在那里，它的名字叫布拉马普特拉河。然后，它又流入了孟加拉国，又被更名为贾木纳河，在一处名叫瓜伦多卡德的地方与恒河汇合，最后注入印度洋北部的孟加拉湾。

站在专门为游客建造的玻璃栈道上，披着雨与暮色，趁着黑夜还没有完全沉降，我尽情地欣赏眼前的果果塘。"江流天地外，山色有无中"，王维的诗句在我脑海中悄然浮出。被椭圆形江流束起的那一座圆形的山丘，是雅鲁藏布江留给西藏的最后一件艺术珍品。胭脂色的江流，翡翠般的山鬓，像是一枚制作精美的鸡心吊坠。有资格佩戴它的，应该是中华的天选之子吧。离它最近的，应该是南迦巴瓦峰，但我认为，南迦巴瓦峰只能是它的卫士，佩戴它的，应该是众山之王珠穆朗玛峰。从自然地理的角度说，中华的高度就是世界的高度。

雅鲁藏布江的流程中，为了寻找出路，它经历了好几次大拐弯，果果塘是中国境内的最后一次。看到江流东去，我不禁生了一点惆怅。"此地一为别，孤蓬万里征。"雅鲁藏布江啊，你离了故国，只身远渡，你不觉得孤单吗？

飒飒地，樵风起了，天上的雨，忽然也稠了起来。掸开遮住视线的雨帘，我再次凝神眺望果果塘的江流，暮色加深即将变成暗夜的那一刹那，江流忽然明亮起来，仿佛无数颗钻石在浪花上跳跃。那一刻，我突然明白，我的情感并不是雅鲁藏布江的情感。那些熠熠发亮的浪花告诉我：它们有乡愁，但不会为了乡愁而原地踏步；它们有故国，可是，它们更想拥抱未来。当然，每一次拥抱，遥远的异乡都会变成故乡。即便走到天涯海角，雅鲁藏布江钻石般的浪花，也是永不磨灭的故国的胎记。

2023年8月3日于内罗毕狩猎公园酒店开笔

2023年8月15日于武汉闲庐定稿

根河的第一场雪

一

早起拉开窗帘，只见窗外的敖鲁古雅民俗村白茫茫一片，降雪了，这是今年根河的第一场雪，也是中国的第一场雪。

内蒙古的根河与黑龙江的漠河处在同一纬度上，都在大兴安岭中，都属于中国的"北极"。中国的极端寒冷天气，几乎都在这两地产生。这两个县级市，是中国纬度最高的城市。漠河处在北纬52度10分与53度20分之间；根河处在50度20分与52度30分之间。2018年，中国气象局将根河命名为中国冷极。

处在同一纬度上，为何根河比漠河更冷呢？而且，漠河更靠北，从它的县城出发，向南三百公里才是根河市。照理说，应该漠河比根河更冷才对。为何恰恰相反呢？我想，不可忽略的是构成冷极的必然条件。

漠河的海拔只有600米，而根河的海拔是1000米。漠河往北依然是隔着黑龙江的俄罗斯境内的外兴安岭；根河的北面却是一望无际的呼伦贝尔大草原。山可以作为抵御寒流的屏障，而平原则是寒流过境的大通道。

中国的冬天来自北方，而让北方一夜入冬的，则是那永不爽约而人类穷其所有的智慧也无法阻拦的寒潮。气候决定了地理的作用，也决定人类生存的方式，甚至国家的兴衰、王朝的更替，都与气候的变化有关。这是一个宏大而且有趣的话题，在这里我不展开论述。还是言归正传说说寒潮吧。我们从小听广播的天气预报，总会听到"一股西伯利亚的寒潮正在侵入我国北部地区"这句话。如果说，寒潮主要来源于以格陵兰岛、北冰洋、北极苔原与泰加林带为核心的北极圈，受北大西洋暖流的影响，北极圈的寒流无法进入西欧，却涌向了位于它东南方向的西伯利亚。

西伯利亚位于最广阔的亚洲大陆的腹地，由于高纬度的气旋以及海陆热力性质的差异，它成为永久性冷高压的聚结地。来自格陵兰群岛的寒流在这里积蓄更大的能量之后，依然沿着它的轨迹向东南方向迁徙。而它的东南近邻便是中国、蒙古国、哈萨克斯坦等亚洲国家。西伯利亚寒流分东、中、西三路进入中国。东路从西伯利亚东部借道蒙古国东部进入中国东北地区，而后取道华北地区南下；中路从西伯利亚中部过境蒙古国入境中国西部河套地区，而后长驱直入华中地区；西路是从西伯利亚西部进入中国新疆，经河西走廊，像候鸟一样，飞向膏腴之地的东南诸省。

历史记载，西伯利亚的东路寒流最为强劲，进入中国的第一站，便是自黑龙江伸延到内蒙古的大兴安岭地区。首当其冲的便是漠河与根河。因这寒流自西北来，位于正北的漠河，遭受的冲击便没有根河那么猛烈。这就是根河是中国冷极的主要原因。

二

我是十月的最后一天，取道哈尔滨来到根河的。往常这个时节，哈尔滨应该已经进入冬季。可是今年，城市的公园里依旧绿树成荫，路边，赭黄的林叶犹如金箔在阳光下闪射着炫目的光芒。而中原，特别是江南与岭南，气温较往年也要高出许多。在北纬30度以北，这时应该到了"寒衣处处催刀尺"的季节，现在却仍然是暑气未消、花团锦簇，让人产生"河山非复旧河山"的感觉。

但是，过了嫩江平原进入大兴安岭，气温明显降低了。0摄氏度之下，站在阳光下也感觉不到温暖。大兴安岭是东北平原抵御寒潮的天然屏障。世界上有三大黑土分布区，东北平原是其中之一。另两个是密西西比平原和乌克兰平原。黑土分布区的纬度通常是北纬45度到北纬50度之间，都是世界级的粮仓。拜大兴安岭所赐，东北平原才能有黑土地。所以，要保护好东北平原，首先要善待大兴安岭。

穿行在大兴安岭中，但见河山逶迤，路远林深。夏秋时节影响甚微的冻土路面，现在变成了陷阱或者坎坷。同行的根河籍的弟子对我说，往年这时候，大兴安岭已盖上了雪被子，今年冬天迟到了。

根河我去过几次，春天夏天秋天都去过，唯独冬天没来过。看到路边河中的流水还在欢快地流淌，心中不免怏怏，数千里赶来看一个根河的冬天，难道希望又要落空了？

过牙克石，气温明显低了许多，冻土路面越来越多了，空气突然变脆了。弟子说，变脆的空气就是寒气。遥远的天空由湛蓝变成了铅灰。这是在酝酿一场暴风雪吗？弟子说：是的。在根河，汽车按一下喇叭，就会惊掉大片大片的雪花。这里的冬天长达半年，最奢侈也是最无聊的就是雪。南方人把雪当作诗歌，而雪，却是我们的苦闷。

在一种等待与期盼中，我们在根河市住了一个晚上。其实，那夜的根河，放在中原，已是非常寒冷了。零下8摄氏度，所有的村庄都变得萧瑟了，大地横陈的江河、林木、田野与山脉，都被寒气包裹着，蛰伏着，盼望三阳开泰的那一天。根河却不一样，这里的居民觉得零下8摄氏度只是那种完全可以忽略的轻寒。根河的朋友们为我们举办了丰盛的晚宴。赴宴的路上，但见街上的每一间餐厅与超市，都是灯火通明，热气腾腾。他们对冬天不是服从而是顺应。寒冷没有让他们怨天尤人，而是用自己的酒，把一个又一个的冬天全都灌醉。

夜宴给我带来了好心情，一早起来，纷飞的大雪给了我一个期盼已久的黎明。一夜之间，气温降到了零下20摄氏度。

我穿上早已备好的加拿大鹅，迫不及待走出了酒店，宿醉未醒的大街寂静无人。我看到路边的白桦林，灰白的躯干像一支支熄灭的蜡烛，不远处起伏的山峦上，那些茂密的落叶松与樟子松，披着冰晶与雪雾，无言而安静，仿佛一尊尊入定的头陀像。

我踽踽独行，仿佛走在安徒生的童话中。我甚至轻声念起李白的《北风行》："燕山雪花大如席，片片吹落轩辕台。"

朋友赶过来了，笑着说："燕山雪花大如席，这太夸张了。燕山在中原边上，哪来那么大的雪？"我说："你又没生在唐朝，怎么会知道当时燕山的气候呢？"地球的气候一直在变迁，大冰期、小冰期，甚至寒冷期、温暖期。变暖与变寒，可以预见但不可以改变。在屈原的诗歌中，荆楚大地上有成群结队的大象，有热带龟那样的大龟，现在还能看到吗？气候可以把一个地区变成热带，也可以变成寒带。这种变化，人类无法干涉，也不能参与，人类的改变只是小轮回，而气候的改变是宇宙的大轮回。

在内蒙古额济纳旗的沙漠上，唐代还非常浩瀚的居延海，宋代以后就日渐干涸了。现在，它重又变成了沙漠中的泽国。刘禹锡的诗"人世几回伤往事，山形依旧枕寒流"，感慨的就是人世变幻而山川依旧。其实，若从气象或地质时间看，山川也并非依旧。

雪不是在下，而是在涌。根河的第一场雪，显示出掀天揭地的气魄。现在我眼中看到的，既是北国冷极中的气象，也是天象、地象。

三

当然，我来根河的动机，除了感受这里的极端天气，还有一个原因，就是为创作《忽必烈》这部长篇历史小说来这里考察蒙古民族的形成。

据《蒙古秘史》隐晦的记载，蒙古人最早的祖先是在种族战争中侥幸逃脱的一对夫妻。他们隐藏在大兴安岭的密林中，过着狩猎与游牧搭配的生活。他们在这片呵气成冰的山林中悄悄地繁衍，几个世纪之后，这对夫妻的后代终于变成一个部落。我想，这个部落不会太大，它甚至不会超过一千人。由于食品供给有限，加之极寒的天气导致人的生育能力的降低，游牧民族的人口增长远低于农耕民族。

基于史料的分析，也基于对环境的判断，我认为最早的蒙古人发育于大兴安岭北麓及额尔古纳河之间，即今天的根河与额尔古纳。这两个地名是解放后产生的。之前，它们曾合起来共享一个名字：拉布大林。再往前，叫室韦；再往前，这里没有名字。拉布大林是蒙古语"勒格塔林"的变音，翻译成汉语即小孤山。

大兴安岭众多峰头，这小孤山是哪一座呢？现在已不可考。根河最早的历史记载是在北魏，此前这里不隶属于任何一个政权。唐代史书中，第一次出现了蒙兀室韦这个名字。史学界认为，这是对蒙古人最早的称呼。中唐之后的文献上，又把室韦称作鞑靼。俄语中的鞑靼一词，即是指蒙古。

一些史家认为，最早的蒙兀室韦是东胡的一支，因为室韦与鞑靼通假。但是，法国学者伯希和推测，室韦是"鲜卑"的同词异译。我对伯希和的推测表示赞同。

但需要指出的是，无论是东胡，还是鲜卑，抑或鞑靼、契丹和蒙古，很难将它们进行严格的民族区分。古代民族战争的发动者，无不具有两个明确的目的：一是抢占资源，二是掠夺人口。一个强悍的王，会使他的民族迅速壮大。一个王的溃败，则会使他的民族及部落迅速变得弱小或者消亡。在这样一种历史趋势下，每一个民族的来源便会复杂。谁也不能保证他的民族是单一人种，也不能保证他的民族文化能够永远单一地传承。所以，民族的强弱转换，草原霸主的崛起与陨落，便是一部融合与交汇、相斥与相吸的中华大历史。你中有我，我中有你，这就是命运共同体。

为什么说蒙古族的祖先是鲜卑人呢？这与《蒙古秘史》的记载有关。那对劫后余生的夫妻，应该是东胡为占领今呼伦贝尔地区对土著鲜卑人发动战争时的幸存者。

从根河到室韦这一片区域，森林与草原交织。现在，那里依然是中国乃至世界最美的草原。相信中古时期之前，那里的生态环境应该更好。

草原被强势的游牧民族占领，这对战争的孑遗只能躲藏在深山老林。从森林走向草原，这不仅仅是一种自信，更是一种强大。人力、物力、战力保证一个民族向资源更加丰富的地方流动。这是弱小的民族向往而不能实施的梦想。

在呼伦贝尔地区，强大的东胡向西迁徙，从那里进入河西走廊乃至新疆、西亚的丰草区；鲜卑向南迁徙，抵达大同建立了北魏政权，而后挟雷带电南下洛阳建立都城，这是少数民族在中原建立的第一个政权。历史记载，当蒙兀室韦成为一个部落后，他们没有能力西迁或南下，只能沿着北纬50度的轨迹一路向北，最终抵达今蒙古国的斡难河畔。远离一切繁华，远离一切敌人，在那片土地上，真正的蒙古人的历史才正式拉开序幕，不同的是，他们没有从悠扬的牧歌走向更加悠扬的牧歌，而是从一片苦寒走向另一片更加凄厉的苦寒。

四

在根河，我看过鄂温克人住过的撮罗子，也见过古时原住民住过的地窨子。我不明白，撮罗子这种撑起来的尖顶圆棚子，如何能抵抗极端的寒冷，而地窨子则是在半地下，覆顶是树皮与兽皮，暴风雪中，地窨子可以生火取暖。现在，这两种建筑都已没人居住了。根河的居民都住在钢筋混凝土的现代建筑中，九月份就开始供暖。我想，最初生活在这里的蒙古人，应该是夏天住在撮罗子里，雪天便在地窨子里猫冬。后来，牛皮和羊皮多了，他们便设计出蒙古包。这种易于迁徙的毡房，应该是撮罗子与地窨子的结合。从大兴安岭迁往漠北的蒙古人，他们的勒勒车上，必定带着蒙古包。如果说勒勒车是牧民的草原之舟，那么蒙古包就是草原上流动的城堡。

在北半球，存在着三种世界，即农耕世界、游牧世界与海洋世界。它们互相连属又互相抵御。三种截然不同的生活及生产方式，造就了三种文明。生活在不同文明中的民族，经常爆发战争。最早的战争是为争夺资源，后来添加了信仰。再以后，随着国家概念的出现，领土战争又随之出现。战争必有胜负，但放在历史的长河中观察，人类的战争几乎没有胜者。人类在衰落中进步，又在进步中衰落。每一次战争与缠斗，受伤的永远是人类自己，当然也涉及自然。

近代以来，随着科技与社会组织能力的提升与扩大，农耕、游牧与海洋三种世界的边界逐渐模糊。但三种文明对不同民族的影响依然巨大。曾经有两大民族一度成为主宰世界的强大力量，它们一个是代表海洋文明的维京人，一个是代表草原文明的蒙古人。

在根河采风考察时，我一直在想，最初离开这片土地的蒙古人，是因为自然环境的改变还是他们是族群残杀中的失败者？蒙古人最初的图腾是苍狼与白鹿。至今，在根河一带的大兴安岭中，苍狼与白鹿都还存在。狼是牛羊牲畜的敌人，而鹿则是驯兽中最可靠的运输英雄。极寒天气中，连烈马都要趴窝儿，要靠人们投喂干草活命，而鹿却可以踢开厚厚的冰雪，找到贴地生长的苔藓为食。苔藓是鹿唯一的美味，它不假牧人的帮助，而是自己寻找。它既能拉爬犁、雪橇，也可以驮载物品。在勒勒车发明之前，鹿是牧人最好的脚夫。蒙古人选择苍狼与白鹿成为他们的图腾，这是一种源于生活又高于生活的选择。苍狼会激发他们的斗志；而白鹿，则是他们忠诚的朋友。

二百年前，从根河到漠北，是同一片草原的两处风景。现在，却变成了两个国家的不同领地。但是，不管怎么说，从地理特征上，它们都属于蒙古高原。

五

地理上的北极圈，是指北纬66度34分以北的广大区域。这片地区的总面积有2100平方公里。

北极圈国家有俄罗斯、美国、加拿大、丹麦、冰岛、挪威、瑞典、芬兰。这些国家我全都去过。除了荒野，它们的城市并没有让我感到特别的寒冷。根据历年的气象统计，世界上最冷的十个国家是冰岛、俄罗斯、瑞典、加拿大、挪威、芬兰、蒙古国、哈萨克斯坦、丹麦与爱沙尼亚。这些国家中，蒙古国与哈萨克斯坦并不属于北极圈。可是蒙古国首都乌兰巴托、哈萨克斯坦首都阿斯塔纳，以及俄罗斯首都莫斯科，被称为世界上最冷的三个国家首都。为什么乌兰巴托与阿斯塔纳的寒冷程度超过北极圈中的国家呢？原因只有一个，就是它们毗邻西伯利亚。世界上最冷的城市也不在北极圈，而是西伯利亚地区的雅库茨克，它的极限低温达到零下60摄氏度。不过，雅库茨克还不算世界上最冷的。同在西伯利亚东北部的只有五百人居住的奥伊米亚康，最低气温达到了零下71.2摄氏度。顺便说一句，寒冷并不可怕，奥伊米亚康小镇上的人口平均寿命达到了85岁。

从纬度上看，中国的漠河离西伯利亚最近，两者之间只隔了一条江，一道山，那江就是黑龙江，那山就是外兴安岭。以前，那条江与那道岭都是属于中国的。根河离西伯利亚稍稍远一点，但也远不了多少，也只是隔了一条江与一道岭，岭仍是外兴安岭，江是额尔古纳河，它是黑龙江的上游。

在人类各种丰富而灿烂的语言中，汉语肯定是最优秀的语言之一。关于寒冷，汉语将其分为六个层次：轻寒、薄寒、小寒、大寒、苦寒、极寒。古人对气候的表述乃至二十四节气的划分，来自最初黄河中下游中原人的观察与经验。霜降带来轻寒，塞北可称为苦寒。三九天自冬至开始，大寒是一年中最冷的十天。

在尧舜禹等伟大首领创立中华文明的初期，中原人的足迹无法抵达遥远的西北及东北边疆，那些地方是游牧民族的天下。以放牧为生的民族，一个世纪又一个世纪游牧在蒙古高原，每年的春夏，是游牧者的天堂。在苦寒与极寒中，他们无意创造史诗，但浩瀚的冰雪世界，却可以帮助他们提炼与储存创业的能量。

今年，根河的第一场雪来得稍迟，但却没有缺失。弟子告诉我，山里的积雪已经很厚了，河水一夜封冻，虽然还不结实，但蓝莹莹的冰面看上去也非常美。他问我，你愿意像古人那样，到山里去坐一次狗爬犁吗？

我回答：当然想坐，我还想在地窨子里住一晚上呢。在地窨子中间烧上一堆篝火，搬来马奶子酒桶，一碗一碗喝到天明。

沿着北极的边缘行走，享受着苦寒与极寒，也陶醉着中国最北的风景线，这是人生的快事、乐事。

2023年11月2日动笔

2024年1月12日完稿

第三辑

狮王的盛宴

波拉波拉手札

　　知道大溪地这个名字，是前年在夏威夷度假的时候，我在波利尼西亚旅游度假村看到了大溪地土著人的舞蹈，并对他们肥硕且棕色发亮的身材所展现出来的灵活健美的舞姿表示惊叹。没想到两年后，我得到机缘来到这个神奇的岛国。大溪地英文为Tahiti，又译成塔希堤，是法属波利尼西亚的岛屿之一。法属波利尼西亚是南太平洋众多属地中的一个，由大大小小一百多个岛屿组成，大溪地是最大的岛屿，亦是首府所在地。与大溪地相距四十分钟飞机航程的Bora Bora，汉译波拉波拉岛，是一座只有38平方公里的小岛。当我从大溪地换乘支线小客机飞到波拉波拉时，在苍茫的暮色中，首先看到一座突兀的峰头，围绕这峰头而展开的岛环上，一粒粒灯火如漂浮在海面上的璀璨珍珠。这条项链仿佛戴在我看不见的一个众神之神的脖子上，他会是谁呢？是上帝吗？是佛陀吗？刹那间，一种温馨的神秘感在我心中油然而生。接下来的五天，视觉的盛宴、感觉的狂欢、知觉的颠覆、触觉的新奇如同潮水般涌入我的生命。好多年不曾动笔写游记的我，觉得有必要暂时放下手中正在进行的重要的写作，来记录这一段值得怀念的旅行。

潟 湖

关于潟湖，上海辞书出版社 1979 年版的《辞海》是这样解释的：

> 浅水海湾因为湾口被泥沙淤积成的沙嘴或沙坝所封闭或接近封闭而成的湖泊。其盐度因所在地区气候及与海隔绝程度而异。

波拉波拉的潟湖，处在主岛与环岛之间。湖湘间的洞庭湖，人们以八百里誉之阔大，但这里的潟湖显然是大过洞庭湖的主湖面，它的岛环并非沙坝，而是珊瑚礁。整个潟湖的湖底，也都是坚硬且如蒺藜的珊瑚礁，偶有银沙，也都是薄薄的一层，其下仍是礁石。我下榻的瑞吉酒店，便是建立在岛环的水面上。岛上所有的高级酒店，如洲际、索菲特、希尔顿、四季等，都是建在水面上的，当地人称为水屋，其建筑形式借鉴大溪地土著的民居，尖尖的屋顶，茅草为瓦。它的房屋部分像是蒙古包，而整栋建筑却与湘西的吊脚楼庶几近之。一栋茅屋包括卧室、客厅、阳光房与露台。从露台上可以直接下到水中游泳。一栋一栋的水屋在水面上延伸很远，用木栈道与岛环上小巧的绿地相连。

飞机降落时天已尽黑，我们乘了二十多分钟的渡轮来到瑞吉酒店。斯时我对这美丽的小岛完全陌生。清晨六点钟，当我在既无鸟鸣又无涛声的静恬中突然醒来，踱步到露台上，看到一碧万顷的潟湖时，一种很多年都不曾有过的轻松感油然而生，让我有一种羽化登仙的感觉。

这是何等恬静的美景啊！

湛蓝的海水清澈见底，水面上的波纹投影到水底的礁盘上，像是有无数条金蛇在缥缈的乌云上游弋、滑动。潟湖水域最浅处只有一米多，深处达到了十几米，两三米深的地方，水底的景物呈现得最清晰，灿然可爱。我曾对九寨沟的钙化滩流大加赞美，认为它水底横陈的荇草与树枝，近似于幻觉的摇曳姿态，实乃妙不可言。记得当时我们同行的作家，以"九寨蓝"誉其水质的洁净。眼下这潟湖的水，其清澈更是超过了"九寨蓝"。而且，潟湖水域广大，非九寨沟所能比拟，真有孟浩然所说的那种"涵虚混太清"的感觉。水的颜色亦不可只用一个蓝字来描述。此刻，站在露台上的我稍舒望眼，但见辽阔的湖面犹如一个巨大的底板。蓝是底色，随着距离的变化，蓝色亦变幻着，近处浅蓝，稍远处湛蓝，更远处瓦蓝，而目光所及的最远处则是浮漾着紫黑色的深蓝了。海面的颜色反映了海水的深度，水浅蓝色也浅，水深蓝色也深，这是距离带来的视觉差异。就在这层次分别的蓝色中，更有朝霞带来的七彩波光，在海面上摇晃着、雀跃着、嬉戏着，如同调皮的鸥鸟，亦如璀璨的星星。

隔着浩渺的湖面，在太阳升起的地方，耸立着波拉波拉岛的主峰奥特马努峰。唐代刘禹锡游洞庭湖，曾写下"遥望洞庭山水翠，白银盘里一青螺"。这青螺指的是被洞庭烟波簇拥的君山。眼下的奥特马努峰，与君山的形势庶几近之。只是它的峻肃与峭拔更要超过君山。从我所居的酒店看去，奥特马努峰仿佛是一把月牙铲，显得特别神秘。"忽闻海上有仙山，山在虚无缥缈间"，我觉得这应该就是中国神话中的那座仙山了。后来，我乘坐游艇绕着奥特马努峰转了整整一圈，三百六十度观察它，才发觉它变化甚多，每一个角度都有不同的形状，有时像一座巨大的城门，有时像一尊入定的头陀像，有时像巍峨的宫阙，有时像停泊的舰船。即便是响晴的天气，它的峰尖也总是被白云缠绕，这就增加了奥特马努峰的动感，这应该就是我们想象中的仙气了。

　　长期生活在中国的我辈，最不堪忍受的就是跋山涉水千里迢迢赶到某一处心仪既久的景区，目光所及却几乎全都是人。中国不缺好山好水，但所有的山水都充斥着大批大批游客的喧嚣。波拉波拉却不一样，离这里最近的新西兰人想来这里，也得乘坐五个小时的飞机。它距离另一座太平洋中的岛屿夏威夷，也有六个小时的航程，是真正的远离尘世的地方。一个人来到这里，只要他愿意，必能获得与宇宙对话的超验情感，而且，获得这种超验情感，并不需要亲临诸如教堂、寺院、道观抑或密林洞穴、冥想中心等特殊的场所，你只需要置身在这片土地或海域中的任何一个地方，就会觉得自己过去的生活琐碎而乏味，并因此涌出许多新鲜而有趣的念头。

那一天，我乘船来到潟湖的深处，船长停下船，拿出泳衣、脚蹼与浮潜镜，请我下船去欣赏海底的珊瑚礁。甫一下水，一只状如蒲扇、长了一根一米多长尾巴的黑色大鱼就快速向我游来，它的丑陋的长相让我惊恐，幸好船长游过来，他用手中的面包屑让那条鱼与他拥抱。那样子，倒像是久别重逢的故人。看到我惊讶，土著毛利人船长解释说，这种鱼叫魔鬼鱼，只要不去惹它那条长尾巴，它是乐意与人嬉戏的。他还说，这里的鲨鱼也不咬人，它们只会围着你要吃的，只要给它们面包，它们就很欢乐。人鱼相拥，人鱼相戏，这种体验，只有在波拉波拉才能获得。

浮潜之于我，并不是第一次，在中国的海南三亚、在法国尼斯、在美属塞班岛等处，我都入水体验过，但此次在波拉波拉潟湖中浮潜的感受，应是前几次体验的升级版。仍然是船长当我的导游，我跟着他游到离游轮稍远的地方，通过浮潜镜，我看到的海底世界，用震撼这个词形容一点也不过分。蕴藏在海水中的无边无际的珊瑚林，犹如气势磅礴的崇山峻岭；丛丛簇簇的珊瑚枝，如悬挂在老树上的积雪，亦如迷蒙春夜下怒放的琼花；在象牙色的深浅错落的万千沟壑中，成群结队的热带鱼穿行其中，偶尔也会看到水底的银沙上斜斜地立着一只仙人掌似的珊瑚，三两只肥大的螃蟹躺在它的枝杈上，如同"帝力于我何有哉"那样的世外高人，尽情地享受着淡淡的翡翠色的恬静……

愈行愈远，迷不知其所止。若不是船长提醒我应该返回，我可能会循着珊瑚林一直游到遥远的海域。回到船上，我的视觉记忆依然陶醉在黛蓝色的波涛下面。在船上，已经来过这里的朋友对我说，如果上帝要在人间选一个住处，他一定会选择波拉波拉，这里有世界上最美的海，也有最精致的山。通过几天的游览与体验，我觉得朋友的话是准确的。一个人，无论他在尘世生活中历练自己的智力与情感达到何等的高度，来到波拉波拉，这种智力与情感都是派不上用场的。在中国，任凭你智力再高，你也无法说服一条鱼与你激情相拥；你的情感再丰富，也完全无法帮助你获得与上帝对话的权利。在波拉波拉，在波拉波拉的这座潟湖内，人与所有的鱼类、植物都达成了一种共生共荣的默契。人的聪明导致他们肆无忌惮地伤害自然。而当地的毛利人，无论男女老少，见人总是微笑。我想，上帝肯定不喜欢过于聪明的人，这种人总是充满算计与利益权衡，就是庄子所批判的"机心"。毛利人没有机心，看上去傻傻的。这应该就是上帝喜欢的人类的模样。

奥特马努峰

前面已经说到这座奥特马努峰。如果说潟湖是动感而丰富的，奥特马努峰则是高峻而神秘的。奥特马努峰海拔只有700多米，若放在中国，它算不上什么高山，但在波拉波拉岛，它却是至高无上的。那天早上，我从下榻的瑞吉酒店的露台上眺望奥特马努峰，恰好它的峰顶被白云缭绕，我立刻就想到了唐朝诗人刘禹锡说过的"山不在高，有仙则名"。奥特马努峰是三百多万年前一次火山爆发留下的产物。它成为山的那一刹那，是它身材最高大的时候，从此后，它便以每年五厘米的速度下降。总有一天，它还会沉入海底，被太平洋的波涛吞没。当然，这种情况也得几千年之后方能完成，活在当下的我辈，倒也不必为如此遥远的未来而担心。

眼下的奥特马努峰，是一座名副其实的仙山，林木蓊郁，山形奇特。在主岛，有一条长约二十公里的环岛公路，始终围绕着奥特马努峰。岛上有以当地土著毛利人为主的五千名居民，分别住在三个小镇上。岛上唯一的码头建在瓦伊塔佩（Vaitape）镇上，它也是波拉波拉岛的市政厅所在地，另外两个叫安娜屋（Anau）和法阿罗伊（Faanui）。我乘坐租来的一辆日产车在环岛公路上慢慢行驶了整整一圈。密密簇簇的海葡萄树、凤凰树、小叶榕、椰树等，把奥特马努峰的山腰以下遮得严严实实。

给我们开车的司机是一个土生土长的毛利人。他特别风趣，好几次主动停下车来，热情地为我们介绍路边的植物与花卉。在海滩边上，他指着一棵有点像中国梧桐的树对我说："它叫朴拉乌（Purau），是岛上的神树，它的树皮可以做绳子，叶子可以做食盘，我们有了它，就不愁吃用了。"司机说着，便揪下几片朴拉乌叶子，撕成小片扔在地上，顷刻间，树底下的一个连一个的小洞里，爬出来一些螃蟹，将这些叶片拖回洞中。司机笑着说："这些螃蟹是不会游泳的，它们的快乐就是等着别人用叶子来喂它。不要说螃蟹，这里的人也是饿不死的。如果你听说有人在岛上饿死了，一定是法国人，因为他们不知道如何获取食物。"

在岛上，法国人一直是当地土著调侃的对象。这不仅仅因为大溪地曾是法国人的殖民地，尽管后来独立了，但这里仍为法国人所管辖，更重要的是，法国人的优越感让他们的自尊受到了挫败。不过，经过两个多世纪的融合，毛利人的习俗中也掺杂了浓浓的法兰西风情。岛上有一座天主教堂，还有一家名为"血腥玛丽"的酒吧，这显然都是法国人带来的，岛上的毛利人，几乎全都变成了虔诚的天主教徒。

在岛上的五千名居民中，外来人口不足两百人，定居于此的法国人不会超过三户。拜访其中两户，家中的男主人都是年过七十的老人，都是画家，靠着向游客卖画为生。

我走进第一个画家的小别墅，它面朝大海，背枕奥特马努峰。这位画家穿着法国人喜欢穿的那种花格衬衫，戴着窄边的黑呢礼帽，看上去是绅士的打扮，但拘谨中透露着世俗。他的画多以波拉波拉岛的景物及天主教的故事为描摹的对象，色彩浓烈，但装饰感太强，从画布上看不到画家的思考与对命运的认知。尽管他很热情，但我仍产生不了购买的欲望。随后，我们又慕名来到另一位画家的家，这位画家名叫佛棠黎（Ftohli），这翻译不一定准确，但符合他的画作与思考。

佛棠黎的家在奥特马努峰对面的一座小山坡的半腰，从他家院里眺望奥特马努峰，像是一块高高耸立的显示屏，没有影像，可能是上帝关掉了电源吧，不过这不要紧，显示屏中不能展现的影像，我们从佛棠黎的眼神中读到了。

佛棠黎是一个七十八岁的老人，他的头发花白、凌乱，穿着一条沾满油彩的短裤，上身罩着一件陈旧的短袖T恤。那样子邋邋遢遢的，一看就是一个不修边幅的艺术家。他1989年春天应邀来岛上为一家酒店创作壁画时，爱上这里的风景，从此就留了下来，一住就是二十八年。很显然，佛棠黎是一个成功的画家，他的居所既是画廊，又是住家，三层庭院，处处花木掩映，散发着浓郁的艺术气息。他的庭院中有两个专门的展厅，走廊上也挂满了他的画，他领着我们一幅一幅参观，他的画作所描绘的几乎全部都以波拉波拉岛为主的大溪地风情。虽然看得出来他有模仿高更的痕迹，但他也在顽强地表现自己。看过他的数十幅画作后，我看中了其中的两幅，一幅名为《雨中的波拉波拉》，一幅名为《大溪地女神》。

《雨中的波拉波拉》色彩轻淡，港湾中的小船，睡意蒙眬的山峰，无不像是早春二月的中国江南，我从他的水彩画中读到一种缱绻的乡愁，一种氤氲的梦境，一种弥漫的恬静。《大溪地女神》这幅油画，表现的却是迥然不同的情绪。佛棠黎将波利尼西亚主岛大溪地画成一个女神的头像，女神的头发蓬乱，呈爆炸式，她身上荇草般的绿色，仿佛是某种希望在恣意生长。佛棠黎告诉我，这是他初来波拉波拉时绘出的第一幅画作。那一年他五十岁，在中国被称为知天命之年。初来的时候，他的绘画语言不被人理解，他脑中无穷无尽的想象无从宣泄。除了几家酒店让他画一些应景的装饰画，他真正的追求自我的画作几乎没有人欣赏。那时的波拉波拉刚刚开发旅游业，只有为数不多的游客，而土著毛利人每天唱歌跳舞，并没有兴趣买一幅画挂在家中。一是出于生计，二是出于孤独，只身在异国他乡的佛棠黎，用这幅画表达了他的苦闷与追求。看到我欣赏这幅画，他立刻兴奋起来，他说这幅画十几年一直挂在展厅里，却没有一个人关注。我对他说，只要稍具审美的人，就会喜欢他的《雨中的波拉波拉》，但欣赏他的《大溪地女神》却必须有着丰富的阅历。

佛棠黎引我为知音，他吩咐妻子去酒柜中拿出一瓶波尔多葡萄酒，倚着栏杆，对着被夕阳镀成金色的奥特马努峰，我们干了一杯。佛棠黎在巴黎举办过两次画展，中东的石油大亨花高价买过他的画作。他的画价格不菲，但他慷慨地打了八折，我买下了他的两幅画。离开佛棠黎的庭院时，他殷勤地送我到门外的鹅卵石小路上。夕阳这时由金色转为深红，奥特马努峰又变成了驶向远洋的巨帆。我与佛棠黎仿佛变成了传说中的那只方舟上的乘客，命运让我们在波拉波拉相遇，而不肯屈服于世俗的艺术又让我们相知。

与佛棠黎分手后，我乘船回到岛环上的瑞吉酒店，看到渐渐隐没在星空下的奥特马努峰，我又想起"山不在高，有仙则名"这句话。我认为佛棠黎就是住在奥特马努峰下的仙人。这位成为波拉波拉新土著的法国画家，信仰与艺术兼于一身，这应该就是仙人必备的素质了。

2017年12月5日完稿于梨园书屋

毛里求斯行记

　　暮春时分，我来到印度洋西部的岛国毛里求斯。这个国家并不大，领土约2000平方公里。它孤悬于万顷碧波，离任何一片大陆都非常遥远。离它最近的大陆是东非，于是地理学家们便将它划入非洲。但是，当地居民并不觉得自己是非洲人。事实上，他们更接近印度人，无论是肤色还是体形。

　　地球上的海洋面积远远超过陆地，有海必有岛，这些岛有的是国，有的是邦，或郡或县，不一而足。我游过不少的海岛，最负盛名的如太平洋南部的大溪地、太平洋西部的塞班、太平洋中部的夏威夷、爱琴海的圣托里尼、意大利东北部亚得里亚海潟湖中的威尼斯、日本海与鄂霍次克海之间的北海道等，其自然风情可谓各美其美。

　　毛里求斯被人们称为非洲的瑞士。这一比喻对应的不是自然，而是经济。岛上几乎所有的田野都是茂密的甘蔗林，山坡上也有很多茶园。糖与茶的出口，让仅有一百多万人口的毛里求斯获得足够多的外汇，加之旅游业的发达，给当地人提供了充足的就业机会，因此，毛里求斯人安定而富裕。通过旅游，它与世界紧紧相连。

在毛里求斯小住的日子，我真有那种置身于桃花源的感觉。每天看到不同的面孔，欣赏不同的风景，品味不同的美食，情绪变得热烈而祥和，内心如此放松而温馨。旅途中的人，常有莫名的懊恼等着他，或者赶路的疲惫折磨他，度过了一个假期，却发现自己的心灵从未休息。来到毛里求斯的第一个晚上，我的心灵就进入了金色的假期。所行皆逸，所思皆雅。既没有瞻拜希腊神庙的那种崇敬，也没有沐浴恒河的那种无奈。没有仪式感，没有假面具。一个回到本真的人，突然成了美与善的俘虏。

在这里，每天绿色环绕着你，杂花簇拥着你，响亮的阳光下，浓荫遮蔽着你。当我站在一棵美人蕉下，感受它叶脉中渗出的清凉时，突然想到：我们常常讥笑，一个人四肢发达，头脑简单。其实，这样的配置绝非坏事。如果你是在一个友善的环境中，是在亲情中、友情中，在彼此信任的氛围中，你的头脑干吗要那么复杂呢？我对那些用头脑而不是用心做人的人，向来敬而远之。因为头脑中充满了算计，充满了价值的判断，而心中装着的却是真诚与本能。

人有两面人，但在自然中，却是没有两面树、两面花的。一花一色，一树一品，都以本色示人。毛里求斯岛，是一座天然的热带植物园。在这里，高大如榕树、椰子树、棕榈树、榄仁树、吴茱萸树等；低矮如海桐、火棘、红枝蒲桃、齿叶冬青等，它们都是岛上森林中的大家族，它们没有故事，但是有旺盛的生命力，因为它们郁厚的绿色产生了立体感、层次感。它过滤了海风中微微的咸味，甚至某一处过分嘈杂的鸟声。大凡火山岛，如火奴鲁鲁、波拉波拉等，林木都是茂盛的。这应该体现了大自然阴阳对称的规律，有衰必有盛，有枯必有荣。在人所不能参与的地质年龄中，大自然在自身的秩序中循环往复。

毛里求斯的西北多山，东南是有着丘陵点缀的平原。岛上的黑山山脉绵延起伏，其主峰黑河峰海拔828米。我曾在一处山口眺望这峰头攒簇的山脉，除了飞瀑、流泉、小径与悬崖，巨大的山体没有任何一处裸露，茂密的森林所构成的漫无边际的深邃绿色，仿佛是天地间最大的一床锦被，覆盖着一场千年不醒的幽梦。唐朝诗人杜牧写"远上寒山石径斜，白云生处有人家"。我认为寒山不是就气候而言，而是指山的状态。"寒山转苍翠"，与眼前的景色庶几近之。"空翠湿人衣"，这更是寒山的特质。不过，眼前这南纬20度的寒山，虽然仍有斜斜的石径，但那白云缭绕的峰谷中，却是绝对没有人家的。毛里求斯的居民，十之八九是住在平原与丘陵之中。山中的土著，只有花与树。当然，还有顽皮的猴子、懒惰的蜥蜴、在林子中盘旋的鹰与鸥鸟。岛上还有一种长了翅膀却不会飞行的渡渡鸟，至少在1662年，渡渡鸟就灭绝了，它成了最先登岛的英国士兵的美食，这是岛上第一种消失的土著。现在，来岛旅游的人，只能看看它的照片，憨憨的，肥肥的，喙短促，脚蹼也短壮。这样子是符合宠物的标准的。它与熊猫一样，的确是上帝的宠物。我就想，人类这么残忍，上帝怎么会爱他们呢。

也许是汲取了渡渡鸟灭绝的教训，今天的毛里求斯对岛上动植物以及海洋中的生物采取了最严格的保护措施。如禁止捕捞海鲜，我们在岛上吃的海鲜，全都是空运进口的。守着辽阔的海洋而不让鱼贝鳞介遭受网罟之苦，所以，毛里求斯才有了现在生意盎然、生机勃勃的长盛不衰的景象。

　　如果你是一个大自然的爱好者，那么你一定会喜爱毛里求斯的花树。我住在岛上最负盛名的四大酒店之一康贝斯酒店一座独立的别墅中，卧室在一楼，有前庭后院，前庭是繁花簇拥的游泳池，而后院，则是我独自享用的室外浴室。在浴缸与沐浴设施周围，种满了赏叶的大野芋、雷公竹、芭蕉，还有赏花的红蕉、爆杖花，墙根上，还有红白相间的朱槿。每次远足或者冲浪归来，在花叶的辉映中沐浴，真的是一种怡然自乐的享受。我特别喜欢朱槿，它又名佛桑，白的嫣然，红的灿烂。有天早上，我去餐厅用餐，一位棕色皮肤的迎宾小组引我入座，她的鬓边就插着一朵猩红的含露的朱槿，衬着她的笑容，显得特别动人。

　　我来的时候，正值岛上旱雨两季的分界点，温度在20~30摄氏度之间，到了七月，则只有20~24摄氏度了。这种温度在这里被称为冬季。但在中国或者欧洲，却是繁花盛开得最灿烂的季节。潮湿而温暖，是热带花卉最喜欢的也最适应的环境。岛上的公路，成了真正的花都，村庄与小镇，都是不经修饰的缤纷的花圃。从我下榻的别墅到酒店的大堂，大约有八百米的人行道，这条路的两旁，就开放着许多种花草，如形似云南大丽花的海杜果，花瓣大红如血、花串长长的、藏在灌木丛中花枝如簪的艳山姜，月白色的有点像栀子花的狗牙花，紫色的摇曳着风情的牵牛花，低矮而沉默的水茄花，还有花瓣外面是黄色，里面却是红色的黄花夹竹桃……

每次走在这条路上，我都很惬意，真正地做到了万虑皆消。记得小时候曾读过一副对联：花能解语应多事，石不能言最可人。当时懵懵懂懂，老想不明白，花怎么会让人感觉多事呢？长大之后才知道，这是被理教约束的夫子自道。花本不多事，是人庸人自扰。一种花一种风情，一种花一种品质，能解万种风情，欣赏万种品质的人，才是真正活得豁达、活得飘逸的人。

如果说岛上的花，最能抱团儿、最有气势的，应该是黄蝉与洋金凤了。我不知道为什么要给花取一个鸟的名字，譬如黄蝉，这种花在中国的岭南地区特别是海南岛，可谓随处可见。但在毛里求斯，它真的称得上是花中的第一家族。它既是公路两旁的景观花，又是山间水畔随处可见的花朵，密簇簇黄灿灿，给人以明快活泼、蓬勃向上的美感。洋金凤是树花，有红与黄两种颜色。我曾在去七色土景区的路上，看到差不多有五里的洋金凤花树的长廊，树形蓬松，犹如出浴披发的少女，而花朵艳丽，看到她，我想到了心花怒放这个词。

如果说洋金凤是花中的贵族，那么她一定是喜欢在社交场合中展现迷人风采的贵妇人。在岛上，我看到另一种出尘拔俗的花树，它的学名叫蓝雪花，当地人叫它蓝茉莉，它很少成片开放。走到它跟前，我同时看到了三种蓝色：天空的蔚蓝、海水的湛蓝以及这蓝雪花的既透明又更深沉的蓝。这三种蓝互相吸引，又各自坚守。色谱学家告诉我们，每一种颜色都是复杂的，都可以分离出数百种乃至数千种颜色。在中国，就有雾霾之后的北京蓝、遗世独立的九寨蓝以及建设银行徽标上展现出的与众不同的建行蓝。眼前的毛里求斯蓝，由天空、大海与花树构成，它纯净、执着，甚至还有那么一点点忧郁。

蓝雪花是孤独的，比之洋金凤，她算是贵族中的贵族了。这朵花中，还隐藏着一个凄美的爱情故事，传说一位战士爱上了一个亡国公主，两人一起逃亡。不幸的是，这位战士在追杀中奋战而死，公主面对战士的尸体，便用一根蓝布条吊死了自己。陪伴这一对死去的恋人的，正是一片蓝雪花。

这个故事让蓝雪花变得更加圣洁，更加崇高。凡是爱情，一定是甜蜜的、缠绵的。如果这甜蜜与缠绵被破坏、被毁灭，那这爱情的主角必定会被人们长久地怀念。

毛里求斯是一个花花世界，徜徉其中，陶醉其中，我们的审美得到了提高，我们的感情得到了升华。如果上帝要在人间建一个花园，我想，毛里求斯应该是一个不错的选择。

2019年4月5日写于闲庐

十六湖

一

在这个艺术审美逐渐麻木，而欲望迅速膨胀的时代，纯粹的自然，美丽的生态环境应该是荡除心垢的最好良药。在那些被称为自然遗产的地方，我们总能欣赏到遗世独立之美。将它们定为自然遗产甚至建成国家公园，这是人类的智慧；但它们的呈现与风貌，却是造物主的恩赐。

地球的演化永远没有停止过，每一次造山运动，每一次气候的更替，在发生的那一刻，可称为万劫不复的灾难，但一旦所有的疮痍都消失，我们就会发现它的成果。地球在毁灭中创造，在创造中重塑自然，这断非人力所能及。无论是在欧洲、美洲还是亚洲，我造访过不少国家公园，每一处都赏心悦目，都绝不会抄袭别处。

今年的八月，我慕名造访克罗地亚的普利特维采湖区，导游告诉我，因为普利特维采由十六个湖泊组成，中国人习惯称这里为十六湖，它同中国的九寨沟差不多。对导游的话我既信且疑，信的是这个早在1949年就被南斯拉夫命名为国家公园的湖区，没有特殊的魅力怎能经久不衰地吸引世界各地的游客？疑的是它真能媲美九寨沟吗？我不止一次去过九寨沟，那一个又一个的海子，真的是仙女出浴的瑶池，安谧、神秘，应该是人间无双了。

从扎达尔市出发，沿着韦莱比特山脉的峡谷来到普利特维采国家公园，天色已晚，我们在景区大门外的一处木屋住了下来。第二天一大早起来出门散步，静寂无人，仿佛这里不是景区，而是孤悬野岭的山村。信步走去，只见林间草地上，一群山羊散开来各自吃着花草。地上绽放着蛇床花、打碗花、四季秋海棠、黄鹌菜、田旋花、大滨菊以及夏枯草、碧冬茄等各色小花，一只老山羊特别钟情于四季秋海棠，一临近蛇床花它就悄悄躲过。我跟着老山羊走了一截子路，看着它舔食花草的悠闲与恣意，羡慕它趋吉避凶的能力。心下忖道：我之于山水，犹如老山羊之于花草，第一感觉就是最好的选择。我放弃导游介绍的诸多景点而选择了十六湖，我的期待不会落空，因为一大早，我便在景区大门外的林地里获得了超然物外的诗意。

二

当我走进景区大门，走过一小段生满苔藓的木栈道，便见到了第一个景点普利特维采大瀑布。

两条近百米高的瀑布从悬崖上轰然泻下，虽然我站在一里地之外，飘来的水雾依然濡湿了我的行囊。涡流在回荡，飞涛在腾涌，碧波在浮漾，清泉在潺湲，一切进行了很久又仿佛刚刚开始。无论是朝暾初露处的水色霞绮，还是白云飘拂时的摇曳空翠，都让人散魂荡目，惊讶莫名。艺术的伟大在于可以养育一个人的孤独，而自然的伟大则是让人忘记了孤独。站在普利特维采大瀑布对面坡地的林荫中，我的心被震撼。也不知伫立了多久，我看到从瀑布上空飞下来一只天鹅，它不避行人，敛翅在瀑布下的湖水中游动，我顿时感到自己的身体也气化成一絮白云，我要去与天鹅为伍了。但我毕竟不是白天鹅，在这一趟溪山行旅的路上，我还得带上我的诗囊。

　　关于十六湖景区的介绍，我看到这样一段：

　　　　早在人类迁移到此之前，大自然已经在用不息的流水编织和讲述自己的故事。硬化的苔藓不断生长为钙华，一步步地塑造和形成了今天令人叹为观止的普利特维采湖区美景。

　　　　从人类角度看，这是很久很久以前的事，但从自然演化角度看，则发生在不久之前的地质年代……由于水的特定净化作用，也由于生成钙华的苔藓及其他植物特别是藻类生命过程的作用，钙华物质开始沉积，并进而成长为钙华湖坝……

　　喀斯特地貌与钙华，是构成十六湖景区的两大要素。这一点，的确与九寨沟有趋同之妙。克罗地亚有十个世界历史文化遗产，但自然遗产仅有两个。它被发现大约是在16世纪中叶，但除了探险者，几乎很少有人能够来到这里。18世纪后，才有一些探险家与科学家来到这里，目睹这惊世骇俗之美，他们称这里是"魔鬼的花园"。

我想，如此称呼并非贬义，"魔鬼"在此处的定义与汉语词汇"鬼斧神工"相似。

不知不觉，我在湖畔山间的木栈道上走了四个多小时，走过了八个湖泊和数不清的钙华滩流。普利特维采湖区分为上湖区与下湖区两部分。上湖区有十二个湖泊，下湖区只有四个，上湖区平缓，迂曲深奥，让心灵震颤的美景使得我停不下脚步；下湖区陡峭，串联起十六湖的河流，经过了上湖区的平缓之后，到了下湖区，山谷落差增大，因此形成了一道道气势惊天的瀑布。如果说上湖区是迷离的小夜曲，下湖区则是雄壮的交响乐了。

美首先带来的是感官的愉悦，但仅有感官的愉悦是不够的，它还会让你产生精神的依恋。走在十六湖景区的路上，我常常情不自禁地高声歌唱，这乃是因为我有一种融入天籁的感觉。山水的优雅在于超凡脱俗的影姿与形态，无论从哪个角度欣赏它，阅读它，你都会生起出尘之想。中国人讲究天人合一，即人必须遵守天道。这天道即是自然精神。伟大的自然精神从来不会紊乱，它只遵从最简单的规律而不肯让自己复杂。例如，水往低处流，潮气熏润的岩石会出郁厚的青苔。每一种流动、每一处凝固，都会让我们看到生命的本来状态。

三

普利特维采国家公园的面积大约300平方公里，公园管理者为了让游客在有限的时间内欣赏到他们所需要的美景，在景区内设计了十数条旅游路线。无论是钙华和喀斯特，还是有着上帝调色板之称的湖泊以及油画一般精美绝伦的滩流，都有专门游览的步道。普利特维采还是美丽而丰富的植物世界，克罗地亚立法保护的四十四个植物品种，普利特维采就有二十二种之多。在湖与湖之间的分割带上，生长着黄杓兰、狸藻、捕虫堇以及石楠、款冬等珍稀花草，喜欢植物的游客尽可以在这里流连忘返。据一位植物学家的观察，由于不同的花草在不同季节里开花，普利特维采一年的面貌会改变五到七次，让不同的季节有着不同的绚烂，但为了保护它们，公园管理者遵从植物学家的建议，不再对这些分割地上的珍稀花草定期修剪并停止放牧，于是丛生的木本植物开始在草地上蔓延，青草与鲜花组成的色彩的嘉年华不再恣意狂欢了。除了森林与花草，普利特维采还是动物的乐园，从狼到熊，从鹿到猞猁，从鳟鱼到鲶鱼，从火蝾螈到大睡鼠，从飞蝶到禽鸟……动物学家对景区的所有动物都进行长期的观察与研究，对动物的种类与数量进行精确的追踪与统计。现在，景区的棕熊在四十至五十只之间，狼群有三个，而蝴蝶有五十多个品种，鸟类也有一百五十种之多。

由于我只是一个匆匆的游客，在普利特维采只能待短短的一天，这显然使我对这个国家公园的认知是肤浅的。要想走完景区的每一条观赏路线，最少需要一个星期，若要对其某一方面深入了解，恐怕得几个月乃至数年的时间。但短短的行旅，有一点让我印象深刻，就是对大自然的保护，普利特维采国家公园的管理者，可以说做到了苛刻的地步，为了生态，所有的利益都可以牺牲。

那一天，我驻足最久的地方，是上湖区架设在布尔盖蒂湖中的木栈道上。在这里，既可以看到九寨沟诺日朗那样的瀑布群，也可以从目光所及的台阶状的钙华中品味"疏影横斜水清浅，暗香浮动月黄昏"的东方情韵。地理是历史的母体，自然是艺术的结晶。一个亲近自然的人，他的心一定会遵循天道。自然是坚韧的，也是脆弱的。人应该学习自然的坚韧并呵护它的脆弱。有了这样的认知，哪怕浪迹天涯，他也如在故乡。

2019年12月1日上午
深圳万豪公寓

福冈赏樱

车行路上，看到一簇簇花树拥着一座孤零零的城楼，朋友告诉我，那是一百年前的一场战争中，福冈的藩主城被攻破时残存下来的一座建筑，大濠公园就在这城楼的里面。福冈建城很早，但一直不兴旺，远远差于同在九州的熊本。于是，福冈的执政官听从一位风水先生的建议，仿照中国的杭州，在城楼坡地下的洼地上挖了一个大湖，湖中间还留了几个小岛，远远看去狭长的一痕，似一条游弋的青龙。在日本，大濠即是大湖。福冈自从有了这座大濠，就人丁兴旺，现在已远远超过熊本，成为九州地区当之无愧的中心城市。

当年挖凿大濠的时候，在湖边广植樱花，大濠公园因此成了福冈市民的游览胜地，而它最好的游览季节，便是樱花盛开的仲春了。

此次来福冈，正值赏樱时节，友人建议我前往大濠公园一游。薄暮时分，我们乘车来到这里，首先看到的是一座唐代风格的建筑，这是九百多年前的鸿胪馆。中国唐代就有鸿胪寺这一机构，是接待外国使节的地方。自盛唐以降迄止明朝。数百年间日本学习中国传统文化。这一座不大的鸿胪馆，应该是那一时代中日文化交流的产物。

鸿胪馆边，古城墙下，是一长溜儿樱树。从长相看，这樱树很像中国的荔枝树，枝干盘曲，向上伸展的主干高不过三丈，但横向伸展的虬枝却盘曲有力。樱树上的花有月白、玉白、瓷白，亦见绛红、浅红、桃红，花朵很是壮观，大的如鸡卵，小的如鸽蛋，一簇压一簇，一朵挤一朵，仿佛百鸟投林。

在这一条樱花道上，视线之内，尽为佳景。盈袖的是芬芳，披肩的是薰风拂落的花瓣雨。令我惬意的是，这里既无中国古时赏花的鲜衣怒马，油壁香车，亦无今日中国景区的摩肩接踵，处处购票。偌大的公园有管理人员，却无售票的机构。李白说"清风朗月不用一钱买"，在今夜的福冈，我终于享受到了。

清风润颊，明月敷衽。不知不觉，我走到与大濠公园毗邻的舞鹤公园。这公园在护城河旁边，护城河不再护城，而成了闹市中的一方胜景。友人说，舞鹤公园是赏夜樱最好的去处。眼下置身其中，花枝掠水、花色惊霞的美景带给我的不再是惊讶，而是让我达到了物我两忘的状态。

沿着河边的步道前行，但见一棵巨大的樱树，牙白的花如落满枝头的玉蝉，横披的树干向河床伸展，几乎遮盖了半边河面。这棵大樱树旁边，是一棵稍小一点点的红樱，两树相映，犹如梨花海棠；灯光下，两树依偎，红白如画。它们不离不弃，互相衬托，不是衬得更热闹，而是更安静。看到它们如云彩漾动的河中倒影，我怎能不生起出尘的怀想。

市民们在花树下铺开毡布，支起小炉子野炊。毕竟，花树下的空隙地儿太少，一些市民老早就来占地儿。而连接两个公园之间的路两侧，挤满了各种零食摊儿，如烙蘑菇饼的，烤时令海鲜的，煮各种菜羹的，炙肉串儿的，制作各色饰品的，应有尽有。

我看到一对穿着和服的老夫妇，在花树下的毡布上相对而跪，他们的面前摆着从家中带来的食盘、果蔬。食前他们相对而揖，继而祷告。我想，他们是在感恩生活，感谢谷神，感念当下的一刻。恰在这时，一片花瓣飘落在食碟上，老汉轻轻拾起放入口中，先吮吸着，后慢慢咀嚼，老伴瞅着他，满脸笑意替他斟了一盅清酒……看到他们相濡以沫，我不觉有些陶醉，少年夫妻老来伴，有此伴侣，每一个夜晚都会充满诗意。何况，今夜的春月繁花，任多深多久的白发，也一定能青春焕发。

福冈的樱花一般在三月中旬左右绽开，花期不过一个星期，最多十天。此一时期是福冈市民的赏春佳节。春漾碧水，花如舞鹤，十天的赏花，留下一年的温馨。

日本人创造了一个词语，叫花吹雪，即风中花瓣辞树飘落坠地的状态。这个词是美妙的，花吹似雪，莺呖如珠，雪飞似梦，珠坠如雨，多少珊珊的脚步，多少浅浅的笑靥，都映在福冈的花树下。

福冈市中心的东长寺，院中有一棵樱树，其龄已超过六百岁，离开福冈之前，我散步走进去拜访了它。那院子不算小，但樱树的一条条枝干，依然伸出了院墙。从街上看，真是一条条盘曲的不老的锦绣。抚摸着这棵樱树的树干，我想：这棵六百岁的老樱树，开出的花同年轻的樱树并没有任何不同之处，都是一样的浓烈，一样的灿烂。树之爱美，不分老少，人又何尝不是这样呢？

2018 年 3 月 26 日

于福冈至上海航班上

泰晤士河上的古桥

　　到了伦敦，乘船游泰晤士河是一个必不可少的行程。我曾经三到伦敦，但只有第三次如愿以偿。

　　泰晤士河发源于英格兰南部科茨沃尔德山，全长只有三百四十六公里，却是英国最大的河流。单看它的长度与流域面积，放在中国，还真算不上一条大的河流。我家乡的一条小河，从发源地到入江口，也有两百多公里呢。像这样的支流，长江大概有数百条之多吧。但是，看一条河流是否伟大，不能只看水文，还要看人文。泰晤士河流经之地，依次有伊顿、牛津、亨利、温莎、伦敦等，离开这些城市，英国的历史就不成为其历史了。因此，英国人称泰晤士河是他们的母亲河，是一条流淌着历史的河流。

　　那天，我两口子带着小孙子从下榻的克林西亚酒店出发，沿着泰晤士河北岸的林荫道步行到大本钟楼下上船，游船从威斯敏斯特桥下起锚，掉头向上，河对岸是曾经的伦敦市政厅，厅之侧是那座被称为伦敦眼的摩天轮。这是全欧洲最高也是最大的摩天轮，昨天我们去坐过，在吊篮内，可以看到伦敦城的全貌以及穿城而过的泰晤士河黄昏中的倩影。

游船逆水上行，穿过第二座桥即滑铁卢桥。这是一座始建于1817年的九孔石桥，纪念1815年英国取得胜利的滑铁卢战役。20世纪40年代，这座桥重建，变成了一座古朴厚重的钢筋混凝土大桥。在泰晤士河上，这是最为著名的四座桥之一。1940年，美国好莱坞拍摄了一部名为 *Waterloo Bridge* 的电影。费雯·丽与罗伯特·泰勒出演剧中两位主角，演绎了一场发生于第一次世界大战期间的凄美的爱情故事。两人邂逅于滑铁卢桥，经历生离死别种种磨难后，女主角最后又孤独地走上滑铁卢桥……因为这一不朽的爱情经典故事，滑铁卢桥名闻天下。这部电影翻译成汉语，片名改为《魂断蓝桥》，译名之妙无可比拟。

游船穿过滑铁卢桥时，速度放得很慢、很慢，游客们纷纷挤到船舷边观看。他们是想一睹费雯·丽的风采还是想看看一对恋人悲惨的结局呢？唏嘘者有之，凭吊者有之。没有滑铁卢战役，便不会有这座桥，没有这座桥，也不会有《魂断蓝桥》这部电影。但是，几乎所有的游客都只记得这部电影而不愿回忆那场战役。可见，泰晤士河虽然流淌着残酷的历史，但人们更加喜爱纯洁的爱情。

滑铁卢桥的前面是黑衣修士桥，这座桥1769年开通，早于滑铁卢桥四十八年，比它更早的还有两座桥，一是伦敦桥，二是威斯敏斯特桥，分别建造于12世纪与18世纪中叶。

伦敦城中的泰晤士河上，一共有十五座桥，最早的建于1179

年，最晚的一座千禧桥建于2000年。这十五座桥承载了伦敦八百多年的历史。从中可以读到这个老牌资本主义帝国扩张的故事，称霸于世界而后又一点点收缩。暮年诗赋动江关，当下的伦敦，历史味越来越浓了。褪去了过度的喧哗与骚动，它的内敛，更让人感受到历尽繁华终归平淡的诗意。

十几年前，我曾亲自撰稿并主持拍摄了一部八集的电视纪录片《古桥上的中国》，记录了一百余座自汉至清的古桥。它们都还活着，因为建造它们的材料都是石头。它们大部分已被保护起来，不让人行走，但有的还承担着交通的责任，这样的桥多半在乡村，如婺源乡下的石桥与黔东南山中的风雨桥。

如果按文物的标准，伦敦泰晤士河上的桥，多半都要受到保护。前面说过的那四座桥，每一座都是国宝。可是，这些老古董没有哪一件成为只供人欣赏的陈列品，它们仍然是交通要道，车辆、人群每天川流不息。若年久失修，则将它翻新一次而已，仍然是车如流水马如龙，每天都保持着青春的状态。由此我想到，文物是留在大地上的明珠，是时空中的产物，若不加区别地一律将它们保护起来，必定让后来人们的生活空间越来越狭小。时间流逝了，空间却没有改变。古人与今人共同享用一个空间，如果我们把古人留在空间里的作品全都保护起来，今人的自由就会受到越来越多的限制，这样发展下去，总有一天，一些不可移动的文物会成为累赘。

游轮从一座又一座桥洞里缓缓地穿行，波浪中的流金岁月，两岸的参差楼台，让我们目不暇接，如同穿行在历史的画廊中。

当落日的余晖将巍峨的伦敦塔镀上一层熠熠发光的金箔时，游船上爆发了欢呼，我们看到了一个国家最美的夕阳。

2019 年 8 月 3 日于伦敦

2020 年 8 月 29 日改于武汉

小住因特拉肯

来瑞士的第二天，我们住进了伯尔尼州的因特拉肯。瑞士人称它是一个城市，其实就是一个小镇。因特拉肯在拉丁文的原意是两湖之间。这两湖即图恩湖及布里恩茨湖。

如果看惯了黄河两岸的崇山峻岭与坦荡如砥的大平原，或者澜沧江两岸幽深莫测的峡谷与绵延百里的热带雨林，甚或长江源头巍峨雄奇的雪域层峰与蒙古高原纵马狂奔的辽阔草原，我们会觉得瑞士过于狭小。它的国土面积，还不足呼伦贝尔大草原的一半。而呼伦贝尔，只占了内蒙古自治区面积的十分之一。但是，天堂与人间，怎么能以面积相比呢。上有天堂，下有苏杭。苏州与杭州，不要说在中国，即使在长江三角洲，亦只是蕞尔小地啊。

瑞士被称为欧洲的天堂，就是因为这里不仅是世界上最美的国度，也是最富有的国家之一。说得夸张一点，在它的雪山与森林，城市与乡村之间，几乎没有一根杂草，哪怕最偏僻的山区，其草坪也是人工修剪。在中国，我的家乡湖北以千湖之省著称。瑞士只有湖北四分之一的面积，却也拥有约一千五百个湖泊。同草坪一样，这里所有的湖泊都呈现出宁静而温婉的生态之美，而且看不到一丝半点的泥泞。在我看过的湖泊中，所有的湖岸都逶迤而整齐，覆盖着浓绿，摇曳着花草。

八百多万人口的国家，却拥有苏黎世、伯尔尼、卢塞恩、日内瓦、洛桑等闻名世界的城市，还有诸多小镇如布里恩茨、蒙塔纳、沃韦等，每一座城市，每一处小镇都让我印象深刻。除了日内瓦，我看不到任何一座城市有着喧哗的市尘。而小镇则更能体现瑞士浓郁的人文气息与隽永的诗意。如我住过的因特拉肯，它本是一座小镇，但遵循瑞士人的说法，还是称它为因特拉肯小城吧。

因特拉肯是一座因旅游而兴起的城市。作为城，它的历史很短，但并不妨碍城中还拥有11世纪的古堡。城中只有一条主街何维克街，还有一条阿勒河穿城而过，在何维克街上，除了能买到所有瑞士品牌的名表，还能买到那些久负盛名的世界顶级的服装、首饰与化妆品。何维克街大概不会超过四公里，几乎全是商店与餐厅。每一扇门里头，几乎都陈列着欧洲的奢华与人间的美味。最富有的与最美丽的瑞士，在这座小城里随处可见。

在衡量幸福时，物质的丰饶是一个重要的指标。柳永的《望海潮》中有这样的词句："市列珠玑，户盈罗绮，竞豪奢。"它描绘了一千年前北宋时期杭州的繁华与奢侈。这样富贵熏天的生活，被人们誉为天堂。我认为，杭州与苏州是中国人认定的天堂的标本，瑞士则是让欧洲人陶醉的天堂范式。至于因特拉肯，我想它应该是欧洲版天堂中的一个庭院吧。

庭院之美就在于它精致闲雅，不事张扬地隐在绿杨深处。在人气超旺的闹市中，你可以充分享受人间的富贵，但无法撑着油纸伞，穿过寂寞的雨巷。雅与俗，孤独与丰盛，这本是一对矛盾，在因特拉肯，它们有机地融合到一起，给远方的游客带来莫名的惊喜。

在这里的酒店住下来，你可以享受到与伦敦、巴黎同样周到的服务，在小街上的餐厅，你可以品尝到全世界的佳肴，在任何一家商店购物，你都不担心嘈杂与拥挤。下雨了，各家店铺门口都备有雨伞，你可以随便撑着走而不担心被人追索。

作为天堂的庭院，因特拉肯似乎处处都隐藏着秘密，又处处体现着善良。古人所言的天堂，往往是指物质的嘉年华，而非精神的故乡。那样的天堂更像一个剧院，每天都会由各种各样的人上演一些光怪陆离的故事。因特拉肯也是一个剧院，但舞台的主角不是人，而是那些自然的精灵。

环绕在因特拉肯周围的，是那些白雪皑皑的山峰与碧波粼粼的湖泊，是一些永远都在学习滑翔的鹰，是众多的拽着春光不放它走的艳丽的花卉……

在小城的正南面，大约十八公里的地方，便是阿尔卑斯山脉最高峰之一的少女峰，它的高度虽然只有珠穆朗玛峰的一半，但终年被积雪覆盖。如果天气晴朗，在我下榻的酒店房间的窗户中，就可以看到它披着银装的身姿。

正是有着少女峰领衔主演的大自然的实景剧，慕名从世界各地赶来的观光客们才可以欣赏到令人心旷神怡的景色。每一个酒店朝南的窗户下，都是最好的座位。

　　"庭院深深深几许？云窗雾阁常扃。"这是李清照的词。不知为何，离开因特拉肯时，这词句在我的脑海里浮了出来。

2019年8月15日游

2020年12月15日追记

戴克里先宫札记

一

斯普利特是克罗地亚第二大城市。在这座城市里，有不少有趣的甚至是迷人的景点。但最让我感兴趣的，莫过于戴克里先宫。

在罗马帝国史上，戴克里先可是一个里程碑式的人物。他的父亲是一个被释放的奴隶，一直在自己的家乡萨尔玛提亚行省种地。戴克里先在田野长大，后来参军。若放在以前，戴克里先并没有参军的资格。曾经雄视世界数个世纪的罗马帝国，在塞维鲁王朝终结后终于进入空前混乱的时期，史称"三世纪危机"。统治集团内乱频繁，各处的奴隶与自由民也趁机起义，提出其政治上的诉求。既要镇压国内的起义者，又要抵抗异族的入侵，罗马帝国的统治必须要有更强大的军队。在兵源严重不足的情况下，暴君卡拉卡拉废除了军团士兵必须由公民担任的传统。帝国境内任何身份的人，都可以参军。作为一个前奴隶的儿子，戴克里先这才获得机会穿上军装。

在战乱频仍纷争不断的3世纪中叶，罗马帝国不再是一头睥睨天下的雄狮。在混乱中脱颖而出的绝不会是文人墨客，而是那些赳赳武夫。如果这个赳赳武夫恰恰勇敢无比、智谋过人，那么他必将是最后的胜利者。戴克里先正好是这样的人，他从军十六年，由一个普通的士兵成长为罗马帝国元首卡鲁斯的亲卫队队长。在一次远征波斯的战争中，卡鲁斯与他的儿子先后遭到谋杀。谋杀者是近卫军长官阿培尔。戴克里先揭露了阿培尔的罪行，并在决斗中杀死了阿培尔。就这样，戴克里先被士兵们拥立为罗马帝国新一代的元首。这一年，戴克里先三十四岁。

在世界历史中，戴克里先绝对是一个最为成功的逆袭者。拿破仑说："不想当元帅的士兵，不是一个好士兵。"对戴克里先来说，这个目标便显得不那么远大了。

从历史角度来看，戴克里先的才能首先并非军事，而是政治。罗马帝国长达五十年的"三世纪危机"，在他上位后的几年内便告结束。当时，罗马帝国疆域辽阔，几近于今日之中国。以当时的交通与通信条件，管理实属不易。戴克里先将领土一分为二，即东部与西部（后来的东罗马帝国与西罗马帝国由此产生），东部与西部各设一个"奥古斯都"（皇帝），一个"恺撒"（助手和继承人）。这种设计史称四帝共治。罗马帝国的元首制，从屋大维开始，罗马帝国的君主制，则是从戴克里先开始。

戴克里先花了十四年时间，妥善处理了帝国的内政，而后又着手处理外患。在帝国的西北边，他成功阻止了企图越过多瑙河与莱茵河的日耳曼人，粉碎了他们侵略罗马帝国领土的梦想；在帝国的东南边，他又遏制了波斯帝国企图吞并叙利亚与巴勒斯坦的野心。学会分权共治，用战争消灭战争，作为罗马帝国第一位真正意义上的皇帝的戴克里先，足可被誉为公元3世纪世界历史中最伟大的政治家。

　　然而更为人称道的是，在加冕成为皇帝的二十年后，也是他的权力与声望都处在巅峰状态之时，五十五岁的戴克里先选择了退休。在他即位之前的五十年间，罗马帝国有过不下二十多位皇帝，他们在位平均只不过两三年，这些皇帝要么被人除掉，要么自然死亡。执政年限太短，他们根本无法为罗马帝国提供有效的管理与服务。

二

　　逊位后的戴克里先，离开了罗马帝国东部的政治中心萨隆纳城。但他并未走远，而是住进了位于城郊的夏宫，即后来被称为戴克里先宫的这座富丽堂皇的宫殿里。

　　由于年代久远，加之频繁的战争，萨隆纳城早已成为废墟。它的所在地索林，距斯普利特只有六公里。在萨隆纳城荣耀于世的时候，斯普利特还只是一个小渔村。斯普利特人认为，他们建城的历史有一千七百年，推算一下，这座城市最早的建筑应该就是这座戴克里先宫了。

　　一向以奢华著称的罗马皇帝们，对宫殿的建造都特别上心。

几乎所有罗马皇帝的宫殿建筑遗址都保留在意大利，唯有这座戴克里先宫在克罗地亚。这乃是因为这里是戴克里先的出生地。他喜欢自己的家乡，他不但把东罗马的政治中心放在了近在咫尺的萨隆纳，还把夏宫建在童年生活的地方。

我想，戴克里先是在就任皇帝之后，就先在家乡建造了夏宫，逊位之后，他又再次大兴土木，将这座宫殿改造得更加恢宏。

大凡军人出身的人，生命中不会洋溢着浪漫，但会散发着威严。戴克里先宫的建造风格，诚如它的主人，不会哗众取宠，但处处显示出威武与庄严。

这座宫殿是城堡形式，十字大道交会于城堡中心，沿东南向的中轴线布置所有重要的建筑，道北是驿馆与兵营，道南是寝宫和陵墓。宫殿的东、西、北三面均筑有高墙，南面紧连着亚得里亚海。戴克里先的御舟可以从南面的水门中直接驶向蔚蓝的海洋。为了便于欣赏亚得里亚海的四时风光，南城墙上筑起了古典式的长长的拱廊。

现在，当我走进这座宫殿，已看不见当年的巍峨与肃穆，除了寝宫，陵墓及拱廊等极少的建筑还能辨识出是一千七百年前的遗迹，绝大部分地方已经面目全非。在宫殿废墟的台地上，一代又一代斯普利特居民拆下宫殿的石头及构件，建筑自己的小屋。这些密密麻麻的小屋像是长在一棵参天大树上的瘿瘤。若是在中国，这些民居恐怕早就被拆除了。但是在这里，这些瘿似的民居，每一栋都健康地活着。由此可见，对待先贤的态度，中国与欧洲国家是如此的不同。秦始皇在陕西咸阳建立秦朝，虽然过去了两千多年，可是他在今日之西安，仍像神一般活着。斯普利特人对自己的先祖可没这么崇拜，罗马历史上第一位正式称皇帝的人，这样显赫的头衔，在克罗地亚绝没有第二位，但是，除了这座宫殿的遗址成为一处景点之外，戴克里先在他的家乡并没有得到格外的尊重。

戴克里先宫正门前有一个广场，在这个广场的台阶上有一座雕像，我开头还以为是戴克里先，但导游告诉我，他不是，雕像的主人名叫宁斯基。这座雕像建于1929年。

宁斯基是公元10世纪克罗地亚的天主教主教。当时，罗马教皇的权力无远弗届，容不得任何挑战，他规定拉丁语是做弥撒时的唯一语言，克罗地亚的统治者迎合罗马教皇，也下令禁止使用克罗地亚语。宁斯基主教强烈地反对罗马主教与克罗地亚统治者的主张，坚持用克罗地亚语宣扬《圣经》，并用本民族的语言创作剧本，正是因为他的努力，克罗地亚的语言得到保存。

在世界历史中，灭语、灭教、灭种都是消灭一个民族的不能被容忍的暴行，它导致了很多民族的消亡。由于语言的保留，克罗地亚才能够保留自己的族群。从这一点上可以说，语言成为一个民族兴亡的标志。正因为如此，宁斯基主教才得到了克罗地亚人普遍的尊重。在戴克里先宫的正面广场上，矗立着宁斯基的雕像，对于戴克里先大帝来说，这真是一个巨大的讽刺。但也揭示了一个道理，克罗地亚人并不是不爱自己的祖先，他们只是对至高无上的权力拥有者保持足够的警惕，对本民族的文化传承者则抱有无私的敬意。

三

权力的傲慢让人们产生厌恶，在地中海文明的传统中，这似乎成为习惯。欧洲民族众多，在漫长的历史中，民族之间的战争连绵不断。征服与被征服，杀戮与反抗，在这样的历史主旋律中，大部分民族都有过屈辱与被奴役的经历。受此历史的训练，民众最为看重的便是民族的利益。一个民族的荣辱存亡，会在每一个人身上体现。比如犹太人，当希特勒要对犹太民族实施灭绝的政策，每一个犹太人都受到了死亡的威胁，这就是古人所言，覆巢之下，复有完卵。历史中的悲剧与喜剧，除了自然灾害之外，都是由政治强人来制造。毫无疑问，执掌罗马帝国二十年的戴克里先，便是这样的一个政治强人。在他柄政的后期，他采取最残酷的手段，来制止基督教在他的帝国蔓延，他要剥夺人们对基督的信仰，如果不服从，就会遭到严厉的镇压。那一年代，是欧洲基督教最为黑暗的时期。在他死后不久，另一位政治强人出现了，即君士坦丁，他废除了戴克里先创立的四帝共治制度，再次成为罗马帝国的独裁者。为了统治的需要，他下令将基督教立为罗马帝国的国教。从坚决镇压到全面开放，从戴克里先到君士坦丁，政治左右了人民，同时也左右了宗教。

很有意思的是，戴克里先与君士坦丁的家乡都在巴尔干半岛，都是因为得到军队的支持而登上皇帝的宝座。戴克里先即位时，君士坦丁才十二岁，他的政治与军事的训练，是在戴克里先的统治下完成的。君士坦丁从戴克里先那里学会了强硬与独裁，但抛弃了戴克里先的治国主张。无论是正史还是野史，在后世的欧洲，君士坦丁的名字都比戴克里先要响亮得多。我想这其中的原因，在于两位独裁者对基督教迥然不同的态度。有人称地中海文明为基督教文明，君士坦丁是这一文明重要的奠基人，而戴克里先却在关键的时刻犯下致命的错误，导致他身后萧条。

统治者最不能犯下的错误，一是在国家治理中把握不准宽严的尺度，二是阻止人民的信仰。戴克里先在他的家乡，历史地位竟不及那位宁斯基主教，这不能不说是一个悲剧。

但是，历史对所有的统治者并不是一视同仁的公正。有的统治者一生也遇不到一两个关键时刻，有的统治者却屡逢挑战，关键时刻接踵而至。戴克里先属于后一种，在他手上，罗马帝国结束了共和，开始了帝制，并从大乱走向了大治。他是独裁者，但不是暴君。而且，他是自己主动交出了权杖，而不是被人赶下台的，这一点尤为可贵。

戴克里先归隐之后，住在亚得里亚海边的这座宫殿里，最大的乐趣就是在院子里种植卷心菜。在中国与欧洲，都有一个地道农民出身的皇帝，中国是明朝开国皇帝朱元璋，欧洲的便是这位戴克里先了。中国的朱元璋龙袍加身之后，便不再从事任何种植了。戴克里先却不同，他放下权杖拿起锄头，重操农民的旧业，专心致志地种植他的卷心菜。退休几年后，罗马帝国政局不稳，一些元老与部下都跑到他的宫殿里，请求他再回到萨隆纳去当皇帝，戴克里先一口回绝，并让这些王公贵胄去他的菜地参观。看到这一大片绿油油的卷心菜，依旧在权力的角斗场上奋战的勇士们，才不得不接受这个现实：在戴克里先大帝的心中，早已关闭了通往皇宫的任何道路。

逊位七年后，戴克里先就在家乡的这座宫殿里孤独地死去。因为他执政后期所采取的极端宗教政策，导致许多信奉基督教的王公贵族成为他的政敌，他们联合起来，将他的妻女送到远方囚禁。亲人离散，除了种卷心菜，他真的没有什么寄托了。好在天国及时接纳了他，生前的辉煌与死后的凄凉，在戴克里先的生命历程中都达到了极致。

2020 年 12 月 12 日于闲庐

狮王的盛宴

一　从熹光到晨曦

清晨的草原如此寂静。

此时是五点半钟，哪怕在赤道边上，这个时候的熹光仍然微弱。但是，我们下榻的木屋酒店的大堂，却陆续走进来十几个人。他们中有美国人、英国人、希腊人、日本人、印度人、阿拉伯人，最后走进来的，是住在我隔壁木屋的那一对来自巴黎的夫妇。我们在这里，一边喝着肯尼亚当地出产的红茶，一边等待各自的司机。马赛马拉是肯尼亚最大的野生动物园，面积有1800平方公里。辽阔的草原，只有八个酒店。为了保护环境，在这里建造酒店不准用钢筋水泥，只能是木屋与帐篷。为避免遭受猛兽的攻击，酒店四周都架设铁丝网。

因为马赛马拉草原上的动物大迁徙，是世界上最为壮观的景象之一，这里也就变成了吸引全球目光的旅游胜地。

为了更有效地保护动物，以及动物的生存环境，在联合国环境署的建议并支持下，肯尼亚政府于1961年建成马赛马拉国家公园，这里同时也成为野生动物保护基地。这个基地分为两部分：一部分即马赛马拉；另一部分则在毗邻的坦桑尼亚境内，那地方叫塞伦盖蒂，它的面积比马赛马拉大得多，约3500平方公里。塞伦盖蒂也是坦桑尼亚的国家公园。一个野生动物保护基地，分属两个国家公园，总面积达5000平方公里，这应该是世界上最大的野生动物保护基地了。

人类自诞生以来，最初的生存方式，既不是游牧，也不是农耕，而是狩猎。人们在狩猎的过程中驯化了动物，如狗、羊、马等，这才产生了游牧；同时在狩猎中发现了可以充饥的果实，以及可以填饱肚子的野草，于是收集它们的种子进行播种，这才产生了农耕。因此可以说，无论是游牧民族还是农耕民族，他们的祖先都应该是狩猎人。

中国最后的狩猎民族应该是住在大兴安岭密林中的鄂温克人，世人也称他们为使鹿部落。鄂温克人一直与鹿为伴，在大兴安岭以狩猎为生。直到20世纪90年代，政府动员他们交出了猎枪，走出深山老林而到平缓的城市近郊定居。他们的新村叫敖鲁古雅民族乡。几乎每一个敖鲁古雅的村民，都很怀念他们祖辈的狩猎时代。

人类早已告别了狩猎时代，但狩猎作为一种生活方式（记住，不是生存方式），依然被很多人保持并且钟爱。一位来自丹麦的名叫凯伦·布里克森的女士，于1914年踏上非洲的土地，在肯尼亚的内罗毕近郊居住了十七年，由于与风流成性的夫君产生龃龉，她迷恋的情人——那位永远保持着绅士风度的英国人邓尼斯又飞机失事，加上自己经营的咖啡种植园因经营不善而倒闭，她黯然神伤离开了肯尼亚，回到丹麦。很快，她将在肯尼亚的生活经历写成了风靡世界的畅销书《走出非洲》。在这部书中，我多处读到她与邓尼斯出外狩猎的种种快乐与刺激。20世纪30年代初，美国作家海明威也带着猎枪，慕名来到了肯尼亚。我相信那时候，不单是肯尼亚，东非大裂谷周围的国家，都是狩猎佬向往的乐园。游猎在这片非洲大地上，硬汉海明威乐不思蜀了。回到美国后，他将自己在非洲狩猎与旅游的经历，写成了《乞力马扎罗的雪》与《非洲的青山》两部小说。客观地讲，这并不是他最好的小说，但透过这两部小说，我们可以看到非洲给海明威留下了深刻而美好的印象。

来非洲之前，我就读过凯伦、海明威的书，也对非洲大地产生了向往。不过，促使我成行的是我的一位老朋友喻先生，他本是一位在业界颇有影响力的地产商。前些年，他一连十二次前往肯尼亚的马赛马拉，目的只有一个，即拍摄这里的野生动物。他从近万张照片中，精选出三百幅照片，在国内举办了一次名为"这就是非洲"的专题摄影展。他镜头中的非洲野生动物，一个个栩栩如生，要么王者归来，要么谦若君子；要么翼横天下，要么羽衣似雪……这是大千世界中的另一种生态，透过兽性让我们反思人性。

看过展览之后，我将非洲的旅行计划提前。而且，我来到马赛马拉之后，入住的木屋酒店正是他当年的下榻之处。昨天下午，当我到达酒店大堂，一眼就看到了大堂的休息厅里，挂着他的三幅摄影作品，那头大象，还有那一只狮子，仿佛可以走出画框，欢迎我这个万里邂逅的访客。

喝下一杯热茶之后，午夜的寒气变成了清凉。柔弱的熹光也变成了浮漾的晨曦。不知住在何处的黑人司机，这时候都先后到了，等待出发的住店客人，也都陆续登车。

二　从狻猊到狮子

每一个来到马赛马拉的人，最强烈的愿望便是能见到狮子。

在非洲（我想全世界都是），狮子被称为百兽之王。这不仅仅是因为它的体态威猛而优雅，更在于它睥睨一切的捕食能力。尽管比狮子体形庞大的野生动物不在少数，但要么缺少灵活，要么缺少剽悍。在广袤的草原上，狮子是唯一的尊者。

中国古代称狮子为狻猊。"猊"也写作"麑"。秦之前的《尔雅·释兽》记载："狻麑如虦猫，食虎豹。"清代的小说家蒲松龄在《聊斋志异·象》中描写："少时，有狻猊来，众象皆伏。"狮子吃虎豹，这只是一种妄说。狮子非中国动物，先秦书中所说的狻猊，只是一种臆测，或是道听途说。中国人第一次看到真正的狮子，是在东汉。史载东汉章和元年（87），当时的西域月氏王送给中原皇帝一对狮子，中国人才看到真正的狮子是什么模样。

所以，中国古代的文人记载的狮子，名之为狻猊，两者其实似是而非。中国古代的瑞兽，多半神化，属于奇幻之类。民间盛传"龙生九子"之说，便是例证。龙的九个儿子分别是老大囚牛、老二睚眦、老三嘲风、老四蒲牢、老五狻猊、老六霸下、老七狴犴、老八赑屃、老九蚩吻，分别雕刻在琴头、刀柄、殿角、钟钮、佛像、碑座、狱门、碑首或殿脊上。狻猊成了龙的第五个儿子，这就更不是狮子。狻猊与狮子完全分开则是明清以后的事。狻猊的身形大都刻在香炉上，而威仪的狮子则成了镇宅之宝。

退回去三百年，狮子的故乡遍及非洲及欧亚大陆，从巴尔干半岛南部延及中东与印度的广大区域，都是狮子们傲然舒啸的地方。工业文明的高度发展，导致狮子的故乡一缩再缩。如今欧洲狮已绝迹，亚洲狮只剩下印度卡提阿瓦半岛一块很小的区域，而非洲东部的分属于坦桑尼亚与肯尼亚的国家公园，则成为当今世界上最大的狮子乐园。

狮子的习性是群居，往往是一个家族住在一起，几头雄狮、十几头母狮再加上一群幼崽组成一个大家庭。

一年中的大部分时间，狮子们都住在塞伦盖蒂。每年的雨季它们会跟随迁徙的兽群来到马赛马拉。如果说，塞伦盖蒂是它们日常生活的起居地，马赛马拉则是它们的"夏都"。不过，它们来这里不是为了度假，而是为了它们的口粮。数以百万计的角马、斑马都远徙而来，它们留守原处，岂不是坐以待毙？

据说，即便在刻意保护的野生动物园内，狮子数量也在逐年减少。现在，园里的狮子不足千头。许多来马赛马拉旅游的人，最希望看到的景象是角马过河与狮子捕食。如果在一次短短的旅行中，能看到这两样，这位游客一定是命运眷顾的人，他的幸运程度就如同中了彩票。

据说，狮子喜欢白天睡觉，晚上捕食。为了安全起见，天黑之前，所有的游客都必须回到酒店。因为大型野生动物攻击人的事件屡有发生。当下，谁要想享受当年那些狩猎者的冒险与刺激，无异于天方夜谭。而且，我们从酒店租用的车辆，也都装上了结实的防护栏。坐上去，如同坐上了敞篷的装甲车。之所以是敞篷的，乃是因为不用担心狮豹野牛野象之类，会拿着K7冲锋枪伏击我们。

八月，在中国的南方正值吴牛喘月的盛夏，可是马赛马拉虽然处在南纬2度的赤道边上，气温却只在12摄氏度至26摄氏度之间徘徊。这里昼夜温差很大，中午直射的太阳光烧灼皮肤，但在清晨，我们还得穿一件夹衣。

驶出酒店的铁丝网，我忽然产生了那种被解放的感觉。山丘起伏，野兽成群，稀树草原处处给人以荒凉之感，一望无际的草丛在风中起伏。草丛中的道路满是灰土。这里没有一条路铺设水泥或涂上沥青。一切都是原始的，简易车道除了尘土就是泥泞。车子开上去，会扬起长长的尘雾。在草原上逛荡半天，游客们无一幸免都会变成灰人。

我们之所以一大清早跑出来，是想碰碰运气，看能否碰到捕食的狮子。谢天谢地，我们的愿望没有落空。

三　围猎与进食

草原上到处都是行车的便道，我们正沿着东南方向的一条土路行驶。我们雇佣的黑人司机是一位马赛人。他一边开车，一边机警地扫视着路边的草丛。他知道我们早行的目的是要寻找狮子，因此，他就像一位老练的侦察兵，不放过任何一个疑点。

转悠了半个小时，鱼肚白的晨曦扩散到整个天幕。这是光线最柔和的时候，也是我最难挨的时刻。如果在马赛马拉见不到狮子，你还能指望在哪里见到？

突然，越野车一个急拐弯，我的头差一点撞上了护栏，只见司机欠身看了看西南方向的远处，呜哩哇啦说了几句。我听不懂他的马赛话，摄影助理告诉我：他可能看到了狮子，或者说预感到狮子就在车的前面。

是吗？我兴奋起来，站到座位上，透过防护栏眺望。马赛马拉属于热带草原，按照当地的气候，这时已进入旱季，以野燕麦与白羊草为主的草原一片金黄，灿烂的霞光在它的针叶上或者垂穗上跳动；一棵高大的合欢树旁，两只长颈鹿正在专心致志地啃着树叶；它们旁边，有一只落单的柯氏犬羚正在吃草，那神态很是放松呢！又经过一棵腊肠树，树上有一个灯笼大小的鸟窝，一只锤头鹳刚从鸟窝里飞出来……一切都那么祥和，那么安谧，这不像是百兽之王要君临此地的感觉啊。

但是，你不得不佩服马赛司机，往前不到两公里，在一处平缓的沙地上，四只狮子正在围猎一匹斑马。

这片草原的正南方有一列山脉。在山脉与草原之间，是一片逶迤的树林——通常，会有一条河流蜿蜒其中。除了马拉河，草原上的河流都很狭窄。不过，无论是狮子还是花豹，都习惯隐藏在河边的树木里。现在，围猎地就在树林与土路之间。

司机非常灵活地抢占地形，越野车在一处稍微隆起的沙丘上停下来。随后，又有几辆车赶了过来，但制高点被我们抢占了。

惊心动魄的捕猎就在我的眼前展开。

一只健壮的斑马惊慌失措地逃窜。凭着本能，斑马没有向南边的树林或北边的土路奔突。因为，树林与土路在斑马看来都是陷阱。它只能向着西边的沙碛和东边的草地突围。但是，志在必得的狮子们早已识破了斑马的企图，四只狮子分守两边，东边的是一对雄狮，西边的是两只母狮。非洲的狮群，当家的都是雄狮，每一个狮群里，母狮的数量都会大大超过雄狮。物竞天择，这是为了让雄狮能够获得足够的交配权。每一个狮群里，只有一头雄狮可以称为"酋长"，它的主宰地位不容挑战。

还是说回那匹可怜的斑马吧，逃避死亡不仅是人，也是兽的天性。斑马是群居的，但我来到这里，看到的就只有这一匹斑马。它怎么落单了呢？是为保护同类而选择殿后的殉道者还是一响贪欢的迷路者？已经不得而知了。

斑马左奔右突十几个来回，显然体力不支了。我看到沙碛旁的两头雄狮一直在不慌不忙地踱步。它们那神态，仿佛不是在围猎而是在公园里遛弯。两只母狮显得比它们急躁。一俟斑马临近，它们就伏下身子做跳跃的准备，它们的嘴自然张开，随时准备撕咬。

看过几个回合后，我才明白不是母狮更加好斗，而是它们身旁有五只幼崽。尽管斑马是一个可怜虫，母狮们仍然觉得这是一个不可低估的入侵者。无论是人还是兽，保护幼儿的母性都是一样的。

戏弄弱者并不是君子之风。斑马虽然健壮，但它连孤独的角斗士都谈不上，它只是一个逃命者。慢慢地，奔跑的斑马从一道闪电变成了一缕流云，它的体力耗尽了，站在草地中间，甚至瑟瑟发抖，等待死神的降临。

几乎一开始胜负就毫无悬念。最后给予斑马致命一击的，正是这个狮群的"酋长"，那一头最为矫健的雄狮，它像一支脱弦的箭扑向了斑马，顷刻间，垂死挣扎的斑马被它咬断了脖子。

一个身躯倒下，我看到鲜血喷涌。那一刹那间，我理解了什么叫兽性。

四　鬣狗与黑背豺

对一个群体的习惯和传统起作用的是遗传。人类因模仿创新而成为高级生物，遗传不再成为人类进步的制约性因素。但在动物世界，遗传则成为它们的宿命。狮子进食遵循着一条从不更移的法则，获得猎物后，首先进食的是狮王，其次是雄狮，接下来是母狮，最后是幼狮。

狮王撕裂了斑马的腹部，雄狮偏好斑马的臀部，轮到母狮了，它们并没有独享斑马的肋骨肉及颈肉，而是带着幼崽一同进食。它们不会把肉从骨头上剔出来投给幼崽，而是向孩子们示范，如何使用自己的牙与爪子，把想吃的东西吃到口。

还有一点需要提及，雄狮们进食之后，并没有马上躺下来休息，而是为了让母狮与幼崽进食时不致有外敌入侵，自觉承担站岗放哨的责任。它们放弃树林与土路，一东一西，在沙碛与草地上虎视眈眈地监视周围的一动一静。

像一部动作片的剧情一样，只要你耐心看下去，就会发现，雄狮们的谨慎并不是多余的。

围猎的时候，除了那只可怜的斑马，草原上看不到任何一只看热闹的动物。进入进食阶段，动物又开始多了起来。其中最恬不知耻想分一杯羹的，莫过于鬣狗和黑背豺。

在非洲草原的野生动物中，鬣狗总是受到兽类的排挤和忌恨。如果说狮子是君子，鬣狗则是小人。除了报复，狮子从来不会把鬣狗当成捕食的对象，因为鬣狗的肉太臭。我曾看到一段视频，一头雄狮捕杀了一只鬣狗，开始吞食鬣狗肉，但仅仅吃了一口，它就露出痛苦的表情，接着开始呕吐，由此可以看出鬣狗肉的臭是多么难以忍受。

狮群的首领是雄狮，鬣狗群的群主却是雌性。人们揶揄地赏她一个名字：鬣狗女王。兽类中最行为不端的，大概就是这位女王了。我在另一个视频中看到，一位加冕不到一天的鬣狗女王，因为反复挑逗不愿搭理她的雄狮，雄狮终于被激怒，追上去摁住她咬断她的脊梁。

不过，敢于挑战百兽之王的还是鬣狗。鬣狗的繁殖能力超过狮子，所以，每个鬣狗群中的单只数量都要超过狮群。当一群狮子过来时，鬣狗就会避让。如果某只狮子落单了，鬣狗们就会锲而不舍发动攻击。侥幸咬死一只，兽类江湖就会留下传说：狮子有什么了不起，它不照样成为鬣狗的美餐。弱肉强食是自然界的基本法则。不过，这个弱不能仅限在种类的判别上，得志便猖狂的鬣狗，一旦时机成熟，便会掀翻百兽之王的神座。

不过，在野生动物的食物链中，鬣狗仍处在低端的位置。所以，腐肉才会成为它们可口的汉堡。一般情况下，它们能忍气吞声傍大款，待狮子、豹子等兽爷们捕得猎物大快朵颐之后，它们就会凑上去吃点肉渣子。非洲属热带，食物极易腐烂，鬣狗不嫌弃，所以才落个"腐肉大咖"的称号。

斑马鲜美的肉味在空气中传播，很快就招来了鬣狗，它们先后来了九只之多。看到母狮与幼崽一起进食，先来的两三只远远观看，并不敢拢近。后来鬣狗来多了，加上母狮与幼崽吃得差不多了，站在斑马的骨架前嬉闹，鬣狗胆子就大了起来，有一两只鬣狗试探着冲上去叼肉，母狮护崽，也就没有干涉它们。鬣狗于是呼朋引类，争先恐后跑过来抢食。这一下，在远处沙碛旁放哨的那只狮王不干了，只见它在地上一个打滚站起来，昂着头耸动着身子狂奔过来。鬣狗们最怕的就是狮子，看到天神前来索命，便轰地散去，唯恐慢了，被狮王追上咬断喉管。不过，狮王倒也没有成心弄死它们，只要它们退出原地，不再觊觎斑马的残骸就可以了。狮王退回到沙碛旁的岗位上，伸着两只前爪躺下来，享受着饱食过后的闲适。

鬣狗退出了，但却没有离开，这帮丑陋的野兽不死心，还在等待机会。这时候，另一个不速之客，又悄悄儿登场了。

准确地说不是一个而是一对，而且是一对豺狼夫妻，在鬣狗被狮王驱赶后，这一对小夫妻又来到斑马残骸处。

在非洲稀树草原上，兀鹫、鬣狗与黑背豺被称为食腐的铁三角。一只野兽受伤或倒毙，最先发现它们的是兀鹫，而以腐肉为主要食物的鬣狗与黑背豺，则时刻关注兀鹫的动向，一旦兀鹫在某一片空域盘旋，它们就会赶过去，兀鹫会敛翅在某一具动物尸首前，等待它们的到来。不是兀鹫乐于助人，而是它得依靠鬣狗的帮助撕开动物的皮毛。鬣狗对动物的撕裂能力仅次于狮子与花豹，黑背豺则是鬣狗可靠的帮手。所以，三者的组合几乎可以让茫茫草原上的动物腐烂尸体所存无几。据此，兀鹫被称为草原的清道夫，而鬣狗与黑背豺，则在大快朵颐中承担清洁工的义务。

不知为何，从第一眼看到鬣狗开始，我就不喜欢它，一是长得太丑，二是太脏。当然，熟悉了它的德行之后，我就更讨厌它了。黑背豺却不一样，它长相乖巧，行动既畏葸又机灵。虽然食肉动物总体来说都有极强的攻击性，但黑背豺这一点隐藏得很好。它的形象一点都不凶猛，倒像是已经驯化多年的宠物。

这不，它们两口子跑到斑马前，并不急着去抢一块肉，而是先看看母狮的动静。两只母狮躺在地上，五只幼崽在它们身体上爬上爬下，做着餐后有助于消化的游戏。看到黑背豺的身影，一只母狮警觉起来，昂了昂头。就这一个动作，黑背豺就知道，它在这里不受待见。

黑背豺夫妻于是离开了，它们果然胆小如鼠。让你失望了是不是？别慌，好戏还在后头呢，它俩并没有跑远，而是拜访狮王去了。狮王一动不动，不肯搭理它们。黑背豺两口子并不气馁，竟然正面与狮王对视，而后离开。不是像鬣狗那样狼狈逃窜，而是屁颠屁颠回到母狮这边。两口子围着母狮绕了两圈，然后径自走到斑马残骸前，大摇大摆地啃起了排骨。

黑背豺的聪明就在这里，它知道狮王是最高首领，如果狮王对它表示出友好，母狮们就不会再攻击它。我想，狮王对鬣狗与黑背豺的两种态度，正好应了中国的那句老话"伸手不打笑脸人"，还有一点，而且是最重要的，黑背豺长心思不长个儿，它的重量在几斤至十几斤之间。狮子们牙缝里漏掉的肉，就够它们美食一顿。需求不多，往往能得到满足。

五 结尾

不知不觉，我们在这个小沙丘上待了两个多小时，目睹了狮群捕食、进食与护食的全过程。

人类的狩猎，从生存方式演变为娱乐方式。如今，这一种娱乐也日渐式微了。生存方式的改变是人类进步并进化的开始。但是，动物的生存方式从未改变。在这片草原上，动物之间的杀戮与躲避、残害与求生无时不在上演。兽性与人性有相通之处，但人性如果堕落为兽性，地球将永无宁日。

太阳升起来了，我们乘车返程。归途上，燥热已经开始。

2024年1月14—23日

写于梨园书屋

马拉河的血色黄昏

一 马拉河的传奇

肯尼亚境内的河流中，马拉河勉强能排上第十位。从它的发源地流入维多利亚湖，全长只有三百九十五公里。这种流程的河流，在中国有数千条之多，特别是西部的川、青、滇、藏地区，差不多同等流程的河流，大都丛林映带，波浪缥碧，溪涧纵横，飞涛如雪。宋人范宽所绘的《溪山行旅图》，状其神韵，令人心向往之。

流程相近的中国北方草原的河流，在一马平川的原野上做炼气蒸虹的蜿蜒状。无论是冬之雪光、春之花光、夏之草芒、秋之穗芒，都会让那些河流一年四季光芒四射，如哈达飘逸在大地之上，如牧歌回荡在苍穹之下。

如果用这样的河流印象来看眼前的这一条马拉河，你肯定会失望。水脉瘦弱，流波浑浊，曲折的岸线陷到草原之下数米甚至数十米，河床低落的原因是水流量的逐年递减。干涸的河床，那些没有水滋润的鹅卵石犹如一朵朵枯萎的干花，在炽热的阳光下神情倦倦。

然而，几乎可以肯定地说，前来马拉河的旅客，没有一个是冲着马拉河的风景来的。

马拉河发源于多雨的山区，我想，这些山区应该是横亘在内罗毕与纳纽基之间的肯尼亚山。所以，马拉河上游有热带丛林，风景应该不俗，但进入马赛马拉平原，马拉河一下子变得狂野起来，它的狂野不只在于水量的充沛与河流的激荡，还在于它进入草原之后，河流的主人不再是流水而是动物。

常年（或者说世代）居住在马拉河中的动物，仅河马就有四千头之多，鳄鱼也有数千只之多。马拉河位于肯尼亚山中的上游与流入坦桑尼亚的下游合起来的长度，都赶不上马拉河在马赛马拉草原上的流程。因此可以说，在马赛马拉草原上横跨两百公里左右的马拉河，是世界上最为凶险的河流。几乎每一天，马拉河都是动物的屠宰场、鱼类的毒气室。河马与鳄鱼，同为这条河中的超级杀手。

马拉河中的两个杀手传奇，容我分别述之，先说鳄鱼。

二　冷酷的魔王

此时我正站在马拉河的边上，现在是旱季，水流并不粗壮，埋在波涛下的巨石，也一块一块地显露了出来。浪花冲撞着这些巨石，瞬间洁白，旋复殷红——这是夕阳投射的结果。

此时是下午六点钟。夏季落日的时间，应该是六点半左右。此时的夕阳，不再像个热辣辣的年轻人，把烈焰般的热吻肆意烙在每一个被他碰到的路人脸颊上。他变成暮年的醉汉了，一张红彤彤的脸，晕乎的是他自己。但是，他的酒气依然熏染了马拉河，浑浊的河水变成了胭脂色。这颜色让人充满遐想，当然也满含诡异。

这处渡口被称为6号渡口，这并不是官方名称，而应该是游客们留下的标记。马拉河上被游客们记录的有十二个渡口，在任何一张马赛马拉草原地图上，你都不会找到这十二个渡口的确切位置，因为这些渡口从来没有被建设过，也从来没有人在那里涉水而过。在整个马赛马拉草原上，供人过河的渡口只有一个，河上架了一座可以行驶车辆的大木桥，所有进入马赛马拉国家公园的旅客，都必须从这里经过。

这十二个渡口，全部是角马渡河的地方，查看这些渡口，并无规律可循。有的地方悬崖峭壁，怪石嶙峋；有的地方浅草平滩，岸树成林。我所站立的渡口，是马拉河的一处拐弯，雨季的洪水在对岸留下锯齿状的河床，而我站立的岸畔，则是一带稀疏的树林，因为缺少雨水的滋润，树木的枝叶都有些干枯，仿佛擦亮一根火柴它们就能燃烧。

对岸的河床下，有一片狭长的沙滩，上面躺了几只鳄鱼，那只名为尼罗鳄的黑不溜秋的大家伙，大概有六米长，它趴在那里一动不动，即便不是酣然高卧，至少也是高枕无忧的样子。

离尼罗鳄最近的河面上，有两只河马在嬉闹，或者说是在调情。它们是雌雄一对。按河马交配的习惯来说，雄性河马是在战胜了诸多同伴后，才获得了与雌性河马的交配权。河马的交配只能在水中进行，这是因为河马太过庞大。一只成熟的雄性河马体重大约是三吨，雌河马的体重只有它的一半。如果在陆地上，河马进行"床笫之欢"，恐怕所有的雌河马都会被雄河马压成肉干。所以，在水中交配，是河马寻欢作乐的先决条件，因为水的浮力会减轻雄河马的重量。

　　很显然，眼前的这一对河马正在欲仙欲死的爱恋中。它们一会儿沉入水中，一会儿又浮出水面。这乃是因为河马虽然长期在水中生活，却从来不会游泳，它们只能生活在浅水中，在水中憋气五分钟，然后浮起来透透气，接着再沉下去。说来也是一件有趣的事情，河马是憋着气做爱的。做一次爱得换两三次气。不要说人，就是其他各种哺乳动物，像这样间歇性地憋气做爱，恐怕都不能做到。

　　看到河马的私情，我突然明白角马选择在水域稍浅的河段渡河的原因。虽然角马可以游泳，但大规模的迁徙须顾及老弱病残，选择浅水区渡河，可以把一个家族的风险降到最低。

　　眼下是夕阳最美的时候，大片大片金黄的牧草在风中摇曳，草原深处一棵一棵金合欢树，偶尔会飞来一只翅大如轮的兀鹫歇止。金黄与胭脂色互相渗透的马拉河水，仿佛蜜一样流淌。饮着蜜汁，尼罗鳄做它的黄粱梦，河马陶醉于它的伊甸园。可是，又有谁知道，尼罗鳄的黄粱梦，很快就要实现了。

夕阳无限好，只是近黄昏，正当我们准备登车离去时，一场战争大片突然在我眼前呈现。

在树木后面，在我们开车前来的泥泞路上，以及路两旁的原野上，一群又一群青褐色的角马铺天盖地涌来。

冲在最前面的三只角马，一个个长须飘然，那风姿、那潇洒，让我想到了于千军万马中取上将头颅的关云长。它们黑压压一片，角马兵团中每一位斗士，都顶着头，耸起身子，扬起蹄儿朝前蹿动。其中还有它们的联军，那些协同作战的斑马，也都瞪眼向前，霸气地甩动尾巴。看这架势，一个个都有着"风萧萧兮易水寒，壮士一去兮不复还"的荆轲式勇敢。

扑通！

扑通！

扑通！

三只角马跳进了河水，水浅的地方它们雀跃着，水深处它们泅游着。没有冲锋号，也没有啦啦队，所有的角马斑马都奋不顾身跃入水中，哗啦的水声、踢踏的蹄声、萧萧的风声、激昂的嘶声交织在一起，一个恬静的黄昏，顿时被搅得沸沸扬扬。

适逢此景的游人无不惊喜，但是，在自然界的竞技场上，观赏者的惊喜对于当事者来讲一钱不值。

河上的搏斗开始了。

那只如头陀入定的尼罗鳄，在三头角马跃入河中的那一刹那，立刻闪电一样蹿回河中，在水底蛰伏的鳄鱼们，也争相浮出了河面。倒是庞大的河马不想凑热闹，爬到一边休息去了。

三只角马游到河中间，十几条鳄鱼迎头扑了过来，角马从水中的礁石旁绕了一圈，躲过了致命的一击。但它们后面的角马却没有这么幸运。一只角马被两条鳄鱼左右夹击，逼到礁石旁无路可逃，只得跳到礁石上，那只六米长的尼罗鳄竟然跃出水面扑上礁石咬住了角马的腿，角马负痛倒地，尼罗鳄半个身子上了礁石，张开大嘴撕裂了角马的胸膛。

　　此刻，渡河的角马斑马们仍然浩浩荡荡，第一批渡河的先锋们大都顺利到达彼岸，而河这边等待渡河的勇士们还在集结，河面上，惨烈的杀戮还在进行，几乎每一只鳄鱼都捕杀到了猎物。第一批鳄鱼几乎全都成了饕餮之徒，更多的鳄鱼闻到了血腥味，正疾速赶来。除了鳄鱼，还有数十只兀鹫也从四面八方飞临，它们想从鳄鱼的猎杀中分得一杯羹。

　　角马与斑马的血使得夕阳下的马拉河从胭脂变成了猩红。摇摇欲坠的夕阳仿佛也不愿意见到这惨烈的一幕，它在快速下沉。如果有一脉青山横在眼前，我相信它会疾速地躲到山后面去。只可惜，它要去的地方没有青山，只有一望无际的草原。

　　陷在草原中的马拉河，面对无情的捕杀，它也显得无能为力。悲剧一旦上演，肯定是一幕惨过一幕。当夕阳像一枚圆圆的硬币，在金箔一样的草尖上作最后的吻别时，马拉河也把角马渡河的悲剧推向了最高潮。

　　在夕阳的余晖中，除了少数的牺牲者，渡河的角马军团几乎全部到达了彼岸。最后一批登岸者中，有一对母子，母亲护着孱弱的儿子踏上了沙滩。年幼的角马出生还不到一个月，四条瘦长的小腿勉强支撑着身体的重量，它肯定是在从安博塞利前来马赛马拉的路上出生的。离开母腹就踏上了漫漫长途，这是一件多么残酷的事情。

渡河对于成年角马来说，都是以命相搏的挑战，何况一只幼崽。谢天谢地，这只幼崽居然在母马的呵护下渡河成功。很显然，幼崽渡河耗尽了力气。甫一登岸，它就站在原地颤抖。母马在一旁用头顶了顶它的小脑袋，意思是让它尽快离开这凶险之地。这时，留在岸边的角马已经不多了，只有少数几只渡河受伤的角马落在了后面。

当幼崽迈动脚步向岸上攀登时，谁知没有踩稳，蹄子下滑，竟然两只后蹄又落入水中，母马焦急地回到它跟前，等待它再次爬上岸来。就在这时，一只鳄鱼游向了它，幼崽凭直觉知道大限将临，它奋力登岸，但后蹄空虚使不上力，两只前蹄抓不住岸石，它的整个身子再次跌入水中。刚好游到的鳄鱼迅速咬住了它，母马看在眼里，母性的慈悲让它忘记了一切，只见它纵身一跃跳入河中，它想从鳄鱼的嘴中夺回儿子。但是，它的伟大的举动只是给自己开启了死亡之门。那只巨大的尼罗鳄游了过来，瞬间把它拖入水底……

人们称角马过河为天堂之渡，意思是只要能渡过马拉河，等待它们的就是牧草丰美的天堂。每年，渡过马拉河的角马、斑马等野生动物，大约有两百万只之多，死亡的只是极少数，但对于个体来讲，死亡就是万劫不复。今天，在这个夕阳即将燃尽的黄昏中，这一对角马母子的死亡，让我黯然神伤。我想到远古罗马的角斗士，死神在等待每一位失败者。其实，地球上物竞天择的动物世界，又何尝不是一个巨大的竞技场。

三 马拉河中的第一生态杀手

第三天一大早，我们离开建在阿鲁罗罗山上的帐篷酒店，回到马赛马拉草原，只见溪流蜿蜒、沟壑纵横的原野上，到处都是啮草的角马，其间也掺杂着斑马、各色牛羚，当然也有长颈鹿、象群与野牛。已经渡过马拉河的兽类，解除了鳄鱼的威胁，但随着它们一同迁徙来的狮子、花豹、鬣狗等凶猛的食肉族，仍无时不在觊觎着它们。不过，至少在当下，在我们的越野车碾过红色的泥土路时，眼前所见的全是令人愉悦的"天苍苍，野茫茫，风吹草低见牛羊"的牧歌。

在那片长得最高的白羊草上，背着一只小猴的老猴在没命地奔跑，它在躲避什么呢？我用长焦镜头瞭望，它的周围并没有什么危险。一头断了一只角的老水牛孤独地行走在拂子茅与黄茅交织的泥路边缘上，导游告诉我，它不是掉队了，而是故意落单，日渐孱弱的它，不肯连累族群。远古的人类也是这样，一旦老了，就会被送到远离人群的地方。一棵金合欢树下，两只长颈鹿高扬着脑袋啃食着树梢的叶子；一棵粗壮的猴面包树上，一只猎鹰蹲在横枝上。一队大象沉稳地迎着朝霞走去。这支队伍由六头大象、两头小象组成，在草原上，这是一个"不惹事，不怕事"的家族，凶者如狮豹，弱者如羚羊，它们都能和平相处。几只斑马在池塘里饮水，旁边的草地上，一只害羞的猫鼬飞快地逃离……

大约一个小时的车程，我尽情地观望并体会着马赛马拉草原的诗情画意。

越野车又回到了那个渡口，前天夕阳下的天堂之渡再次勾起了我的回忆。一位西方哲人说过"大河是生命与悲伤之源"，马拉河不是一条大河，但又有多少源远流长的大河，能够像它这样年复一年地成为无数生命的渡口呢？无法更新的历史，不可删除的记忆，苦难孕育着重生，胜利渗透了悲伤。

同一条河流，夕阳下的轰轰烈烈，变成了朝阳下的冷冷清清。那只尼罗鳄仍然在沙滩上晒太阳，水中的河马又多了几头，大约在五百米远的河段上，我发现了九只河马，有的在泅浮，有的在啃食河畔的青草，有的在嬉戏……

大部分时间，魔鬼都是安静的，就像那只尼罗鳄；不甘于寂寞的庸者总是忙碌的，就像这河马。

它虽然叫河马，其实它是陆生动物；它虽然离了水就不能活，但它只会潜水却不会游泳。说它是庸者，这显然低估了它。它长得很憨厚，其实它的阴坏超过了鳄鱼。

每年一临雨季，马拉河的下游就会漂满死鱼。好长一段时间，科学家找不到鱼群大量死亡的原因。后来终于找到了鱼群的杀手，就是那闷不吭声的河马。

河马？它从来不吃鱼，它有什么能力杀死一个又一个庞大的鱼群？说来很可笑，它杀鱼的利器竟是肛门。

一只河马一天可吃80公斤食物（当然主要是草），每天排出5~20公斤粪便，按4000只河马计算，一年排在马拉河的粪便大概是6万吨。

科学研究发现，河马粪便中富含的氨氮，增加了马拉河水的酸性，破坏水中溶解氧的平衡。鱼类通过鳃呼吸，依赖的是水中的溶解氧，富含氨氮的河水溶解氧含量降低，导致鱼缺氧死亡。除直接的影响，河马的粪便扼杀了水生植被，破坏了鱼类产卵场所。

角马渡河的悲剧，旅人都可以直接地看到，但鱼类的死亡缺乏震撼的效果，所以往往不为旅人所注意。鳄鱼之于角马，河马之于鱼类，马拉河的生态杀手，第一应该是河马，第二才是鳄鱼。

四　我的神往又开始了

我从内罗毕乘越野车前来马赛马拉，二百五十公里走了整整七个小时。离开时，我再也不想忍受长时间的颠簸之苦，所以选择租用了一架直升机。不过不是飞往内罗毕，而是前往肯尼亚的另一处国家公园安博塞利。

飞机升空，在马赛马拉草原上盘旋了一圈，透过舷窗，我看到连绵起伏的金黄的草浪，以及人为焚烧的黑色的土地，马拉河蜿蜒其中，纤弱的水线时断时续。当然，马拉河并没有断流，只是有些地段太过狭窄，两岸的林木遮蔽了它。所以，马拉河最后留给我的印象依然是一条小得不起眼的河流。

不起眼指的是形态，几天来亲眼见到的河上发生的故事以及查阅到的关于马拉河的历史资料，使我对它充满了感慨却又无法心生敬畏。有人说，热带丛林的榛莽会扼杀文明，我不认为这句话是一个准确的判断。但现实却证明，马拉河不会是居住于此的马赛人的母亲河，只能是野生动物们赖以生存的温床。从人的角度来看，这里还处在蛮荒状态。最早的人类逐草而居，同今天的野生动物们没有什么两样。但是，科技的发展与创新使人类告别了茹毛饮血的生活，这个过程就叫文明。

遗憾的是，人类的文明无法改变鳄鱼贪食动物的嗜好，也不可能改变河马排便的习惯。人类的进化还在路上，鳄鱼与河马等动物们的进化似乎已经趋于稳定。不让它们绝种，也不让它们泛滥，这是人类目前所做的事情。其实，人类能做的事不止于此，但人类的怜悯之心又岂能无边无际。

直升机的尾翼之下，马拉河已不见踪影，漂亮女机长的微笑拉回了我的思绪。我开始翻阅安博塞利的资料，听说那一座公园在乞力马扎罗雪山之下，我的神往又开始了。

2024 年 1 月 31 日夜
完稿于曼谷希尔顿酒店

众羽之国

一　安博塞利的唯一性

记得看过一部关于非洲的纪录片，开头是一头大象在乞力马扎罗雪山下迎面走来。山体雄峻，草原辽阔。远处，龙卷风的烟柱此起彼伏，像一条条舞动的巨蟒，入画的那一头大象，一直向前走着，好像它不为什么，行走就是目的。

除了非洲，地球上任何一片土地，都不会有这样空旷、静恬的景象。我常常感叹，文明的侵蚀使自然不再纯粹，幸运的是非洲为我们留下了这一方净土。

如今，我就在这方净土中，乘直升机从马赛马拉来到了安博塞利。下榻的奥托凯酒店，由上百间小木屋组成，它们散落在树林中，犹如马赛人古老的村庄。在大厅办理入住手续时，我看到一直被厚厚的云层遮蔽的乞力马扎罗，突然露出了山顶，它并非一座尖锐的峰头，而是一块高耸的平地。因为我所处位置的角度，看不到山顶的积雪，但突然增亮的云层，让乞力马扎罗怀抱里的安博塞利草原色彩丰富起来。土壤呈现的红褐色是安博塞利的底色，地上凡是长草的地方，要么金黄，要么苍绿。草原与山脉之间，还有一片一片的水面，凉风吹过波光粼粼，水畔的芦苇摇曳着，让一些禽鸟顾盼生姿。这时候，只见一头又一头的大象穿过龙卷风的烟柱，朝着奥托凯酒店走来。走在最前面的那一头大象，高擎着它的鼻子，扇动着两只磨盘大的耳朵，那风采、那神姿，既让我惊叹，又让我错愕。这应该是一个史诗级的画面。不过，这个史诗不是人的，而是自然的。

同马赛马拉一样，安博塞利也是属于肯尼亚的国家公园，这个公园并不太大，只有392平方公里。这里的野生动物都是土著，没有受过迁徙之苦。凡是旅客希望看到的诸如狮子、犀牛、河马、花豹、熊、狐狸、箭猪、斑马等野兽，这里应有尽有。来这里之前，我想当然以为安博塞利只是马赛马拉的微缩版。之所以愿意来，主要是想瞻仰一下乞力马扎罗的尊容。但待了几天以后，我才知晓这里原来是肯尼亚的众羽之国。虽然，这里的野生动物只有三十多种，但禽鸟却有四百多种。飞禽走兽，各安其所；蹄印羽翅，各焕其彩。蛇豕与鳞甲并存；狮豹与鹤侣同栖，这是安博塞利的唯一性，旅客到此也必然获得意外之喜。

二　第一次对禽鸟的猎艳

下午四点，躲过炽烈的正午阳光，我们乘坐加了防护栏的越野车离开酒店。之后的两个半小时，是观赏各类野生动物的最佳时间。同马赛马拉一样，建在国家公园的酒店，必须用铁丝网围起来，让人与兽各自安全。

栅门口，照例有手持枪械的门卫值岗。出门不到两百米，便看到一排房子浸在湖水中，导游告诉我，它本是一座享有盛名的五星级酒店，只因这些年来乞力马扎罗的雪水融化速度加快，安博塞利草原上的水域也就日渐扩大。安博塞利本是"干涸的湖"的意思，现在，称它为水乡泽国并非虚妄。那家废弃的酒店，乃是温室效应的悲剧。

自然的悲剧同人类的悲剧一样，一经上演，内涵的丰富总会超乎想象。废弃酒店在沙石路的右边，左边到处是积水的洼地，长在那里的树木，大都钙化了。七月是绿色疯狂生长的时节，可是那些树全都枝叶干枯，就像我国北方严冬时的白桦林，黑斑点缀的树干一片苍白。我看到不远处的枯枝上，有一些鸟在跳跃。我用长焦镜头观察，原来是一群白色的非洲琵鹭。它们雀跃着、聒噪着，给形似木乃伊的树增加了一些动感。

我的安博塞利之旅就这样开始了。与乞力马扎罗山下的大象相比，非洲琵鹭的登场多少有点让人伤感。但是，就像一个人第一脚踏进了教堂，第二脚又踏进嘉年华一样，忧郁转瞬即逝，欢乐又闪亮登场。

曲曲弯弯的沙石路，有的路面浸在浅水中，一湾一湾的碧水，一处一处的苇岸，令我想起柳永的词句——"今宵酒醒何处？杨柳岸，晓风残月"，更想起"蒹葭苍苍"的"在水一方"，虽不是"白露为霜"，却是愈曲愈精彩，令我产生了载欣载奔的感觉。

三五只水牛在水中浮漾，几乎每一条牛背上都落了一两只，甚至三五只白色或灰色的鸟，当地人称它们为啄牛鸟。牛无法驱逐骚扰它的蝇虻，鸟帮它们清除恼人的威胁；水稍浅一点的地方，大象在沼泽中吃草，白鹭站在它的背上，显得那么怡然自得。鸟们将大象与水牛当成了诺亚方舟，它们不需要仗剑天涯，只需要美美与共。

行行复行行，不知过了多久，我让司机停下来，因为我看到一只巨型苍鹭孤独地站在芦苇丛中，它伸着脖子一动不动，周遭很安静，不知它施展了什么魔力，羽族都远离了它。又不知过了多久，也许是五分钟、十分钟，或许更长一点，苍鹭的利喙如同渔人手中的叉，闪电一般刺入水中，一条鱼被它叼了起来。

利喙中的鱼是横着的，苍鹭点点头，俯仰之间，横着的鱼被它竖过来了，然后就势一吞，这条一尺来长的捕品就被它吞食了。

大快朵颐之后，苍鹭这才有了闲情顾盼我们一眼。

苍鹭献演的小品刚刚结束，只见湖面上又游来一只鹈鹕，作为水禽，它也是巨大的，体长在1~1.9米之间，犹如一只鸵鸟，但它翼大而阔，游泳的速度极快。鹈鹕是群居禽类，但我在安博塞利看到的非洲鹈鹕，却总是一个独行侠，有着那种独孤求败的样子，只是自己挑战自己，从不与任何禽类结盟。中国也是鹈鹕生活的国度，截至2023年，卷羽鹈鹕、斑嘴鹈鹕、秘鲁鹈鹕等八种鹈鹕被列为濒危物种，而这里的鹈鹕却逍遥自在，可见安博塞利的生态是良好的。

沿着一个又一个湖面，我们漫无目的游荡着，这是我第一次对禽鸟"猎艳"。我看到浩瀚的湖面上成千上万只黑色的鸭子排着队向前游去，这种鸭子的学名叫非洲黑鸭。我到过埃及，可是却没有在那里看到黑鸭（除了餐桌上的烤鸭），在安博塞利，我却看到了气势磅礴的非洲黑鸭军团，这多少让我感到了惊讶。它们成群出现，究竟是什么兆头呢？它们是为了避难来到这里还是这里将要发生灾难？我看两者都不是。无论是孤独的鹈鹕还是群居的黑鸭，都是近几年来从各自的故乡迁徙而来，兽族的乐园又成了羽族的新家。

黄昏时云层加厚了，我们要赶在天黑之前回到酒店。尽管赶路，司机还是在一处水畔的沙地上停下了车。他用手指了指车头前面，只见一只麦鸡蹲在一个窄窄的沙坡上，它无视越野车，司机用马赛语呜哩哇啦说了一遍，我全然不知道他在说什么。这时候，一只黑翅长脚鹬突然从苇丛中飞起，麦鸡受惊地抬了抬身子，我才发现，它护着一只比鹌鹑蛋大不了多少的小麦鸡。小麦鸡刚破壳而出，身子瑟瑟发抖，它旁边，还有两只蛋尚未完成孵化呢，麦鸡又伏了下去。

我拍了拍马赛司机的肩膀，向他竖起了大拇指。

三 火烈鸟——灵魂的舞者

一连两天的早晨与黄昏，我都在湖畔守候，彩羽千姿，灵鸟百态，比起野生动物，它们似乎更加可爱。独坐在敬亭山上的唐诗人李白，写出了"众鸟高飞尽，孤云独去闲"的飘逸。在安博塞利，除了暗夜来临，你永远享受不到"众鸟高飞尽"的孤独，只要你肯看，只要你愿意看，不管视线停落何处，都能看到各种颜色的羽翼。

在安博塞利众多的禽鸟中，最让我喜欢的还是火烈鸟。

火烈鸟的别名叫红鹳，成年的火烈鸟，身高1米左右，体重却只有2.5~3.5公斤，它的喙较大，喙尖呈黑色并向下弯曲，火烈鸟显著的特征是拥有一双修长的腿，且腿上的皮肤呈粉红色。它体表颜色丰富，羽毛颜色同腿的肤色相近，随着阳光的强弱不同，羽毛从深粉色到红色、橙色、一片缤纷；再加上喙与羽毛的黑色，混合起来，就格外显得明媚与热烈。

我第一次看到火烈鸟，便被它的颜色所吸引。红与黑两种颜色的搭配与相融，表达出的意境就像司汤达的小说《红与黑》一样妙不可言。我的家乡荆楚大地，是春秋战国时代楚王朝的发祥地，那一时期的中国，无论是春秋五霸还是战国七雄，楚国都名列其中。从出土的文物可以看出，楚国的宫殿与漆器、丝帛与绘画，无不是红与黑两种色调的狂欢。荆楚大地没有火烈鸟，但留下来的凤凰造型，也是尖喙、长腿，周身布满了饱满与奇幻的红色与黑色。所以，一看到火烈鸟，我就产生了那种百鸟朝会，有凤来仪的感觉。我甚至猜测，2500年前的楚国，是否也是火烈鸟的故乡呢？这猜测并非毫无根据，据一些远古气象资料的研究，那时长江中游的荆楚，也是有着海龟与大象的热带。

火烈鸟是热带地区的鸟，有鸟类学家认为，它最早的故乡在加勒比海地区。近一百年来，那里火烈鸟的数量在急剧减少，而东非大裂谷中的几个国家如坦桑尼亚、肯尼亚等，火烈鸟却大量增多，特别是肯尼亚。有人认为这是加勒比海的火烈鸟在往东非大裂谷迁徙，事实并不是这样。火烈鸟并非候鸟，它的习性是定居而非迁徙。而且，加勒比海地区与东非地区的火烈鸟虽然同族却并非同宗。火烈鸟一共有五种，生活在非洲大地上的火烈鸟只有两种，即大火烈鸟与小火烈鸟，其中尤以大火烈鸟居多。

　　肯尼亚的纳库鲁湖曾经是观赏火烈鸟的最佳之地，但因2012年持续降雨导致湖水暴涨，水质的盐度改变，大量藻类死亡。火烈鸟的主要食物来源于藻类，粮既不存，家即亡焉！所以，继纳库鲁湖之后，博戈里亚湖成了肯尼亚火烈鸟的天堂。据统计，在那里生活的火烈鸟有百万只之多。

　　因为时间原因，我此次来肯尼亚未能前往博戈里亚湖，这不能不说是一个遗憾。导游告诉我，博戈里亚湖与安博塞利草原她都多次游览，四年前的安博塞利，还看不到一只火烈鸟，自从雪水逐渐侵占草原，大面积的陆地变成了湖泊，火烈鸟才在这里出现。对于世代在此繁衍的众兽，这并不是一个好消息。因为气候的作用导致大自然的盈虚消长，一些族类的灾难却是另一些族类的福祉。

　　安博塞利的火烈鸟年复一年多了起来，众兽之悲换来众禽之喜。造物主从不作道德上的判断，它将形而上的"道"化为形而下的自然，某些生灵倾覆了，某些生灵取而代之，这就是清代诗人赵翼所说的"江山代有才人出，各领风骚数百年"。

观赏火烈鸟的最佳时间，是早晨与晚间。在朝霞与夕照中，数十只、数百只、数千只甚至数万只火烈鸟一起渡水，或楔形，或菱形，或方阵，或矩阵……不需要任何导演，它们的团体操表演堪称一流。更惊艳的，是它们的飞翔，流线型的红与黑，一团团火焰像燃放的烟花。你感到不是朝霞涂红了它们，而是它们染红了朝霞。从水上芭蕾到天上散花——它们是灵魂的舞者。

2024年2月6日完稿

于泰国芭提雅希尔顿酒店